Um dia de cada vez

Obras da autora publicadas pela Record

Acidente
Agora e sempre
A águia solitária
Álbum de família
A amante
Amar de novo
Um amor conquistado
Amor sem igual
O anel de noivado
O anjo da guarda
Ânsia de viver
O apelo do amor
Asas
O baile
Bangalô 2, Hotel Beverly Hills
O beijo
O brilho da estrela
O brilho de sua luz
Caleidoscópio
A casa
Casa forte
A casa na rua Esperança
O casamento
O chalé
Cinco dias em Paris
Desaparecido
Um desconhecido
Desencontros
Um dia de cada vez
Doces momentos
A duquesa
Ecos
Entrega especial
O fantasma
Final de verão
Forças irresistíveis
Galope de amor
Graça infinita
A herança de uma nobre mulher
Um homem irresistível

Honra silenciosa
Imagem no espelho
Impossível
As irmãs
Jogo do namoro
Joias
A jornada
Klone e eu
Um longo caminho para casa
Maldade
Meio amargo
Mensagem de Saigon
Mergulho no escuro
Milagre
Momentos de paixão
Uma mulher livre
Um mundo que mudou
Passageiros da ilusão
Pôr do sol em Saint-Tropez
Porto seguro
Preces atendidas
O preço do amor
O presente
O rancho
Recomeços
Reencontro em Paris
Relembrança
Resgate
O segredo de uma promessa
Segredos de amor
Segredos do passado
Segunda chance
Solteirões convictos
Sua Alteza Real
Tudo pela vida
Uma só vez na vida
Vale a pena viver
A ventura de amar
Zoya

DANIELLE STEEL

Um dia de cada vez

Tradução de
Diogo Freitas

2ª edição

EDITORA RECORD
RIO DE JANEIRO • SÃO PAULO
2022

CIP-BRASIL. CATALOGAÇÃO NA PUBLICAÇÃO
SINDICATO NACIONAL DOS EDITORES DE LIVROS, RJ

Steel, Danielle, 1947-
S826d   Um dia de cada vez / Danielle Steel; tradução de Diogo Freitas. — 2ª ed. —
2ª ed. Rio de Janeiro: Record, 2022.

Tradução de: One Day at a Time
ISBN: 978-85-01-09661-6

1. Romance americano. I. Freitas, Diogo. II. Título.

17-39911

CDD: 813
CDU: 821.111(73)-3

TÍTULO EM INGLÊS:
ONE DAY AT A TIME

Copyright © 2009 by Danielle Steel

Texto revisado segundo o novo Acordo Ortográfico da Língua Portuguesa.

Todos os direitos reservados. Proibida a reprodução, no todo ou em parte, através de quaisquer meios. Os direitos morais da autora foram assegurados.

Direitos exclusivos de publicação em língua portuguesa somente para o Brasil adquiridos pela
EDITORA RECORD LTDA.
Rua Argentina, 171 — Rio de Janeiro, RJ — 20921-380 — Tel.: (21) 2585-2000, que se reserva a propriedade literária desta tradução.

Impresso no Brasil

ISBN 978-85-01-09661-6

Seja um leitor preferencial Record.
Cadastre-se no site www.record.com.br e receba
informações sobre nossos lançamentos e nossas promoções.

Atendimento e venda direta ao leitor:
sac@record.com.br

Aos meus amados filhos,
Beatrix, Trevor, Todd, Nick, Sam,
Victoria, Vanessa, Maxx e Zara,
que são a Esperança, o Amor e a Alegria
em minha vida!

    Com todo o meu carinho e coração,
                         Mamãe/d.s.

Independentemente do que quer que aconteça, tenha acontecido ou venha a acontecer, eu ainda acredito no Amor, qualquer que seja a forma que ele assuma: ortodoxa, não ortodoxa, comum ou extraordinária. Nunca perca a Esperança.

d.s.

Capítulo 1

Era um dia absolutamente perfeito de junho. O sol despontava sobre a cidade e Coco Barrington assistia àquele espetáculo de seu deque em Bolinas. Estirada numa espreguiçadeira antiga e desbotada, de segunda mão, ela olhava para os feixes cor-de-rosa e laranja no céu enquanto bebia uma xícara fumegante de chá chinês. Uma estátua de madeira de Kuan Yin, já corroída pelo tempo, observava a cena com tranquilidade. Kuan Yin era a deusa da compaixão, e a estátua fora um presente muito estimado. Sob o olhar benevolente de Kuan Yin, a jovem e bela ruiva recebia a luz dourada do sol, que naquele início de verão lançava seus raios acobreados sobre os cabelos longos e ondulados de Coco, que iam quase até a cintura. Ela estava descalça e usava uma velha camisola de flanela, com coraçõezinhos quase imperceptíveis. A casa onde morava ficava num planalto em Bolinas com vista para o mar e uma pequena praia logo abaixo. Coco morava ali havia quatro anos, e aquele era exatamente o lugar onde ela queria estar. Aos 28 anos, o minúsculo e reservado sítio, que ficava a menos de uma hora ao norte de São Francisco, lhe caía perfeitamente bem.

Chamar seu lar em Bolinas de "casa" seria excesso de generosidade. Ele era pouco maior que um chalé, e sua mãe e sua irmã se referiam ao lugar como um barraco. Quando estavam de bom humor, era uma cabana. Não conseguiam entender como Coco podia querer morar ali — como conseguia viver naquele lugar? Aquilo, para elas, era um pesadelo. Sua mãe tentara de tudo para convencê-la a voltar para a "civilização" em Los Angeles: bajulações, insultos, críticas, até mesmo suborno. Nada na vida da mãe, nem no modo como fora criada, parecia "civilizado" para Coco. Na opinião dela, tudo era uma fraude. As pessoas, a maneira como viviam, seus objetivos de vida e as plásticas nos rostos de todas as mulheres que conhecia em Los Angeles. Para ela, tudo aquilo era artificial. Tinha uma vida simples e real em Bolinas, descomplicada e honesta, assim como ela. Coco odiava tudo o que era falso. Não que sua mãe fosse "falsa". Ela era educada e zelava pela imagem que havia construído. Fazia trinta anos que escrevia best-sellers. Apesar de não serem muito profundos, seus romances não eram fraudes. Mesmo assim, sempre fizeram imenso sucesso com milhares de pessoas, que acompanhavam o trabalho dela atentamente. Ela escrevia sob o pseudônimo Florence Flowers, o nome de solteira da avó de Coco. Tinha 62 anos e levara uma vida de conto de fadas ao lado do marido, Bernard "Buzz" Barrington, o mais importante agente literário e de atores de Los Angeles até o dia de sua morte, quatro anos antes. Ele era 16 anos mais velho que a mulher e ainda estava em boa forma até sofrer um fulminante ataque cardíaco. Bernard fora um executivo muito poderoso. Mimara e protegera a mulher durante os 36 anos em que permaneceram casados, encorajando e orientando sua carreira. Coco sempre se perguntava se a mãe teria levado adiante a carreira de escritora sem a ajuda de Bernard. Florence nunca se fizera essa pergunta, nem por um momento questionara o mérito do seu trabalho ou de seus infindáveis palpites sobre tudo. Não escondia de ninguém sua decepção com Coco e vivia chamando a filha de ovelha negra da família, hippie e esquisita.

Já a irmã igualmente bem-sucedida de Coco, Jane, tinha uma opinião um pouco mais elevada, mas não mais gentil, a seu respeito: segundo ela, Coco sofria de "frustração crônica", pois, embora houvesse tido todas as oportunidades para crescer, jogara tudo no lixo. Jane vivia dizendo à irmã mais nova que ainda havia tempo para reverter a situação, mas que, enquanto ela continuasse morando em Bolinas como uma parasita, nada iria acontecer. Daquele jeito, sua vida seria sempre uma bagunça.

Só que Coco não considerava sua realidade uma bagunça. Pagava as próprias contas, era uma mulher respeitável, não usava drogas — exceto um baseado ou outro na época da faculdade, e mesmo assim em raríssimas ocasiões, o que para a idade dela era algo notável. Não representava um fardo para a família, nem era promíscua, nunca havia engravidado, nem fora despejada de algum lugar ou presa. Não criticava o estilo de vida da irmã nem pretendia fazer isso; da mesma forma, nunca dissera à mãe que as roupas que usava eram ridículas, nem que sua última cirurgia plástica deixara a pele de seu rosto esticada demais. Tudo o que Coco desejava era ser ela mesma e viver a própria vida, do jeito que julgasse melhor. Sempre se sentira desconfortável com aquele estilo de vida luxuoso e detestava ser apontada como a filha de duas pessoas famosas — e, mais recentemente, como a irmã caçula de uma pessoa famosa. Ela não queria controlar a vida de ninguém em sua família, apenas a sua. Os problemas começaram de verdade depois que ela se formou com louvor em Princeton, ingressou na Faculdade de Direito de Stanford e abandonou os estudos no quarto período. Isso já fazia três anos.

Coco havia prometido ao pai que tentaria seguir a carreira de advogada, e ele lhe garantira que haveria um cargo para ela em sua agência. Buzz costumava dizer que ter formação em direito ajudava muito a alavancar a carreira de uma agente. O problema é que ela não queria ser agente, muito menos trabalhar na empresa do pai. Não tinha vontade alguma de representar autores famosos, roteiristas e estrelas de cinema malcriadas — que eram a paixão de seu pai, seu ganha-pão e único interesse na vida. Todos os famosos de Hollywood haviam, em algum momento, visitado sua casa quando ela era criança, e Coco não suportava a ideia de ter que conviver com essa gente pelo resto da vida. Intimamente, acreditava que o estresse de representar essas pessoas mimadas, insensatas, exigentes e malucas por quase cinquenta anos havia matado seu pai. Para ela, aquele trabalho parecia uma sentença de morte.

Buzz morreu quando Coco estava cursando o primeiro ano de faculdade, e ela ainda conseguiu segurar as pontas por mais um ano antes de abandonar o barco de vez. Sua mãe lamentara o episódio meses a fio e até hoje a repreendia por sua decisão, dizendo que ela vivia como uma sem-teto num barraco em Bolinas. Estivera lá apenas uma única vez, mas sempre repetia a mesma ladainha desde então. Coco decidiu permanecer na baía de São Francisco após deixar Stanford. Optou pelo norte da Califórnia porque gostava do lugar. Sua irmã Jane morava lá havia três anos, embora estivesse sempre em Los Angeles. Florence ainda se ressentia do fato de as filhas terem ido para o norte. Jane a visitava com frequência, mas Coco raramente aparecia.

Jane estava com 39 anos. Aos 30, já era uma das produtoras mais importantes de Hollywood. Tinha uma carreira até então espetacular, com 11 blockbusters no currículo. Seu sucesso apenas piorava as coisas para Coco. Sua mãe não parava de lhe dizer o quanto o pai se orgulhava de Jane, e então ameaçava a chorar, pensando na vida que a filha caçula estava desperdiçando. Florence sempre conseguiu usar as lágrimas a seu favor, elas lhe ajudaram a arrancar tudo o que quis do marido. Buzz costumava fazer todas as vontades da mulher e adorava as filhas. Às vezes, Coco se alegrava pensando que poderia ter explicado suas escolhas ao pai, mas, para ser honesta, sabia que isso não era verdade. Ele não a teria compreendido melhor que a mãe e a irmã, e certamente ficaria perplexo e desapontado. Quando Coco ingressou na faculdade de direito, o pai ficou exultante, esperando que com isso a filha deixasse de lado seus ideais liberais. Para ele, não havia nada de errado em ter um bom coração e se preocupar com o planeta e com o próximo, desde que isso não fosse longe demais. Coco era esse tipo de pessoa antes da faculdade e durante também, mas Buzz prometera à mulher que em Stanford a filha tomaria jeito. Não foi o que aconteceu, pois ela acabou abandonando os estudos.

Ao morrer, Buzz deixou dinheiro mais do que suficiente para a filha, mas Coco nunca quis tocar nele. Preferia gastar apenas o que ganhava com o próprio trabalho, e com frequência fazia doações para causas que julgava importantes, e que quase sempre tinham a ver com ecologia, preservação da vida animal ou estavam ligadas a crianças pobres de países do Terceiro Mundo. Jane a chamava de "coração mole". Ela e a mãe tinham milhares de adjetivos pouco lisonjeiros para descrevê-la, e todos a deixavam magoada. Coco admitia que era mesmo uma coração mole, e era exatamente por isso que amava tanto a estátua de Kuan Yin. A deusa da compaixão tocava no fundo de sua alma. A integridade de Coco era incontestável, tinha um coração enorme e generoso, o que para ela não era nada ruim, tampouco um crime.

Jane também tivera sua cota de atritos com a família no final da adolescência. Aos 17, contou aos pais que era gay. Coco tinha apenas 6 anos na época e não se deu conta da repercussão que a revelação causou. Jane anunciou que era gay no último ano do ensino médio e se tornou então uma ativista pelos direitos dos homossexuais na Universidade da Califórnia, onde estudou cinema. Quando a mãe pediu a ela que participasse do baile de debutantes e Jane se recusou, dizendo que preferia morrer, foi uma grande decepção para a família. Mas, apesar da militância na juventude e de sua orientação sexual, Jane compartilhava dos objetivos materiais de seus progenitores. Ao ver a filha mais velha concentrada na busca pela fama, o pai a perdoou. E tão logo ela se tornou bem-sucedida, tudo voltou a ficar bem. Há dez anos, Jane vivia com uma famosa e simpática roteirista que alcançara o sucesso por seus próprios méritos. Elas se mudaram para São Francisco porque lá havia uma grande comunidade gay. Os filmes que haviam feito tinham sido vistos por uma legião de pessoas, e o mundo inteiro amava suas produções. Jane fora indicada ao Oscar quatro vezes, embora ainda não tivesse ganhado uma estatueta. Sua mãe deixara de ver a relação entre Jane e Elizabeth como um problema. Era Coco quem deixava todos preocupados, com suas escolhas ridículas, sua vida hippie e sua indiferença em relação ao que os outros julgavam importante. Isso deixava Florence arrasada.

No fim das contas, decidiram pôr a culpa pelas escolhas que Coco fizera em Ian White, o rapaz com quem ela estava saindo quando abandonou a faculdade — eximindo-se da própria influência sobre Coco ao longo de todos aqueles anos. Ian e Coco namoraram durante o segundo e último ano dela em Stanford, e ele mesmo também havia abandonado a faculdade alguns anos antes. Ele representava tudo o que Buzz e Florence menos desejavam para a filha. Embora inteligente, competente e bem-educado, como definia Jane, era um "frustrado" assim como sua namorada. Após abandonar os estudos na Austrália, Ian mudara-se para São Francisco e abrira uma escola de surfe e mergulho. Era esperto, carismático, engraçado e tranquilo, maravilhoso com Coco. Um diamante bruto, um cara independente que sempre fazia o que queria. No dia em que o conheceu, Coco teve certeza de que havia encontrado sua alma gêmea. Dois meses depois, quando ela tinha 24 anos, foram morar juntos. Ian morreu num acidente de asa-delta, ao ser atingido por uma rajada de vento que o empurrou para um rochedo, provocando uma queda fatal. Foi tudo muito rápido e, com a morte dele, o sonho terminou. Eles haviam comprado o chalé em Bolinas juntos, e Coco acabou ficando com a propriedade. As roupas de mergulho dele ainda estavam lá. Durante o primeiro ano sem Ian, Coco viveu momentos difíceis. No início, sua mãe e irmã foram solidárias, mas isso não durou muito tempo. Para elas, Coco precisava superar a situação, retomar seus planos, seguir em frente. Ela tinha uma vida, embora não a que queriam que tivesse. O que era um tremendo insulto para elas.

Coco, no entanto, sabia que precisava deixar para trás as lembranças de Ian e seguir em frente. No último ano, saíra com alguns caras, nenhum deles muito marcante. Nunca conhecera um homem como Ian, com tanta vida, energia, calor, encanto. Superá-lo não seria nada fácil, mas ela esperava que um dia surgisse alguém em seu caminho. Ian certamente não aprovaria sua solidão, mas Coco não tinha pressa. Sentia-se feliz em Bolinas, vivendo um dia de cada vez. Diferentemente do restante da família, não queria se afirmar em uma carreira, não precisava da fama para provar seu valor, não tinha vontade de morar em um casarão em Bel Air. Não queria nada além do que tivera com Ian: dias bonitos, momentos felizes e noites de amor, que ela guardaria para sempre na memória. Não havia necessidade de saber aonde seus próximos passos a levariam, nem ao lado de quem. Cada dia era uma bênção. A vida com Ian fora perfeita, exatamente como haviam imaginado, mas, nos últimos dois anos, ela fizera as pazes consigo mesma. Sentia falta dele, mas finalmente aceitara sua partida. Não estava desesperada para se casar, ter filhos ou encontrar um novo amor. Aos 28 anos, não havia motivo para ter pressa. Viver um dia de cada vez era mais do que suficiente.

De início, ela e Ian acharam estranho morar ali. Era uma comunidade pequena e divertida. Seus moradores haviam decidido não apenas ser imperceptíveis, era como se eles quisessem desaparecer. Não havia placas na estrada indicando como chegar a Bolinas, nem qualquer menção ao local. Era preciso encontrar o lugar por conta própria. O tempo ali parecia outro, e isso era algo que eles amavam. Haviam dado muitas risadas por causa disso. Na década de 1960, aquele lugar estivera cheio de hippies, muitos dos quais ainda permaneciam ali. Só que agora tinham rugas no rosto e cabelos grisalhos. Homens na casa dos 50 e até mesmo de 60 e poucos anos iam à praia todos os dias com suas pranchas debaixo do braço. O comércio era extremamente pequeno: uma lojinha de roupas com camisas floridas, um restaurante cheio de surfistas de meia-idade, um armazém de produtos orgânicos e uma espécie de tabacaria com todo tipo de parafernália para fumar, bongs de todas as cores, formatos e tamanhos. A cidade fora construída num platô sobre uma pequena praia, e uma baía a separava de Stinson Beach, com suas mansões caríssimas. Até havia algumas dessas casas bonitas em Bolinas, mas a maior parte dos moradores locais era de famílias completas, debandados, velhos surfistas e pessoas que, por alguma razão, haviam decidido dar o fora e desaparecer do mapa. Era uma comunidade elitista à sua maneira, a antítese de tudo o que ela conhecera até então, e também da poderosa família de Ian em Sydney, na Austrália, da qual ele fugira. Os dois formavam um par perfeito, mas agora ele se fora, e ela continuava ali. Não pretendia de modo algum deixar aquele lugar tão cedo, talvez jamais saísse de lá, indo contra tudo o que a mãe e a irmã pensavam. O terapeuta com quem estava se tratando desde a morte de Ian lhe dizia que, aos 28 anos, ela continuava com um comportamento rebelde. Talvez fosse verdade, mas isso não era um problema. As coisas estavam indo bem. Ela estava feliz com a vida que escolhera levar e com o lugar onde decidira morar. E sua única certeza era que nunca, jamais voltaria a morar em Los Angeles.

Quando o sol começou a se levantar no céu, Coco entrou em casa para pegar mais uma xícara de chá. A cadela da raça pastor-australiano de Ian, Sallie, caminhava lentamente para fora de casa, recém-saída da cama. Abanou o rabo para Coco e seguiu em direção à praia para seu passeio matinal. Era uma cadela extremamente independente e ajudava Coco em seu trabalho. Ian tinha dito a ela que pastores-australianos tornavam-se excelentes cães de resgate e instintivamente formavam matilhas, mas Sallie caminhava em seu próprio passo. Era afeiçoada a Coco, mas numa medida que ela mesma havia escolhido. Tinha sempre os próprios planos e as próprias ideias. Sempre fora muito bem-treinada por Ian e respondia prontamente aos comandos de voz.

Coco preparou sua segunda xícara de chá e olhou para o relógio. Passava um pouco das sete e ela precisava tomar banho e ir para o trabalho. Gostava de estar na ponte Golden Gate às oito, e em sua primeira parada às oito e meia. Nunca se atrasava, e tratava os clientes com extrema consideração. Soubera aplicar muito bem tudo o que aprendera sobre trabalho duro e sucesso. Tinha um pequeno negócio meio doido, mas que gerava um lucro surpreendentemente bom. A procura por seus serviços era grande, e isso havia três anos, desde que Ian a ajudara a se estabelecer. Nos dois anos que se passaram desde sua morte, as coisas tinham crescido bastante, embora Coco tivesse o cuidado de limitar o número de clientes. Ela gostava de estar de volta em casa às quatro, a tempo de dar uma caminhada na praia com Sallie antes do anoitecer.

Os vizinhos de Coco em Bolinas eram uma aromaterapeuta e um acupunturista. Ambos trabalhavam na cidade. O acupunturista era casado com uma professora da escola local, e a aromaterapeuta morava com um bombeiro da brigada de Stinson Beach. Eram pessoas decentes, honestas e trabalhadoras, que ajudavam umas às outras. Foram incrivelmente gentis com ela quando Ian morreu, e Coco chegara a sair com um amigo dessa professora uma ou duas vezes, embora não tenha dado em nada sério. Mas eles acabaram se tornando amigos. Como era de se esperar, todas essas pessoas foram rejeitadas por sua mãe e pela sua irmã, afinal eram "hippies". Florence os chamara até de vagabundos, o que obviamente não era verdade. Coco não se importava em ficar sozinha e, durante a maior parte do tempo, era isso o que fazia.

Às sete e meia, depois de um banho quente, ela entrou em sua velha van. Ian encontrara o veículo numa cidade vizinha, e era com ele que Coco ia à cidade todos os dias. Aquela van surrada, apesar dos 160 mil quilômetros rodados, era exatamente do que Coco precisava. Funcionava bem, embora fosse terrivelmente feia. A pintura já estava desbotada havia muito tempo, mas no geral o carro aguentava o tranco. Ian tinha uma moto e, nos fins de semana, com frequência eles subiam a montanha, quando não estavam passeando de barco. Ele lhe ensinara a mergulhar. Coco não havia encostado na moto desde que ele morrera. Ela continuava lá, na garagem, atrás da casa. Coco não conseguia se desvencilhar dela, embora tivesse vendido o barco. A escola de mergulho acabou sendo fechada, já que não havia ninguém para administrá-la. Coco não poderia fazer isso, tinha de cuidar do próprio negócio.

Ela abriu a porta de trás da van e Sallie saltou para dentro parecendo bastante animada. A corrida na praia a havia despertado, e ela estava pronta para o trabalho, assim como sua dona. Coco sorriu para a cadela grandalhona de pelugem preta e branca. Para um leigo em raças, ela daria a impressão de ser uma vira-lata, quando na verdade era da raça pastor-australiano, com pedigree, de olhos bem azuis. Coco fechou a porta, sentou-se atrás do volante e deu a partida no motor, acenando para o vizinho bombeiro, que havia acabado de chegar do trabalho. Era uma vizinhança sossegada, e ninguém se dava ao trabalho de trancar portas e janelas à noite.

No caminho para a cidade, Coco seguiu pela estrada sinuosa, beirando o abismo com vista para o mar. Seria um dia perfeito, e isso deixaria o trabalho mais fácil. Às oito estava na Golden Gate, como gostava. Chegaria bem na hora de atender o primeiro cliente, mas isso na verdade não tinha importância. Eles certamente a perdoariam se ela se atrasasse um pouco, só que isso nunca acontecia. Coco definitivamente estava longe de ser uma pessoa em quem não se podia confiar, como sua família gostava de dizer — era apenas diferente.

Pegou o desvio para Pacific Heights e seguiu rumo ao sul, subindo o íngreme morro em Divisadero. De repente, seu celular tocou. Era Jane.

— Onde você está? — perguntou a irmã abruptamente. Ela sempre soava como se o país estivesse em estado de emergência e sua casa tivesse acabado de ser atacada por terroristas. Vivia num estresse permanente, perfeitamente compatível com a natureza de seu trabalho, que lhe exigia a perfeição. Sua companheira, Elizabeth, era bem mais tranquila, e ajudava Jane a manter a calma. Coco gostava muito dela. Liz tinha 43 anos e era tão talentosa e brilhante quanto Jane, embora fizesse muito menos alarde disso. Graduara-se com louvor em Harvard num mestrado em literatura inglesa. Antes de começar a fazer roteiros para Hollywood, escreveu um romance obscuro porém muito interessante. Dois de seus roteiros foram premiados com o Oscar. Ela e Jane se conheceram durante um filme dez anos antes e desde então estavam juntas. Tinham uma relação sólida, e a aliança caía muito bem às duas, que se consideravam parceiras de vida.

— Estou em Divisadero, por quê? — disse Coco, com ar cansado.

Odiava o fato de a irmã nunca lhe perguntar como ela estava e só dizer que estava precisando de alguma coisa. Sempre foi assim, desde que Coco era criança. Tinha sido a menina de recados de Jane a vida toda e passara muito tempo falando sobre isso na terapia. Era difícil superar aquilo, embora Coco se esforçasse para conseguir. Sallie estava ao seu lado no banco do carona e olhava para ela com interesse, como se percebesse a tensão de sua dona e imaginasse o motivo.

— Ótimo. Preciso de você agora — disse Jane, parecendo ao mesmo tempo aliviada e aborrecida. Coco sabia que a irmã passaria um tempo em Nova York, para as gravações de um filme que estava coproduzindo com Liz.

— Pra quê? — perguntou, cautelosa.

— Estou ferrada. A caseira acabou de me deixar na mão. Tenho que sair em uma hora. — O desespero era evidente em sua voz.

— Eu pensei que você só ia viajar na semana que vem — disse Coco, desconfiada.

Naquele momento, estava justamente passando pela Broadway, a poucos quarteirões da espetacular casa da irmã, com vista para a baía — a chamada Costa Dourada, onde por sinal ficavam as casas mais deslumbrantes. E não se podia negar que a de Jane era uma das mais bonitas, embora não fizesse o estilo de Coco, assim como a de Coco em Bolinas não fazia o estilo de Jane. Mesmo sendo irmãs, as duas pareciam ter nascido em planetas diferentes.

— Está acontecendo uma greve no set, dos técnicos de som. A Liz viajou ontem. Preciso estar lá hoje à noite pra uma reunião com o sindicato e não tenho ninguém pra tomar conta do Jack. A mãe da caseira morreu e ela tem que ficar em Seattle cuidando do pai doente sabe-se lá por quanto tempo. Ela acabou de ligar pra me dizer isso, só que o meu voo sai daqui a duas horas.

Coco ouvia e franzia a testa. Não estava nada propensa a tentar entender a história de Jane. Não era a primeira vez que isso acontecia. Coco acabava servindo de quebra-galho sempre que alguma coisa dava errado na vida da irmã. Como Jane achava que ela não tinha vida, esperava que estivesse disponível nesses momentos. E, de fato, Coco nunca conseguia dizer não à irmã que a vida inteira a aterrorizara. Jane não tinha problema algum em dizer não a quem quer que fosse, o que em parte explicava o seu sucesso. Mas como Coco tinha dificuldade em negar uma coisa a alguém, e Jane sabia muito bem disso, a irmã não hesitava em tirar vantagem dela a cada oportunidade.

— Posso levar o Jack pra passear se você quiser — disso Coco.

— Você sabe que isso não dá certo — falou Jane, parecendo irritada. — Ele fica deprimido se não vê ninguém à noite. Fica latindo e deixa os vizinhos doidos. Eu preciso de alguém que fique de olho na casa.

Jack era quase do tamanho da casa de Coco em Bolinas, mas, se fosse necessário, ela poderia levá-lo para lá.

— Ele pode ficar lá em casa até você encontrar um caseiro novo?

— Não — respondeu Jane, seca. — Preciso que você fique aqui.

Preciso de. Era a milionésima vez que Coco ouvia aquilo. Nada de *você poderia... você acha que seria possível... você se importaria... por favor, por favor*. Não, nada disso. *Preciso de*. Droga. Era mais uma oportunidade para dizer não. Coco chegou a abrir a boca para pronunciar a palavra, mas não conseguiu falar nada. Olhou para Sallie, que parecia fitá-la, incrédula.

— Não olhe pra mim desse jeito — disse Coco.

— O quê? Com quem você está falando? — perguntou Jane imediatamente.

— Deixa pra lá. Por que ele não pode ficar comigo?

— Ele gosta de dormir na cama dele — argumentou Jane, firme, enquanto Coco olhava de um lado para o outro. Estava a um quarteirão da casa de seu primeiro cliente e não queria se atrasar, mas algo lhe dizia que isso estava prestes a acontecer. Jane exercia um efeito magnético sobre ela, como a lua sobre as marés, uma força à qual Coco não conseguia resistir.

— Eu também gosto da minha cama — respondeu, tentando parecer decidida, mas sem conseguir enganar ninguém, muito menos a irmã. Ela e Elizabeth passariam cinco meses em Nova York. — Não vou ficar cinco meses na sua casa — continuou, resoluta.

E os filmes costumavam atrasar. Talvez fossem seis ou sete meses.

— Tudo bem. Vou procurar outra pessoa — disse Jane, em tom de repreenda, como se Coco fosse uma menina levada. Aquilo sempre funcionava, ainda que Coco dissesse a si mesma o tempo todo que não era mais criança. — Mas não posso fazer isso agora, tenho só uma hora pra chegar ao aeroporto. Vou ter que cuidar disso de Nova York. Meu Deus, parece até que estou pedindo pra você entrar numa clínica de reabilitação! Há coisas muito piores no mundo do que passar cinco ou seis meses na minha casa. Isso podia até fazer bem a você, não precisaria ficar dirigindo o dia todo.

Jane estava pegando pesado, mas Coco não ia entrar naquele jogo. Odiava a casa da irmã — era bonita, impecável e fria. Fora fotografada por todas as revistas de decoração possíveis, mas Coco se sentia desconfortável lá. Não havia nenhum lugar aconchegante naquela casa. E era praticamente imaculada! Lá Coco estava sempre com medo de respirar, de comer. Não era uma dona de casa como Jane ou Liz. As duas tinham uma mania de organização insuportável. Coco gostava de ter um pouco de bagunça, e não se importava com um pouquinho de desordem na vida. Isso deixava Jane louca.

— Posso ficar aí alguns dias, no máximo uma semana. Mas você precisa encontrar alguém rápido. Não quero ficar na sua casa por meses — disse Coco, inflexível, tentando impor limites.

— Entendo. Vou fazer o possível. Só me dê uma ajudinha agora, por favor. Você pode vir buscar as chaves agora? Quero te mostrar de novo o sistema de alarme, fizemos algumas mudanças e ficou mais complicado. Não quero que você o desligue. As refeições do Jack você pode pegar no Cozinha Canina duas vezes por semana, às segundas e quintas. E não se esqueça de que o veterinário novo dele é o Dr. Hajimoto, na rua Sacramento. Ele tem que tomar uma vacina na semana que vem.

— Que bom que você não tem filhos — comentou Coco, seca, enquanto dava meia-volta com a van. Ela acabaria se atrasando, mas estava tudo bem. Era melhor acabar logo com aquilo, ou ficaria louca. — Você não ia poder sair da cidade nunca.

O buldogue de Jane e Liz era o filho que elas não tinham, e vivia melhor do que a maioria das pessoas, com refeições especialmente preparadas para ele, um adestrador, um tratador que vinha em casa para lhe dar banhos e mais atenção do que a maioria das crianças recebia.

Coco dirigiu até a casa da irmã e, quando chegou, já havia um táxi esperando na porta para levar Jane ao aeroporto. Desligou o motor e saltou do carro, deixando Sallie lá dentro. A cadela ficou observando a cena pela janela, com interesse. Ela e Jack viveriam bons momentos nos próximos dias. O buldogue era três vezes maior que ela, e eles provavelmente quebrariam a casa inteira correndo um atrás do outro. Talvez ela deixasse os cães usarem a piscina de Jane. A única coisa de que gostava naquela mansão era o enorme telão no quarto, onde poderia ver vários filmes. O quarto era imenso e a tela ocupava uma parede inteira.

Coco tocou a campainha, e Jane abriu a porta com um celular colado no ouvido. Estava praguejando com alguém sobre os sindicatos, mas desligou assim que viu a irmã. Fisicamente, eram surpreendentemente parecidas, ambas altas e magras, com rostos bonitos. Quando adolescentes, haviam trabalhado como modelos. A diferença mais marcante entre as duas era que Jane tinha traços mais pronunciados, com longos cabelos louros presos num rabo de cavalo. Coco tinha feições mais delicadas e não prendia os cabelos ruivos, o que lhe dava um ar mais doce. Enquanto Coco parecia sorrir com os olhos, Jane era puro estresse. Sempre fora um pouco áspera, mesmo quando criança, mas quem a conhecia bem sabia que, apesar da língua afiada, era uma pessoa decente e de bom coração. Embora não houvesse como negar que era meio difícil. Coco sabia disso muito bem.

Jane estava usando jeans e camiseta preta, com uma jaqueta preta de couro por cima e brincos de diamante. Coco estava de camiseta branca, jeans que ressaltavam suas pernas longas e graciosas, tênis de corrida, além de um suéter desbotado em torno do pescoço. Parecia muito mais nova que a irmã. O estilo mais sofisticado de Jane a envelhecia um pouco, mas as duas eram mulheres deslumbrantes, muito parecidas com o pai famoso. Já a mãe delas era um pouco mais baixa e cheia, e loura como Jane. Os fios ruivos de Coco eram herança de outra geração, já que Buzz Barrington tinha cabelos pretos como a noite.

— Graças a Deus! — disse Jane, enquanto o enorme buldogue corria até a porta para apoiar suas enormes patas nos ombros de Coco.

Ele sabia muito bem o que significava aquela visita: restos de comida normalmente proibidos e noites de sono na gigantesca cama da suíte principal, coisas que Jane jamais permitiria. Embora adorasse Jack, para Jane, regras deviam ser seguidas com rigor. Mas Coco era uma presa fácil, e o buldogue sabia que naquela noite mesmo dormiria na enorme cama de sua dona. Balançava o rabo alegremente e lambia o rosto de Coco. Era mais carinhoso com ela do que sua própria irmã. Liz era de longe mais afetuosa que Jane, mas ela já tinha ido para Nova York. E o relacionamento entre as duas irmãs sempre fora tenso. Apesar de suas boas intenções e do amor pela caçula, Jane jamais media suas palavras.

Ela entregou a Coco um molho de chaves e um folheto com instruções sobre o novo sistema de alarme. Falou novamente sobre o veterinário, a vacina, as refeições especiais de Jack e, como uma metralhadora, disparou umas 14 recomendações diferentes.

— E se o Jack tiver qualquer problema, telefone imediatamente — concluiu. — Vamos tentar vir aqui num fim de semana se tivermos uma trégua, mas não sei quando isso vai ser possível, principalmente se tivermos problemas com os sindicatos.

Jane parecia aborrecida e exausta antes mesmo de viajar. Coco sabia que a irmã planejava tudo nos mínimos detalhes e que era brilhante no que fazia.

— Espere um pouco — disse Coco, sentindo-se fraca. — Vou ficar aqui apenas alguns dias, não é? No máximo uma semana. Não quero ficar aqui o tempo todo que você estiver fora — repetiu, para deixar as coisas bem claras. Não queria que houvesse nenhum mal-entendido.

— Está bem, está bem. Pensei que você ficaria feliz em morar numa casa decente.

Em vez de agradecer à irmã, Jane a criticava.

— Uma casa "decente" pra *você* — disse Coco. — Meu lar é em Bolinas — completou, tentando manter a dignidade.

— Não vamos entrar nesse assunto — disse Jane com um olhar firme, e então, meio de má vontade, sorriu para a irmã. — Obrigada por salvar a minha pele, maninha. Fico muito agradecida. Você é uma irmã caçula maravilhosa.

E então deu a Coco um de seus raros sorrisos de aprovação. Mas era preciso fazer o que Jane queria para receber um desses sorrisos.

Coco quis lhe perguntar por que era uma irmã caçula maravilhosa. Seria porque não tinha vida própria? Em vez de fazer a pergunta, apenas assentiu com a cabeça, odiando a si mesma por ter concordado tão rápido em tomar conta daquela casa. Como sempre, cedera sem discutir. Que sentido teria? No final das contas, Jane sempre vencia. Seria sempre a irmã mais velha, a pessoa que Coco jamais poderia derrotar e a quem nunca conseguiria dizer não.

— Só não me deixe aqui pra sempre — pediu, quase numa súplica.

— Mais tarde eu ligo pra você — disse Jane, com ar enigmático, e em seguida correu até a sala para atender dois telefones que tocavam ao mesmo tempo. No caminho, seu celular também começou a tocar. — Obrigada mais uma vez — gritou Jane de longe, e Coco suspirou, fez um carinho em Jack e voltou para a van. A essa altura, já estava vinte minutos atrasada para o primeiro cliente do dia.

— Até logo, Jack — disse Coco e fechou a porta. Enquanto dirigia, teve a forte impressão de que Jane a prenderia ali por meses a fio. Conhecia a irmã muito bem.

Cinco minutos depois, tinha chegado a seu destino. Tirou um pequeno cofre do porta-luvas, digitou a combinação e puxou de dentro dele um molho de chaves etiquetadas. Tinha a chave da casa de todos os seus clientes, que confiavam nela plenamente. A casa desse cliente em particular era quase tão grande quanto a de Jane, com cercas vivas muito bem-cuidadas do lado de fora. Coco entrou pela porta dos fundos, desligou o alarme e assobiou. Em questão de segundos, um imenso dogue alemão de pelo cinza azulado apareceu, abanando o rabo de felicidade ao vê-la.

— Ei, Henry, como vai o meu garoto?

Ela prendeu a guia do cachorro na coleira, ligou novamente o alarme, trancou a porta e o levou até a van, onde Sallie esperava, contente em rever o amigo. Os cães latiram um para o outro e então começaram a brincar na parte de trás da van.

Coco parou em outras quatro casas nos arredores — todas igualmente luxuosas — e pegou um dobermann surpreendentemente gentil, um leão da Rodésia, um lebréu irlandês e um dálmata. Ela sempre reservava o primeiro passeio do dia aos cães de maior porte, que precisavam de mais exercícios. Dirigiu então até Ocean

Beach, onde ela e os cães podiam correr livremente. Às vezes Coco os levava até o parque Golden Gate. E, quando necessário, Sallie a ajudava a reunir a matilha. Há três anos passeava com os cães da rica elite de Pacific Heights sem nunca ter tido qualquer acidente ou infortúnio. Tinha excelente reputação no negócio e, embora sua família considerasse aquele trabalho patético, um verdadeiro desperdício de tempo e educação, ele lhe permitia ficar sempre ao ar livre. Além disso, Coco gostava de cachorros e conseguia ganhar um bom dinheiro. Não queria fazer aquilo pelo resto da vida, mas por ora o trabalho lhe caía como uma luva.

Enquanto levava de volta para casa o último grandalhão, seu celular tocou. Tinha de buscar um grupo de cães de médio porte logo em seguida. Os menores, por sua vez, faziam seu passeio pouco antes do almoço, porque seus donos geralmente passeavam com eles antes de sair para o trabalho. Já os grandões ela buscava de novo no meio da tarde, para uma última volta. Olhou para a tela do celular. Era Jane. Estava no avião e falava muito rápido, porque estava quase na hora de desligar o celular.

— Cheguei a carteira de vacinação do Jack antes de sair de casa e na verdade a vacina dele é daqui a duas semanas, e não na semana que vem.

Às vezes Coco ficava imaginando como a cabeça da irmã ainda não havia explodido, com tantas informações para guardar. Nada era pequeno o bastante para desmerecer a atenção dela, que controlava tudo e todos nos mínimos detalhes, incluindo seu cachorro.

— Não se preocupe, vamos ficar bem — tranquilizou-a Coco. A corrida na praia relaxara não apenas os animais, mas ela também.

— Divirta-se em Nova York.

— Vai ser difícil, no meio de uma greve. — Jane parecia a ponto de explodir. Mas Coco sabia que, assim que estivesse novamente com Liz, a irmã ficaria mais calma. A companheira de Jane exercia um efeito calmante sobre ela. Formavam um casal perfeito, que se completava.

— Mesmo assim, tente se divertir. Só não se esqueça de procurar alguém pra tomar conta da casa — disse Coco novamente, e estava falando sério.

— Está bem, está bem — disse Jane com um suspiro. — Obrigada por salvar a minha pele. Saber que minha casa e Jack estão em boas mãos é muito importante pra mim.

Agora seu tom parecia bem mais gentil do que pela manhã. As duas mantinham uma relação estranha, mas afinal de contas eram irmãs.

— Obrigada — disse Coco, esboçando um sorriso, e perguntando-se por que era tão importante para ela ter a aprovação da irmã, e por que ficava tão magoada quando isso não acontecia. Em algum momento precisaria parar de se preocupar com isso e enfrentar Jane. Mas ainda não havia chegado a hora.

Coco sabia que, para a mãe e a irmã, seu trabalho não tinha valor nenhum. Comparado ao delas, era uma vergonha. Afinal, Florence era uma escritora que estava sempre na lista dos mais vendidos, e Jane já havia sido até indicada ao Oscar. Para elas, era como se Coco nem mesmo trabalhasse. Mas, com ou sem a aprovação da família, ela levava uma vida simples, tranquila e confortável. Por ora, estava satisfeita.

Capítulo 2

Eram seis da tarde quando Coco voltou à cidade. Fora em casa pegar algumas roupas e DVDs para assistir no telão gigante da irmã. Tinha acabado de passar pela praça do pedágio quando o celular tocou. Era Jane, do apartamento em Nova York que ela e Liz alugaram por seis meses.

— Está tudo bem? — perguntou Jane, parecendo preocupada.

— Estou indo pra sua casa agora — tranquilizou-a Coco. — Jack e eu teremos um jantar à luz de velas. Vou deixar a Sallie assistindo ao programa de TV favorito dela.

Coco tentava não pensar no passado, mas era impossível não se lembrar da vida há dois anos, quando ela e Ian costumavam preparar o jantar juntos, caminhar à noite pela praia e sair de barco para pescar nos fins de semana. Naquela época ela ainda tinha uma vida, não passava seu tempo preparando refeições para o cachorro da irmã. Mas ela não via muito sentido em ficar pensando naquilo. Aqueles dias não voltariam mais.

Eles estavam planejando se casar no verão em que Ian morreu. Seria uma cerimônia simples, na praia, seguida de um churrasco para os amigos. Não tinha comentado nada com a mãe ainda, porque certamente ela teria feito um escândalo. Em algum momento voltariam para a Austrália. Ian fora campeão de surfe na juventude. Pensar nessas coisas agora a deixava melancólica.

Liz pegou o telefone enquanto Coco estava falando com Jane e agradeceu-lhe enfaticamente por ter aceitado ficar na casa delas tomando conta de Jack. Seu tom e sua abordagem eram mil vezes mais carinhosos que os de Jane.

— Tudo bem, fico feliz em ajudar, desde que não tenha que ficar aqui por muito tempo.

Coco queria ter certeza de que Liz sabia disso.

— Vamos encontrar alguém, eu prometo — disse Liz, parecendo genuinamente agradecida pela ajuda de Coco.

— Obrigada — disse Coco. — Como está Nova York?

— Vai ficar melhor se pudermos evitar a greve. Talvez a gente consiga um acordo hoje. — Liz soava esperançosa. Era uma pacificadora por natureza. Jane, por outro lado, era combativa.

Coco desejou boa sorte enquanto estacionava o carro. Às vezes, invejava o relacionamento de Liz e Jane. Elas funcionavam muito bem juntas, o que nem sempre acontecia com outros casais que conhecia. Coco crescera sabendo que a irmã era gay e lidava com aquilo muito bem, sem qualquer questionamento, ainda que isso volta e meia surpreendesse outras pessoas. O que a incomodava na irmã era a maneira como ela passava por cima de todos para conseguir o que queria, como um rolo compressor. Apenas Liz era capaz de ver seu lado humano, embora até mesmo para ela isso às vezes fosse difícil. Jane fora mimada pelos pais e estava acostumada a ser bajulada e ter tudo de mão beijada. Coco vinha sempre em segundo lugar, na sombra da irmã. E nada havia mudado desde então. O único momento em que se sentiu diferente foi quando morou com Ian. Talvez porque não se importasse com a opinião de Jane a seu respeito, ou porque Ian de alguma maneira misteriosa a protegesse, naquela época. Havia adorado a ideia de se mudar com ele para a Austrália. E, agora, aqui estava ela, na casa da irmã, tomando conta do cachorro mais uma vez. O que teria acontecido se Ian estivesse vivo e ela vivesse a própria vida? Jane teria sido forçada a chamar outra pessoa, em vez de usá-la como uma Cinderela a cada crise que tinha. Mas e se ela não estivesse ali para ajudar Jane? Isso teria feito de Coco uma adulta ou a menininha má que a irmã dizia que ela era, sempre que se recusava a realizar um de seus caprichos? Era uma pergunta interessante, para a qual ainda não tinha resposta. Talvez porque não quisesse encontrar uma resposta. Era mais fácil fazer o que lhe pediam, sobretudo sem Ian para protegê-la.

Coco deu comida para os cachorros e ligou a TV. Sentou-se no sofá de angorá e pôs os pés em cima da mesinha branca de café. O tapete também era branco, e Coco lembrava-se vagamente de Jane ter dito que fora confeccionado com pelos de algum animal exótico da América do Sul. A casa fora projetada por um arquiteto famoso da Cidade do México. Era linda, mas dava a impressão de que só se podia andar ali de cabelos penteados, roupa limpa e sapatos novos. Coco às vezes tinha medo de, ao respirar, manchar alguma coisa e ser flagrada pela irmã. Ficava tensa naquele ambiente. Seu "barraco" em Bolinas parecia infinitamente mais aconchegante e confortável.

Foi até a cozinha comer alguma coisa. Mas como Liz e Jane haviam saído às pressas, a geladeira não fora abastecida. Tudo o que encontrou foram dois limões, alface e uma garrafa de vinho branco. Havia macarrão e azeite no armário, e Coco preparou uma massa simples com salada. Enquanto cozinhava, bebeu uma taça de vinho. Os cães de repente começaram a latir como loucos diante da janela. Quando ela foi ver o que estava acontecendo, notou dois guaxinins passeando pelo jardim. Até acalmar os cachorros e os guaxinins desaparecerem, passaram-se 15 minutos. E foi então que Coco sentiu o cheiro de alguma coisa queimando. A água do macarrão havia secado e a massa transformara-se numa espessa crosta preta. Parte do cabo da panela havia derretido, provocando aquele cheiro desagradável.

— Droga! — resmungou ela, enquanto levava a panela para a pia e abria a torneira. O alarme de incêndio soou, e, antes que ela pudesse ligar para a empresa de vigilância explicando o que tinha acontecido, dois caminhões dos bombeiros já estavam na frente da casa com as sirenes ligadas. Então seu celular tocou. Era Jane.

— O que está acontecendo? Acabaram de me ligar. A casa está pegando fogo? — Ela parecia em pânico.

— Não foi nada — disse Coco, agradecendo aos bombeiros quando eles voltaram para os caminhões. Ela precisava reprogramar o alarme, mas não tinha certeza se ainda se lembrava de como fazer isso. Não queria perguntar a Jane. — Nada de mais. Deixei o macarrão queimar. Tinha dois guaxinins no jardim e os cachorros enlouqueceram aqui. Esqueci que estava cozinhando.

— Meu Deus, a casa podia ter pegado fogo!

Já era mais de meia-noite em Nova York, e a greve fora contornada, mas Jane parecia exausta.

— Se preferir, posso voltar pra Bolinas — sugeriu Coco.

— Deixa pra lá. Só tente não se matar, nem pôr fogo na casa.

Então, Jane lembrou a irmã como reprogramar o alarme, e um minuto depois Coco estava de volta à cozinha de mármore preto, sentindo-se ilhada. Comeu a salada. Estava faminta, cansada e com saudades de casa.

Pôs o prato no lava-louça e jogou fora a panela com o cabo derretido. Então apagou as luzes e subiu para o quarto, com os cães em seu encalço. Quando já estava lá em cima, percebeu que havia uma folha de alface grudada em seu tênis. Deitou-se no chão do quarto da irmã sentindo-se como um touro numa loja de porcelanas, como sempre acontecia quando estava ali. Era impossível se sentir à vontade naquele lugar. Finalmente ela se levantou, tirou os calçados e desmaiou na cama. Os cães fizeram o mesmo, e Coco riu. Jane a mataria se soubesse daquilo, mas agora a irmã estava longe, então deixou que os cachorros se esticassem ao lado dela, como de costume.

Pôs um de seus filmes favoritos no DVD e começou a assistir. Os cães estavam do lado dela. Coco ainda conseguia sentir o cheiro de queimado da panela. Teria de comprar uma nova. Pensando em Ian e em Bolinas, caiu no sono antes que o filme acabasse. Acordou pela manhã e se apressou em sair da cama, para tomar banho, se vestir e chegar a tempo de atender seu primeiro cliente do dia. Passou rapidamente pela cozinha, desistindo da ideia de fazer um chá, e levou os cães. Era um milagre Jane não ter telefonado.

Após o passeio de rotina com os cachorros pelo Presidio, pelo parque Golden Gate e por Crissy Field, estava de volta à casa de Jane, na Broadway, às quatro da tarde. Foi direto para a jacuzzi. Decidira não cozinhar aquela noite, então pediu comida chinesa para comer enquanto assistia a outro de seus filmes prediletos. Florence ligou de Los Angeles no momento em que colocou um rolinho primavera na boca. Jack e Sallie estavam bem ao lado, salivando.

— Oi, mãe — disse Coco, com a boca cheia, quando reconheceu o número. — Tudo bem?

— Tudo bem, melhor agora sabendo que você está numa casa decente, e não naquele barraco em Bolinas. Tem muita sorte de sua irmã deixar você ficar aí.

— Minha irmã é que tem sorte por eu me dispor a cuidar da casa dela — disparou Coco sem nem mesmo pensar. Jack conseguiu roubar um rolinho e, para a alegria dele, Coco empurrou o prato em sua direção. O cachorro devorou tudo. Jane a mataria se visse aquela cena.

— Não seja boba — repreendeu-a Florence. — Você não tem nada pra fazer, e é muito bom que esteja aí. A casa é maravilhosa. — Não havia como negar aquilo, mas o lugar parecia um set de filmagem. — Você devia procurar uma casa na cidade, arrumar um emprego decente, um marido, voltar pra faculdade.

Coco já ouvira aquele discurso antes. A mãe e a irmã nunca se cansavam de dar opiniões sobre sua vida. Eram elas que julgavam o que era certo e o que era errado. E Coco era a personificação de tudo o que havia de errado.

— Mas então, mãe, como vão as coisas? — Era sempre mais fácil quando Florence começava a falar de si mesma. Na verdade, era isso que lhe interessava, e ela tinha sempre muito a dizer.

— Comecei um livro novo. Uma história muito boa. É sobre um general do Norte e uma mulher do Sul, se passa durante a Guerra Civil. Eles se apaixonam, são separados um do outro, ela se casa e fica viúva, e então seu escravo favorito a ajuda a fugir pro Norte, pra procurar o general. Ela não tem dinheiro e o general está desesperado atrás dela, mas não consegue encontrá-la. Em troca da ajuda do escravo, ela promete encontrar a mulher dele. Na verdade, são duas histórias em uma, está sendo divertido escrever — concluiu alegremente, o que fez Coco sorrir.

Durante toda a vida, ouvira esse tipo de história. Ela gostava dos livros da mãe, orgulhava-se dela mas, quando era criança, ficava um pouco envergonhada com o sucesso que eles faziam. Naquela época, tudo o que ela queria era uma mãe normal, que assasse biscoitos e a levasse para passear de vez em quando. Mas, com o passar dos anos, acabou tendo de aceitar a realidade de ser filha de mãe famosa. Muitas vezes fantasiava que ela era uma dona de casa comum, o que não podia estar mais longe da realidade. Quando Coco nasceu, sua mãe já era uma celebridade. Durante sua infância, ou estava escrevendo um novo livro ou dando entrevistas. Coco sempre invejou as pessoas que não tinham pais famosos.

— E o último que você escreveu ainda está em primeiro lugar — disse Coco, orgulhosa. — Você nunca erra, não é, mãe? — Sua voz soou um pouco triste.

— Tento não errar, querida. Adoro o doce perfume do sucesso — respondeu a mãe, rindo.

Não apenas ela, mas toda sua família gostava daquele perfume. Coco muitas vezes imaginava como teria sido crescer em uma família "normal", de médicos, professores ou corretores de seguro, por exemplo. Em Los Angeles, não tinha tantos amigos assim. Quase todos eram filhos de pessoas famosas, produtores, diretores, atores, executivos de Hollywood. Ela tinha estudado na Harvard--Westlake, uma das melhores escolas de Los Angeles, e muitos dos seus colegas agora também eram famosos. Era como viver entre lendas. E a maioria deles transformara-se em grandes empreendedores, como Jane, embora alguns a essa altura já tivessem morrido por causa de drogas, bebedeiras, acidentes de carro e suicídios. Essas coisas aconteciam também com pessoas menos favorecidas, mas pareciam ser mais frequentes entre os ricos e famosos. Eles viviam a mil por hora e pagavam um alto preço por esse estilo de vida. Seus pais nunca teriam imaginado que ela se recusaria a entrar nesse jogo. Isso não entrava na cabeça deles, mas para ela fazia todo o sentido.

— Agora que você está na cidade, na casa da Jane, talvez pudesse se matricular em algum curso, se preparar pra voltar à faculdade — sugeriu Florence, tentando fazer com que o comentário parecesse casual, mas Coco também já tinha ouvido aquilo antes e não respondeu.

— Que tipo de curso, mãe? — perguntou enfim, parecendo muito tensa. — Piano? Violão? Costura? Culinária? Jardinagem? Sou feliz fazendo o que faço.

— Quando você tiver 50 anos, vai parecer um pouco boba passeando com os cachorros dos outros. Você não é casada, não tem filhos. Não pode gastar o seu tempo todo fazendo isso pelo resto da vida. Precisa fazer alguma coisa substancial. Talvez aulas de arte. Você gostava disso.

Aquele discurso era patético. Por que simplesmente não a deixavam em paz? E por que Ian precisava ter... mas também não havia sentido pensar nisso.

— Eu não tenho o seu talento, mãe. Nem o da Jane. Não sei escrever livros nem fazer filmes. E talvez um dia eu tenha filhos. Enquanto o momento não chega, vou levando a vida do meu jeito.

— Você não precisa levar a vida "do seu jeito". E não pode esperar que os filhos preencham a sua existência. Eles crescem e seguem os próprios caminhos. Você precisa de alguma coisa que te faça sentir realizada. Filhos só consomem uma parte do nosso tempo. Maridos morrem ou nos abandonam. Você precisa de algo que seja só seu, Coco. E será muito mais feliz assim que encontrar isso.

— Eu estou feliz agora, é por isso que moro aqui. Eu me sentiria péssima em Los Angeles, nesse ninho de ratos. — A mãe a ouvia e suspirava. Era como se estivessem sussurrando através do Grand Canyon: uma não conseguia, nem queria, ouvir a outra. O fato de Coco passear com cachorros deixava tanto a mãe quanto a irmã inseguras, o que chegava a ser quase engraçado porque não era assim que Coco se sentia. Às vezes, tinha pena das duas.

Falar com a mãe deixava Coco deprimida. Dava sempre a sensação de que ela não estava à altura de Florence e que nunca estaria. Agora Coco não dava tanta importância para isso, mas ainda ficava aborrecida de vez em quando. Ficou pensando nisso depois de desligar o telefone. Ela comeu mais um rolinho, o único que ficou fora do alcance de Jack. Em Bolinas, comia salada e comprava peixe fresco no mercado local. Tinha muita preguiça de ir até o supermercado em São Francisco, e a cozinha sofisticada da irmã, que mais parecia o interior de uma nave espacial, a intimidava. Era mais fácil pedir comida.

Coco ainda estava pensando na mãe quando subiu para o quarto e escolheu um filme para assistir. Jack a seguiu alegremente, pulou na cama e se pôs ao seu lado, mesmo sem convite, enquanto Sallie se deitava a seus pés com um grunhido de prazer. Quando o filme começou, os cães já roncavam, e ela então assistiu de novo à sua comédia romântica favorita, com seu casal de atores favoritos. Já vira aquele filme meia dúzia de vezes mas nunca se cansava dele.

Depois que o filme terminou, Coco percebeu que Jane havia lhe mandado uma mensagem de texto. Será que ela queria falar alguma coisa sobre Jack. Nos últimos dias recebera várias mensagens com lembretes sobre a casa, o cachorro, o jardineiro, o sistema de segurança, a faxineira. Coco sabia que, à medida que o filme no qual estava trabalhando fosse ocupando cada vez mais a vida da irmã, ela pararia de enviar mensagens de cinco em cinco minutos. Mas esta última era diferente. Avisava que uma tal de Leslie iria ficar hospedada lá no fim de semana. Por um instante, Coco pensou que poderia pedir a ela que tomasse conta do cachorro, e assim ficaria livre para voltar a Bolinas. Mas algo lhe dizia que Jane ficaria furiosa se ela fizesse isso.

A mensagem dizia apenas: "Leslie precisa se esconder da ex-namorada psicótica, assassina. Deve chegar amanhã ou domingo e ficar alguns dias. Já expliquei onde está a chave que deixo escondida e passei a senha do alarme. Obrigada. Beijos, Jane e Lizzie."

Coco não se lembrava de ter conhecido nenhuma Leslie, e ficou se perguntando se seria de Los Angeles. Ela parecia um pouco mais exótica que a maioria das amigas de Jane e Liz, que, embora fossem inteligentes e criativas, em geral eram mulheres calmas e de meia-idade, em relacionamentos longos e estáveis e pouco propensas a se envolver com namoradas assassinas e psicóticas. Mas como Leslie tinha a senha do alarme, Coco não precisava se preocupar. Pôs outro filme no DVD e foi dormir por volta das três da manhã. Só passearia com dois cachorros no dia seguinte e não precisaria acordar antes do meio-dia.

Acordou às dez, com um lindo dia de sol. Olhou pela janela e viu uma multidão de veleiros na baía, preparando-se para uma regata. Coco só conseguia pensar em uma coisa: estar em Bolinas. Cogitou dirigir até lá para passear com os cães na praia e verificar suas correspondências.

Espreguiçou-se lentamente, levou os cães até o jardim e deixou a porta aberta, para que pudessem entrar depois. Em seguida, foi à cozinha preparar algo para comer. Já estava ali havia dois dias e ainda não tivera tempo de fazer compras. Estava se decidindo entre a comida chinesa do dia anterior e os waffles que descobrira no freezer quando se deu conta de que tinha esquecido de guardar a comida na geladeira. Então optou pelos waffles e tirou-os do freezer direto para o micro-ondas. Ao virar-se, deparou-se com Jack com as patas apoiadas sobre a pia da cozinha, devorando alegremente os restos da comida chinesa. Algo lhe dizia que aquilo não ia dar em boa coisa. Espantou o cão, que latiu para ela e se sentou ao lado da mesa para vê-la comer. Sallie estava ao lado dele, parecendo igualmente esperançosa.

— Vocês são dois porquinhos — disse, olhando para eles. Seus longos cabelos acobreados estavam soltos, e ela usava sua camisola de flanela favorita, além de meias cor-de-rosa, porque à noite sempre sentia frio nos pés. Sentada ali, parecia uma criança, com dois cachorros de olho nos waffles que desapareciam dentro de sua boca.
— Humm — provocava ela, rindo enquanto Jack virava a cabeça de um lado para o outro. — O que foi? Não ficou satisfeito com a comida chinesa? Você vai acabar passando mal.

Depois de terminar os waffles, foi guardar o xarope de bordo na geladeira. Um pouco do doce tinha escorrido pelo pote, e ela quis limpar a sujeira imediatamente, o que Jane certamente teria feito. Mas acabou resolvendo deixar para depois. Jane não estava em casa, e ela queria tomar banho e ir logo passear com seus dois clientes do dia. Mas, antes que chegasse à geladeira, o perfume doce do xarope deixou Jack inebriado, que deu um salto afobado e derrubou o pote da mão de Coco. O vidro se espatifou ao cair e o líquido se espalhou por todo o piso de granito da cozinha. Antes que pudesse impedi-lo, Jack já estava lambendo a delícia, em meio aos cacos de vidro. Coco tentava afastá-lo, e Sallie, pastora por natureza, andava em círculos em torno deles e latia. Coco estava só de meias e tentou puxar Jack pela coleira, mas acabou escorregando e o cachorro a derrubou no chão. Coco caiu sentada no meio de uma poça melada, por sorte onde não havia nenhum caco de vidro, enquanto Jack latia freneticamente para ela. O buldogue queria o xarope de qualquer jeito, mas ela estava determinada a mantê-lo longe, para evitar que o animal se cortasse. Sua camisola e as meias estavam encharcadas, havia xarope de bordo até em seu cabelo. De repente os dois cachorros estavam latindo, e ela começou a rir da situação enquanto tentava se levantar para dar um jeito naquilo. Foi neste momento que notou a presença de um homem na cozinha, olhando para eles.

No meio de toda aquela confusão, nem mesmo os cães haviam percebido sua chegada. Quando o sujeito se mexeu, Jack e Sallie latiram ainda mais furiosamente. O homem parecia petrificado diante deles, e fascinado por Coco, que pedia aos cachorros que ficassem quietos. A cena era o caos total.

— O que você está fazendo aqui? — perguntou Coco com firmeza, encarando-o. Ele estava de jeans, camisa de gola e jaqueta de couro preta. Não parecia um ladrão, mas ela não fazia ideia de como havia entrado ali.

Ao falar com o desconhecido, ainda estava na poça de xarope, e ele tentava não rir da cena diante dele. Coco parecia uma domadora de leões, com os cabelos revoltos, a camisola e as meias encharcadas e o imenso cão latindo em seus braços, enquanto a cadela da raça pastor-australiano dava voltas em torno deles e uivava freneticamente. Ele podia ver o doce nos cabelos dela, brilhando como cristal, e também sentia o cheiro. Não pôde deixar de notar que ela era muito bonita e parecia ter uns 18 anos.

— Vocês por acaso estavam brigando por comida? — perguntou, com um piscar de olhos. — Que pena eu ter perdido isso. Adoro essas coisas. A ideia era eu me hospedar aqui por alguns dias, ou me refugiar...

Ele mostrou a chave a Coco, para provar que não era um invasor. Coco respirou fundo. Não era possível. Jane havia falado sobre uma amiga. Não sobre um amigo. Ou alguém mais tinha acesso à casa? Mas então, de repente, tudo fez sentido, o sotaque inglês... ao olhar para ele, Coco quase deu um grito. Não era possível. De jeito nenhum. Aquilo era um sonho. Ela vira aquele homem duas noites seguidas no imenso telão da irmã.

— Droga... meu Deus... não pode ser você... — disse ela.

Mas agora tudo fazia sentido. Leslie. Um homem, não uma mulher. Leslie Baxter, o galã britânico, estrela de cinema. Por que sua irmã não lhe avisara antes? Ela ficou vermelha como um pimentão ao olhar para ele. Leslie parecia sorrir com os olhos, exatamente como nos filmes que ela tinha visto milhares de vezes. E agora aquele homem estava ali diante dela.

— Acho que sou eu mesmo — disse ele, pedindo desculpas e avaliando a bagunça. — Acho que precisamos dar um jeito nisso aqui. — Ela assentiu, sem dizer nada, e olhou novamente para ele.

— Será que poderia levar os cachorros lá pra fora? Vou limpar essa sujeira — pediu Coco, apontando para a porta aberta que conduzia ao jardim.

— Gostaria muito de ajudar, mas, na verdade, tenho pavor de cães — respondeu ele, hesitante. — Se ficar tomando conta deles, posso procurar um aspirador em algum lugar.

Coco riu. Não haveria aspirador capaz de limpar o xarope de bordo.

— Deixa pra lá — disse ela, enxotando os cães para fora, com bastante dificuldade.

Um minuto depois, estava de volta. Recolheu os cacos de vidro com papel toalha e tirou as meias para não escorregar de novo. Fora um milagre ninguém ter se cortado com o vidro. Então, com a ajuda de Leslie e dos panos de prato imaculadamente brancos de sua irmã, Coco enxugou o líquido pegajoso. Os sapatos de Leslie, de camurça marrom, estavam um pouco sujos de xarope, e ele sorria tentando não cair na gargalhada.

— Você não deve ser a caseira — disse, tentando continuar a conversa, enquanto limpavam o piso, e a pilha de panos de prato crescia. — É amiga de Jane e da Lizzie?

Ele tinha falado com Jane, mas a amiga não mencionara nada sobre ter alguém na casa. Aquela mulher, no entanto, tampouco parecia uma ladra. Cachinhos dourados, talvez. Ou uma invasora com uma camisola engraçada de coraçõezinhos que passara a noite ali e decidira tomar um belo café da manhã antes de saquear o lugar.

— Estou tomando conta do cachorro dela — explicou Coco, sujando ainda mais o cabelo enquanto ele tentava ajudá-la a ajeitá-los para trás. Era impossível não perceber o quanto era bonita, embora tentasse manter a expressão séria. A essa altura, a velha camisola de Coco já estava colada ao corpo, o que a tornava ainda mais atraente. — Ela me mandou uma mensagem de texto dizendo que uma pessoa chamada Leslie viria pra cá. Em nenhum momento me disse que era você, e pensei que era uma das amigas lésbicas dela fugindo de uma ex-namorada maluca. — No momento em que disse isso, se arrependeu e corou. — Desculpe... eu não deveria ter falado isso... Eu achava que você era uma mulher.

— Bem, eu nem sabia que encontraria alguém aqui — admitiu Leslie, e, nesse momento, o xarope de bordo já havia sujado também seu cabelo, que era castanho-escuro, quase preto, em contraste com os olhos incrivelmente azuis. Os dela eram verdes, ele já havia reparado. — Mas você está certa em uma coisa. Estou mesmo fugindo de uma ex-namorada maluca, mas não sou nenhuma amiga lésbica da Jane e da Liz. — Olhou para Coco novamente, como se pedisse desculpas. E então fitou-a com uma expressão curiosa, e as palavras escaparam de sua boca antes que pudesse evitar: — E você?

— Se estou fugindo de uma ex-namorada maluca? Não, já disse. Estou apenas tomando conta do cachorro... — De repente entendeu a pergunta. — Não, não sou uma amiga lésbica delas. Jane é minha irmã.

Ao ouvir isso, Leslie percebeu a semelhança entre as duas. Mas elas pareciam ter estilos de vida tão diferentes que a ideia a princípio não lhe ocorrera. Ficara atordoado ao ver Coco numa poça de xarope, usando uma camisola surrada e engraçada, cercada por dois cães imensos. Ela o deixara tão assustado quanto os animais. Quando Jane lhe dissera que podia ficar em sua casa vazia, não contava com tamanha recepção. Sua definição de vazio era muito diferente. Aquilo era muito mais do que estava esperando.

— E como foi que você teve a sorte de virar babá de cachorro? — Ele estava intrigado com Coco, e, no momento em que fez a pergunta, os dois já haviam limpado quase toda a bagunça, embora agora parecesse que seus pés estavam colados no chão com Super Bonder.

— Sou a ovelha negra da família — respondeu ela, com um sorriso tímido, e ele riu. Ela parecia muito jovem e muito bonita, e Leslie tentava não olhar para sua camisola colada ao corpo.

— E que faz você ser uma ovelha negra? Bebe até cair? Se droga demais? Só arranja namorado babaca? Abandonou os estudos? — Ela parecia uma estudante do ensino médio, mas ele tinha certeza que não era o caso.

— Pior ainda. Abandonei a faculdade de direito, o que é considerado um pecado mortal, e sou passeadora profissional de cães. Moro na praia. As pessoas acham que eu sou hippie, esquisita e que estou jogando todo o meu potencial no lixo.

Coco falou isso com um sorriso no rosto, já que ele havia abordado o assunto com bom humor, e dessa vez não pareceu tão terrível. Na verdade, foi até divertido.

— Isso não me soa tão ruim. Abrir mão da faculdade de direito é que parece chato. Ser passeadora de cães é algo meio assustador pra mim, você deve ser corajosa. Eu também fui ovelha negra. Abandonei a escola pra fazer teatro, e meu pai não gostou nada disso, mas, ao que parece, ganho mais dinheiro hoje do que ganharia se fosse bancário, então ele já me perdoou. Você precisa ter paciência, e logo eles vão esquecer isso. Talvez você pudesse ameaçar sua família com a ideia de escrever um livro sobre eles contando todos os seus segredos. Ou vender fotos deles em situações constrangedoras. Chantagem pode ser útil. E não vejo nenhum problema em morar na praia. As pessoas pagam uma fortuna por uma casa em Malibu e são consideradas respeitáveis, muitos têm inveja delas. Como ovelha negra, você não me convence.

— Bem, mas eles estão convencidos.

— Nesses trajes, eu não saberia dizer se você é hippie — comentou, apontando para a camisola que ela estava usando, e só então Coco se deu conta do quanto o tecido estava colado ao seu corpo e revelava suas formas. — Talvez você devesse vestir sua roupa de passeadora de cães — sugeriu. — Vou procurar um esfregão pra limpar esse negócio do chão.

Leslie começou a abrir os armários até encontrar o que procurava. Coco olhou para ele e sorriu. Tinha ótimo senso de humor e, ao olhar para ela, parecia quase tímido. Não agia como a estrela de cinema que ela estava acostumada a ver nas telas.

— Quer comer alguma coisa? — perguntou educadamente, e ele riu.

— Nada que leve xarope de bordo. De qualquer forma, parece que não há mais nada por aqui. O que você estava comendo? — perguntou, parecendo curioso.

— Waffles — respondeu Coco, já na porta.

— Pena que eu não cheguei a tempo.

— Tem meio pé de alface na geladeira — ofereceu Coco, e ele riu novamente.

— Posso esperar um pouco. Mais tarde compro alguma coisa. Vou trazer outro vidro de xarope de bordo pra você.

— Obrigada — respondeu Coco, enquanto ele enchia um balde de água.

Ela subiu as escadas deixando pegadas grudentas por todo o caminho. Alguns minutos depois estava de volta, usando jeans, camiseta e tênis. Tomara um banho e os cabelos ainda estavam molhados. Leslie tinha feito café e lhe ofereceu uma xícara, mas Coco não quis.

— Eu só tomo chá — explicou.

— Não encontrei chá — disse Leslie, sentado à mesa com a expressão cansada. Parecia ter passado por dias difíceis.

— Não tem nada na despensa, mas vou fazer compras antes de voltar pra casa. Preciso ir pro trabalho, mas aos sábados são somente dois cães.

Ele parecia fascinado, como se ela tivesse dito que era encantadora de serpentes.

— Já foi mordida alguma vez? — perguntou, assombrado.

— Em três anos, apenas uma vez, e por um chihuahua minúsculo. Os cães maiores são sempre mais dóceis.

— Mas qual o seu nome, afinal de contas? Já que a sua irmã não nos apresentou... Você sabe o meu, mas eu não sei o seu.

— Nossa mãe nos batizou em homenagem a duas de suas escritoras favoritas. Jane é por causa da Jane Austen. O meu é Colette, mas todo mundo me chama de Coco.

Ela estendeu a mão e ele a apertou, parecendo achar engraçado. Que mulher encantadora!

— Colette na verdade combina muito com você — elogiou ele com uma expressão pensativa.

— Adoro os seus filmes — disse Coco, sentindo-se idiota no momento seguinte.

Conhecera centenas de celebridades e pessoas famosas ao longo da vida, a maioria atores e atrizes importantes, mas ali, com Leslie do outro lado da mesa, sentiu-se estranha e tímida, sobretudo porque assistira aos filmes dele tantas vezes e realmente os adorava. Era o seu ator favorito, e havia anos tinha uma quedinha por ele. E agora ali estavam os dois, na casa de Jane. Não era a mesma coisa. Ela precisava tratá-lo como uma pessoa de carne e osso, e não ficar olhando para ele como uma tiete em frente à TV.

— Obrigado pelo que disse sobre os meus filmes — respondeu ele, educadamente. — Alguns são horríveis, outros são aceitáveis. Eu nunca vejo nada. É muito estranho. Detesto a minha aparência, e muitas vezes me acho ridículo.

— É assim com os grandes atores — falou Coco, com convicção. — Meu pai dizia isso. Aqueles que se acham maravilhosos nunca são. Sir Laurence Olivier também não gostava do desempenho dele.

— Isso me tranquiliza um pouco — replicou Leslie, olhando para ela meio encabulado enquanto bebia o café. As noites sem sono que tivera, por causa da ex-namorada, estavam cobrando o seu preço, e ele estava doido para ir para a cama, mas não queria ser rude com Coco.

— Você o conheceu? — perguntou ele.

— Ele era amigo do meu pai. — Leslie sabia quem eram o pai e a mãe de Coco, uma vez que era amigo de Jane. Por isso conseguia entender por que ficavam tão chateados com o fato de Coco morar na praia e ser passeadora de cães. Só que ele também conseguia entender as escolhas dela. Gostava muito de Jane, mas ela era uma mulher poderosa. Já essa menina de cabelos ruivos e olhos verdes parecia de uma espécie inteiramente diferente. Era uma alma mais gentil. Dava para ver aquilo em seus olhos e em seus modos.

Coco percebeu que ele estava cansado e se ofereceu para acompanhá-lo até o quarto onde ficaria. Ele pareceu agradecido com a oferta e então os dois subiram para o segundo andar. Coco o conduziu até o quarto de hóspedes principal, ao lado da suíte de Jane. Liz dormia lá de vez em quando, quando precisava trabalhar até tarde num roteiro. Era um cômodo amplo e bonito, com uma vista espetacular da baía, mas tudo o que Leslie conseguia enxergar era a cama, que parecia chamar pelo seu nome. Queria tomar um banho e dormir pelos próximos cem anos.

— Vou trazer algo pra você comer caso acorde com fome — disse ela, gentilmente.

— Obrigado. Vou tomar um banho e cair na cama. Até mais tarde — despediu-se, enquanto ela acenava e descia as escadas.

Coco levou os cães para dentro de casa e entrou na velha van. Leslie observava tudo pela janela, sorrindo. Que mulher adorável e divertida! Depois do pesadelo que acabara de viver, conhecer essa mulher era como um sopro de ar fresco em sua vida.

Capítulo 3

Coco pegou o pequeno poodle e o pequinês que sempre levava para passear aos sábados. Depois, foi ao supermercado e comprou tudo o que poderiam precisar. Ela tranquilamente viveria de alface e comida para viagem, como fizera durante dois anos, mas, com um hóspede na mansão da irmã, sentia-se obrigada a caprichar um pouco mais. Era o que Jane certamente esperaria dela. Até então Leslie Baxter lhe parecera uma excelente pessoa, mas ela ainda não conseguia processar direito a ideia de tê-lo em casa como hóspede. Seria melhor se Jane a tivesse alertado sobre isso em vez de lhe mandar uma mensagem dizendo que alguém chamado "Leslie" ficaria hospedado lá por uns dias, pois estava fugindo de uma ex-namorada psicótica. Quem imaginaria que seria o famoso Leslie Baxter? Pelo menos a casa ficaria um pouco mais animada durante a estada dele. Pena que ele tinha medo de cachorros. Não poderia deixar Jack com ele e voltar para casa no fim de semana, como teria gostado de fazer.

Já eram três da tarde quando voltou para casa com as compras, o jornal do dia e algumas revistas. De repente, sentia-se obrigada a agir como anfitriã, e não apenas como uma simples caseira, embora as coisas tivessem começado meio difíceis com o incidente do xarope de bordo. Ela ficara impressionada com o espírito descontraído dele, e com o fato de ele tê-la ajudado a limpar a bagunça que fizera.

Estava tudo estranhamente calmo quando Coco entrou em casa. Presumiu que Leslie ainda estivesse dormindo, e que os cães tivessem se acomodado em algum lugar para fazer o mesmo. Foi até a cozinha para guardar as compras e mal havia começado quando ele entrou. Estava usando uma camiseta branca e calça jeans, além dos elegantes sapatos ingleses de camurça marrom. Ian só tinha botas de caminhada e tênis de corrida. Não precisava de nenhum outro tipo de calçado. Tudo o que ele fazia era em meio à natureza, e isso era algo que os dois compartilhavam. Quando Coco era criança, sua mãe vivia de salto alto. E a cada ano os saltos pareciam mais altos.

— Já acordou? — comentou, com um sorriso, esvaziando a última sacola de compras.

— Não cheguei a dormir — disse ele com tristeza, e ela ficou surpresa.

— O que aconteceu?

— Alguém chegou antes de mim.

Pediu à Coco que o acompanhasse, e ela o seguiu escada acima até o quarto, um pouco preocupada. Talvez Jane tivesse convidado mais alguém sem lhes avisar, e o cômodo tivesse sido ocupado. Ao chegar à porta do quarto de hóspedes, porém, começou a rir. Jack havia se esparramado na cama enquanto Leslie estava no banho. Sua cabeça estava no travesseiro e ele roncava profundamente. Não havia nem sinal de Sallie, mas Jack estava totalmente à vontade.

— Preferi não incomodá-lo e fui até o seu quarto dar uma olhada, só por curiosidade. O outro cachorro está dormindo lá.

— É a minha cadela — explicou Coco com um sorriso. — E este é o senhor da mansão, o nome dele é Jack, mas Jane não o deixa dormir na cama e ele sabe muito bem que não pode. Só faz isso quando eu estou aqui. — Coco foi rapidamente até a cama e deu uns tapinhas em Jack para acordá-lo. Ele pareceu muito aborrecido em ser despertado daquela maneira e caminhou até a suíte principal para juntar-se a Sallie. — Me desculpe. Você deve estar morto de cansaço.

— Tirei um cochilo no sofá. Mas, tenho que admitir, uma cama de verdade vai ser muito melhor. Ontem à noite dormi no carro. E na noite anterior me escondi na casa de um amigo. Los Angeles é muito pequena pra mim e pra minha ex. Ela é maluca — acrescentou, passando instintivamente a mão na bochecha. — É superfamosa e sabe dar um soco direitinho. Não é à toa que faz filmes de ação.

Coco descobriu quem era a namorada pelos tabloides, mas ficou admirada de ele não citar nenhum nome. Parecia muito educado.

— Aluguei minha casa há seis meses, por um ano. Estava morando com ela. Assim que tudo se acalmar, vou procurar um apartamento. Nunca me meti numa confusão tão grande na vida. — Sorriu para ela, encabulado. — Foi a primeira vez que apanhei de uma mulher. E depois ela atirou um secador de cabelo em cima de mim e quase me matou. Quando me ameaçou com um revólver, achei que era hora de ir embora. Nunca discuto com uma psicopata armada. Ou, pelo menos, na maioria das vezes, tento não discutir. — Ele sorriu, mas ainda parecia um pouco abalado.

— Mas por que ela ficou tão irritada? — perguntou Coco, cautelosamente.

Aquela sim era uma vida excitante, e nada parecida com a dela. Ian fora o homem mais gentil do mundo, e as brigas que tiveram haviam sido curtas, respeitosas e inofensivas. Antes dele, tivera outros relacionamentos, mas nenhum terminara tão mal. Conhecia, porém, pelo que o pai lhe contava, muitas histórias de clientes que eram perseguidos a vida toda por malucos e psicopatas.

— Não tenho certeza — respondeu Leslie. — Ela queria saber com que outras atrizes eu tinha saído antes dela, e depois ficou furiosa, mesmo eu explicando que aquilo tudo era passado. Cismou que eu faria tudo de novo na próxima oportunidade, e então enlouqueceu. Ela tinha um problema com bebida, abusava muito do álcool. Ligou pro meu celular e disse que ia me matar. Eu acreditei. E resolvi sair da cidade.

— Talvez você precise ficar aqui mais que um fim de semana — disse Coco, séria, embora aquela história lhe parecesse bem recheada de tudo que ela odiava em Los Angeles e Hollywood. Ela mesma não teria conseguido viver assim. Era um preço alto demais a se pagar pela fama. — Armas e álcool não são uma boa combinação — continou ela.

Leslie ainda não sabia o que queria fazer. Tinha telefonado para Jane e contado a ela o que acontecera porque a amiga trabalhara com a ex-namorada dele e a conhecia. Leslie queria que ela soubesse o quanto a ex era maluca, e o quão perigosa poderia ser. Jane sugeriu que ele saísse da cidade e passasse uns tempos em sua casa em São Francisco. Na hora, pareceu uma ótima ideia. Não queria esbarrar com a ex-namorada em lugar nenhum, o que seria muito provável de acontecer em Los Angeles. Jane achava que ela era muito mais perigosa do que ele imaginava.

— Eu nunca tinha passado por nada parecido com isso antes — disse Leslie, um pouco envergonhado. — Todos os meus relacionamentos anteriores terminaram bem. Até onde eu sei, ninguém nunca quis me matar antes. — Ao dizer isso, parecia não acreditar nas próprias palavras.

— Você chamou a polícia?

Ele fez que não com a cabeça.

— Não posso. Se eu fizer isso, todos os jornais vão saber, e as coisas vão ficar ainda piores.

— Quando eu era criança, lembro que o meu pai foi ameaçado de morte por um cliente maluco. Ele chamou a polícia e ficou sob proteção por um tempo. Eu morria de medo de que ele fosse assassinado pelo tal ator. Tive pesadelos com isso durante anos — confessou Coco.

— Sim, mas não era a ex-namorada do seu pai. Os tabloides adoram esse tipo de história. Eu não quero criar nenhum burburinho nem me envolver numa situação dessas. Tenho uns meses de folga, então vou tentar ficar longe de confusão. Talvez passe um tempo em Nova York. Só volto a trabalhar em outubro, tenho tempo até lá.

— Se você for a Nova York, ela provavelmente irá descobrir. E Jane e Liz só devem voltar daqui a cinco ou seis meses. Você pode ficar aqui enquanto pensa no que fazer, talvez nesse meio-tempo ela fique mais calma.

— Só se ela fizer uma lobotomia. Estou torcendo pra que ela fique obcecada por outra pessoa. Enquanto isso, vou ficar quietinho, e ela não vai descobrir que estou aqui. Faz vinte anos que não venho a São Francisco. Sempre encontro com a Jane em Los Angeles. Trabalhamos juntos num filme.

Coco se lembrava disso. Sabia que eles eram amigos, embora nunca o tivesse visto com a irmã.

— Bem, você está seguro aqui. E agora que Jack liberou a cama, vá dormir um pouco — disse Coco, com um sorriso gentil. Aquela história toda era terrível, e ele parecia muito abalado.

Leslie agradeceu-lhe por resgatá-lo e fechou a porta do quarto. Coco foi para a sua suíte e fez o mesmo. Os cães estavam na cama, e ela ligou a TV com o som bem baixo. Tirou um cochilo e, por volta das oito, desceu para jantar. Pegou um pouco de sushi na geladeira e preparou uma salada como acompanhamento. Estava jantando e lendo o jornal quando ele apareceu. Ainda estava com cara de sono, porém parecia um pouco mais descansado que antes. Ao sentar-se, bocejou e se espreguiçou. Pareciam dois náufragos numa ilha deserta. A casa estava silenciosa, tranquila e agradável. Era sábado à noite e nenhum dos dois tinha planos ou compromissos.

— Está com fome? — perguntou Coco, apontando para o sushi. Ele assentiu e então ela se levantou para pegar mais na geladeira. Ele logo estava a seu lado, pronto para ajudá-la.

— Não precisa me servir. Eu é que sou o intruso aqui. Obrigado por comprar comida. Amanhã é a minha vez. — Pareciam dois colegas dividindo um apartamento, cheios de bons modos. Ele era inglês e obviamente tivera uma excelente educação. Pegou uma porção de sushi e a pôs no prato que Coco lhe deu. Ela lhe preparou também um pouco de salada, e ele agradeceu.

— De que parte da Inglaterra você é? — perguntou Coco, enquanto comia. Jack observava os dois com interesse. Sallie, ao sentir o cheiro de peixe, voltara para a cama.

— De uma cidadezinha bem perto de Londres. Meu pai era carteiro, e minha mãe, enfermeira. A primeira vez que estive em Londres foi aos 12 anos. Meus pais ficaram horrorizados quando disse a eles que eu queria ser ator. Na verdade, ficaram muito envergonhados, pelo menos no início. Meu pai queria que eu fosse bancário, professor ou médico. Mas só de ver sangue eu desmaiava. E eu achava muito chato dar aula. Então comecei a estudar teatro e fui fazer uma peça do Shakespeare. Eu era bem ruim — disse Leslie, sorrindo para ela. — A salada está deliciosa. Não tem xarope de bordo?

— Comprei outro pote. E waffles.

— Ótimo! Pode deixar que amanhã eu preparo. Mas, me diga uma coisa, o que você queria ser quando crescesse? — perguntou, parecendo curioso.

— Nunca tive muita certeza. Só não queria ser como meus pais. Nem trabalhar com cinema, como minha irmã. Ela é intensa demais com tudo, e não acho nenhuma graça nisso. Sempre detestei escrever. Pensei em ser artista por uns cinco minutos, mas não tenho muito talento. De vez em quando pinto uns quadros, mas nada extraordinário. Apenas cenas praianas ou vasos com flores. Tive aula de história da arte na faculdade. Provavelmente gostaria de ter sido professora, ou pesquisadora, mas meu pai me convenceu a cursar direito. Disse que era um excelente ponto de partida pra qualquer coisa que eu quisesse fazer depois, como por exemplo trabalhar com ele. Mas eu não queria ser agente e odiei a faculdade. Os professores eram mesquinhos, e os alunos, uns idiotas neuróticos que viviam numa eterna competição, um tentando passar a perna no outro. Durante dois anos vivi um verdadeiro terror, chorava o tempo todo. Morria de medo de ser reprovada. Então meu pai morreu e resolvi largar a faculdade.

— E depois?

— Fiquei aliviada. — Coco sorriu para ele, do outro lado da mesa. — Nessa época eu estava morando com um cara. Meus pais obviamente não gostavam dele. Ele também tinha abandonado a faculdade de direito, na Austrália, amava a natureza e tinha uma escola de mergulho, então nos mudamos para a praia e vivi os dias mais felizes da minha vida. Tive a ideia de trabalhar com cachorros num período difícil, para me distrair um pouco. Mas isso foi há três anos e ainda estou firme e forte. Isso me faz muito bem. Moro na praia e por enquanto é disso que eu preciso. Minha casa inteira é menor que essa cozinha. Minha mãe diz que eu moro num "barraco", mas eu amo aquele lugar.

— E o australiano da escola de mergulho? — perguntou Leslie com interesse enquanto terminava a salada e reclinava-se na cadeira. Ela parecia uma mulher normal e feliz, exceto quando o assunto era a faculdade de direito. — Ainda está por aí?

— Não, não está mais — respondeu Coco, balançando a cabeça devagar.

— Que pena. Seus olhos brilharam quando você falou dele.

— Ele era um homem incrível. Nós moramos juntos por dois anos, mas então aconteceu um acidente e ele morreu.

Leslie olhava para Coco atentamente. Ela parecia triste, mas não perturbada, como se tivesse feito as pazes consigo mesma havia muito tempo. Leslie estava surpreso e lamentava aquilo. Coco, por outro lado não parecia abalada.

— Acidente de carro?

— Não, de asa-delta. Uma rajada de vento o empurrou em direção a um rochedo e ele caiu. Faz pouco mais de dois anos. No início foi muito difícil, mas essas coisas acontecem. Tivemos azar. Planejávamos nos casar e ir morar na Austrália. Acho que eu teria gostado disso.

— É bem possível. — Leslie assentiu. — Sydney é bem parecida com São Francisco.

— Ele falava a mesma coisa. Ele era de lá. Mas nós nunca visitamos a cidade. Acho que não era pra ser.

Ela falou aquilo com um ar filosófico, e ele a admirou por isso. Não era uma garota sentimentaloide.

— E depois dele, encontrou alguém? — Leslie estava curioso.

Coco sorriu para ele. Aquilo tudo era tão estranho que a fazia rir. Leslie Baxter querendo saber sobre sua vida amorosa. Quem imaginaria que isso poderia acontecer?

— Tive um monte de encontros aleatórios com caras chatos. Fiz algumas tentativas há um ano, mais ou menos, só pra que minha família e meus amigos parassem de encher o meu saco. Mas o esforço não valeu a pena, ou talvez eu ainda não estivesse pronta. Tem uns seis meses que resolvi deixar isso pra lá. É difícil começar tudo de novo com outra pessoa. Ian e eu nos dávamos muito bem.

— Tenho a impressão de que não deve ser difícil se dar bem com você — disse ele, incisivamente. — Eu me envolvi com uma mulher parecida com você uma vez. Ela era incrível.

— E o que aconteceu?

— Eu era um idiota. E muito novo. Estava no início da minha carreira e queria ficar em Hollywood pra aproveitar um pouco mais. Ela morava na Inglaterra e queria se casar e ter filhos. Quando percebi que aquele era o caminho certo, já era tarde demais. Ela já tinha desistido de mim e se casado com outro cara. Chegou a esperar por mim durante três anos, ou seja, muito mais do que eu merecia. Hoje ela mora em Sussex e tem cinco filhos. É uma ótima pessoa. Tive outra mulher assim na minha vida depois. Não chegamos a nos casar, mas tivemos uma filha. Monica engravidou quando o nosso relacionamento já estava mais pra lá do que pra cá e decidiu ter a criança. Na época, fiquei muito inseguro. No fim das contas, ela estava certa. Nosso relacionamento terminou, mas Chloe é a melhor coisa que aconteceu na minha vida.

— E onde ela está agora?

Coco parecia surpresa. Leslie tinha uma vida verdadeiramente hollywoodiana: uma mulher tentando matá-lo, romances sem finais felizes e uma filha com uma mulher com quem não chegara a se casar. Ainda assim, parecia ser uma pessoa muito normal e pé no chão. Ou talvez estivesse atuando. Na juventude, conhecera muitos atores malucos por causa do pai. Muitos deles pareciam pessoas normais, quando não eram. No fim das contas, mostravam-se tão loucos e narcisistas quanto os outros. O pai sempre a advertira a não se envolver com atores. Mas Leslie parecia diferente. Aparentava ser um cara normal, nem um pouco arrogante, egoísta ou exibido. Pelo menos até agora. Dava a impressão de estar sempre disposto a admitir seus erros, em vez de pôr a culpa nos outros — exceto, claro, pela última tragédia em sua vida, que não parecia ter sido culpa dele, de qualquer forma. Pessoas malucas como aquela ex-namorada sempre aparecem, ainda mais no meio artístico.

— Chloe mora em Nova York com a minha ex — explicou. — Ela é atriz na Broadway e uma mãe maravilhosa. Mantém nossa filha longe dos holofotes e duas ou três vezes por ano Chloe vem passar um tempo comigo. Sempre que posso vou visitá-la em Nova York. Ela tem 6 anos e é a criaturinha mais doce da face da Terra. — Ao falar da filha, Leslie transbordava de orgulho. — Monica e eu somos melhores amigos. Não sei se seria assim se tivéssemos nos casado. Acho que não. Ela é uma mulher muito séria e um pouco misteriosa. Depois que terminamos, ela se envolveu com um político casado. Todo mundo sabia, mas eles eram muito reservados. Depois dele, vieram vários outros, todos ricos e poderosos. Eu era chato demais pra ela. E também muito imaturo. Tenho 41 anos e acho que só agora estou virando adulto. É constrangedor admitir isso, mas acho que os atores tendem a ser muito imaturos. Somos mimados demais. — A franqueza com que confessava isso comoveu Coco.

— Eu tenho 28 — disse ela, timidamente — e acho que ainda não descobri o que quero ser quando crescer. Quando eu era criança, queria ser uma princesa indígena, mas, desde que percebi que isso não iria acontecer, não tive nenhuma ideia melhor. — Ela parecia um pouco decepcionada, e ele riu. — Gosto da minha vida do jeito que ela é. Pelo menos por enquanto o meu trabalho me faz feliz. Ainda que minha família não consiga entender isso, estou contente vivendo assim.

— É isso o que importa — disse ele, gentilmente. — Sua família fica em cima de você por causa disso?

Conhecendo Jane e sabendo quem era a mãe dela, ele obviamente imaginava que sim.

Coco deu uma gargalhada.

— Você está brincando? Eles me acham um fracasso, uma tragédia completa. Afinal, são todos muito bem-sucedidos em suas carreiras. Minha irmã foi indicada ao Oscar pela primeira vez quando tinha a minha idade e desde os 30 anos tem produzido um sucesso atrás do outro. Minha mãe escreve best-sellers praticamente desde criança. Meu pai montou a própria agência e foi agente das maiores estrelas de Hollywood. E eu sou uma passeadora de cães. Você consegue imaginar o que eles acham disso? Minha mãe se casou aos 22 anos e teve Jane aos 23. Jane e Liz estão juntas desde que minha irmã tinha 29. E eu me sinto como se tivesse 15 anos e ainda estivesse na escola. E não estou nem aí se vou ser convidada pro baile de formatura. Estou feliz na praia com a minha cachorrinha.

Ele não fez questão de lembrá-la de que provavelmente também já estaria casada a essa altura se Ian não tivesse morrido. Coco percebeu isso.

— Eu sou de uma família de pessoas muito bem-sucedidas, que ao nascer já sabiam o que queriam fazer da vida. Às vezes tenho certeza de que fui trocada na maternidade. Em algum lugar por aí certamente existe uma família normal vivendo numa comunidade praiana que acharia ótimo ter uma filha passeadora de cães e não veria nada de errado no fato de ela ainda não ter se casado. Mas provavelmente eles têm uma filha que quer ser cientista, neurocirurgiã ou trabalhar em

Hollywood, e não sabem o que deu nela. Minha família é exatamente igual, eles também não sabem o que deu em mim.

    Desde que conhecera Ian não havia sido tão honesta assim com ninguém, muito menos com um astro do cinema, e ficou preocupada porque, afinal, ele era amigo de Jane. Ele conseguia ver isso nos olhos dela.

— Não precisa me olhar desse jeito, não vou comentar nada com a Jane. — Ele parecia ser capaz de ler seus pensamentos.

— É que nós não temos nada em comum — disse Coco com lágrimas nos olhos, e, no minuto seguinte, achou que estava sendo boba e ficou envergonhada. — Estou cansada de ouvir todo mundo me dizendo que tudo o que eu faço é errado. É engraçado porque isso faz com que eles se sintam importantes. Minha irmã a vida inteira me tratou como uma empregada. Se eu tivesse minha própria vida, talvez na verdade eles nem gostassem porque não seria conveniente pra eles. Jane é uma boa pessoa e eu a amo, mas ela é muito exigente.

— Eu sei. Talvez você só precise dizer não — falou ele, gentilmente, e Coco riu de novo e enxugou os olhos com a blusa. Leslie tentou não olhar para seu sutiã cor-de-rosa enquanto ela fazia isso. Ela não se dera conta da indiscrição, e ele sorriu. De certa maneira, ela era mesmo uma criança, e ele gostava disso. Coco era honesta, real, doce e gentil.

— A vida toda venho tentando dizer não. Foi por isso que me mudei pra Bolinas. Pelo menos isso criou uma barreira geográfica entre nós. Mas veja só quem está tomando conta da casa e do cachorro dela.

— Fique tranquila. Qualquer dia desses você vai conseguir dobrá-la e vai se surpreender — disse Leslie, sendo gentil. — Isso vai acontecer na hora certa, quando for o momento. Não é fácil dobrar a Jane, nem mesmo pra mim. Ela é uma mulher forte, durona de várias maneiras e muito inteligente. Liz também, embora seja muito mais gentil. Ela deixa Jane bem mais calma, ou pelo menos tenta.

— Jane se parece muito com o meu pai. É direta e incisiva. Minha mãe é mais manipuladora, quando quer alguma coisa ela começa a chorar. — E então riu de si mesma e olhou para Leslie do outro lado da mesa. — Acho que eu também. Me desculpe. Afinal, você não veio aqui pra ouvir a triste história da menina que fugiu da família rica em Hollywood pra viver numa casinha na praia.

— Não acho sua história triste — disse ele com franqueza —, tirando a parte sobre o seu namorado australiano. Mas você é jovem, tem muito tempo pela frente pra descobrir o que quer fazer e pra encontrar a pessoa certa. E tenho a impressão de que você leva uma vida muito boa enquanto espera isso tudo acontecer. Pra ser sincero, tenho até um pouco de inveja. Acho que você está se saindo melhor do que imagina. E você não precisa da aprovação de ninguém. Os meus pais ainda se preocupam comigo, acham que já passei da hora de casar e ter outros filhos. Talvez tenham razão. Eles são apaixonados pela Chloe, mas adorariam se eu estivesse casado, morando na Inglaterra, e tivesse quatro filhos. Eles acham que eu deveria morar lá, mas essa é a opinião deles, não a minha. Hollywood cobra o seu preço. Às vezes a gente acaba abrindo mão de muita coisa. Foi o que aconteceu comigo.

— Mas você ainda tem tempo — garantiu Coco. — Você ainda pode se casar e ser pai de dez filhos, e isso vai acabar acontecendo. Não existe nenhuma regra, ninguém pode dizer quando isso vai acontecer.

— É muito mais complicado quando se é famoso — disse Leslie, pensativo. — As mulheres que valem a pena são desconfiadas, acham que nós somos esquisitos ou galinhas. E as que estão sempre atrás da gente são pessoas bizarras, fãs doidas ou gente de má índole. Como a que está me perseguindo agora. Pra elas, somos como um farol na escuridão. Fujo delas como do diabo. Embora essa última tenha conseguido me enganar. Ela fez o jogo dela direitinho, pelo menos no início. Achei que era uma moça legal de verdade, e que as coisas pudessem ser mais fáceis porque ela também era famosa. Que estupidez! No fim das contas, ela era tudo o que eu não queria.

— Continue tentando — disse Coco, sorrindo para ele e levantando-se para arrumar a mesa.

Perguntou se Leslie queria sorvete e ele respondeu que sim. Havia comprado potes de vários sabores naquela tarde, pois não sabia de qual ele gostava. Eram totalmente estranhos um para o outro, mas ainda assim sentiam-se confortáveis em compartilhar seus maiores segredos, arrependimentos e medos.

— Às vezes fico cansado de tentar — admitiu Leslie, com sorvete escorrendo pelo queixo, parecendo uma criança.

— Eu me sentia assim quando ficavam tentando arranjar encontros pra mim. Por isso parei de tentar. Quando uma coisa tem que acontecer, ela simplesmente acontece. E, se não acontece, paciência, tudo bem.

— Senhorita Barrington — começou ele formalmente —, posso lhe garantir que, aos 28 anos, nada está acabado e que a senhorita não irá passar o resto dos seus dias sozinha. Talvez leve um tempo até encontrar alguém. Mas prometo que a pessoa certa irá aparecer. E será um homem de sorte! Apenas dê tempo ao tempo.

Ela sorriu.

— E eu lhe digo o mesmo, senhor Baxter. A pessoa certa *irá* aparecer, eu prometo. Apenas dê tempo ao tempo — repetiu as palavras dele. — O senhor é incrível e, desde que consiga se manter longe das psicopatas, uma boa mulher irá encontrá-lo. É uma promessa.

Ela estendeu-lhe a mão e ele a apertou. Sentiam-se relaxados após aquela conversa. O fato de estarem na casa de Jane naquele momento acabara sendo uma bênção para ambos. Era como se tivessem iniciado uma amizade.

— O que tem pra fazer nessa cidade sábado à noite? — perguntou Leslie com interesse, e ela riu.

— Não muita coisa. As pessoas saem pra jantar e às dez da noite já não tem mais ninguém na rua. É uma cidade pequena, não lembra em nada Los Angeles ou Nova York.

— Na sua idade, e em pleno sábado, você deveria estar lá fora se divertindo, e não aqui, aturando a conversa de um velho chato como eu. — Ele a repreendeu, e ela riu.

— Você deve estar de brincadeira. Estou na cozinha da casa da minha irmã com o ator mais famoso de Hollywood. Qualquer mulher nesse país daria um braço para ter um sábado como esse — disse, com admiração. Aquilo tudo era muito excitante, mesmo para ela. — E isso porque você não sabe como são as noites de sábado em Bolinas, onde eu moro. Se muito, haveria uns dez hippies velhos num bar. Todas as outras pessoas, inclusive eu, já estariam na cama uma hora dessas, vendo um dos seus filmes.

Os dois riram. Ele ajudou-a a pôr os pratos no lava-louça, apagou as luzes do primeiro andar e subiu as escadas devagar atrás de Coco, com os cães atrás deles. O buldogue ainda o deixava nervoso. Sallie era menor e menos imponente, parecia menos perigosa. Jack poderia nocauteá-lo em questão de segundos, mas Coco sabia que não faria isso. Ele era até mais gentil que Sallie. Porém bem mais pesado do que Leslie.

Deram boa-noite um ao outro da porta de seus respectivos quartos, e então Leslie perguntou o que ela faria no dia seguinte. Coco respondeu que não tinha planos. Nunca trabalhava aos domingos e adoraria dar um pulo em casa. Na verdade, estava pensando em fazer isso.

— Eu não me importaria em conhecer essa divertida cidadezinha à beira-mar onde você mora — disse ele, esperançoso. — Fica muito longe daqui?

— Menos de uma hora — respondeu ela, com um sorriso. Coco adoraria mostrar o lugar a Leslie.

— Eu gostaria de conhecer esse seu barraco e dar uma caminhada na praia. O mar é sempre revigorante. Cheguei a ter uma casa em Malibu por um tempo. Acabei me arrependendo profundamente quando a vendi. Talvez a gente possa pegar o carro amanhã e ir até Bolinas — disse ele, reprimindo um bocejo. Agora que conseguira relaxar e sentia-se novamente seguro, percebia o quando estava exausto. — Amanhã de manhã vou fazer waffles pra você — prometeu, e então deu um beijo na bochecha dela. — Obrigado por me ouvir essa noite.

Leslie havia realmente gostado de Coco. Ela era uma mulher tão decente e honesta, e não queria nada dele. Nem fama, nem fortuna, nem holofotes, nem mesmo sair para jantar. Sentia-se surpreendentemente confortável ao seu lado, ainda mais considerando que havia acabado de conhecê-la. Dava para perceber facilmente que ela era uma pessoa confiável, e Coco tinha a mesma impressão dele.

Ao entrar no quarto, seu celular tocou. Era um número não identificado, mas ele tinha quase certeza de que era aquela psicopata assassina. Deixou a ligação cair na caixa de mensagens, e um minuto depois recebeu uma mensagem de texto com mais uma ameaça. Ela estava doida. Ele apagou o recado e não respondeu. Fechou a porta do quarto, tirou as roupas e foi para a cama. Ficou deitado na cama por um bom tempo, pensando em Coco e nas coisas sobre as quais haviam conversado. Adorara a franqueza e a honestidade com que ela falara de si e tentara retribuir da mesma forma. Achava que havia conseguido. Apagou as luzes e deixou o pensamento vagar, mas não conseguiu dormir.

Uma hora depois, resolveu ir até a cozinha pegar um copo de leite e percebeu que as luzes do quarto de Coco ainda estavam acesas. Bateu de leve na porta para lhe perguntar se queria alguma coisa lá de baixo, e ela gritou que entrasse. Estava deitada entre os dois cães com um pijama de flanela desbotado e assistia a um filme. Leslie olhou rapidamente para a tela e se deparou com o próprio rosto. Era como se ver num espelho gigante, e ele ficou espantado. Coco parecia constrangida por ser flagrada vendo um filme dele.

— Desculpe — disse, como uma menininha envergonhada. — É meu filme favorito.

Leslie não pôde deixar de sorrir. Era um elogio e tanto vindo de uma mulher que precisara de apenas um dia para conquistar sua admiração. Coco não estava tentando bajulá-lo. Se ele não tivesse batido à porta do quarto dela e entrado, nem mesmo saberia que estava assistindo a um filme dele.

— Também gosto desse, embora eu esteja horrível — falou casualmente, com um sorrisinho. — Estou indo lá embaixo, quer alguma coisa?

— Não, obrigada.

Era muito gentil da parte dele perguntar. Pareciam duas crianças numa festa do pijama. Coco deixara suas roupas espalhadas pelo chão, assim sentia-se mais em casa. Tudo era sempre muito arrumado quando Jane estava ali! Para Coco, um pouco de bagunça conferia humanidade ao ambiente.

— Até amanhã, então. Divirta-se com o filme — disse ele e fechou a porta.

Leslie foi à cozinha pegar um copo de leite e um pouco de sorvete. Teria gostado se Coco descesse e se juntasse a ele, mas ela parecia muito entretida. Terminou de tomar o sorvete e voltou para o quarto. Dessa vez, ao cair na cama, dormiu em questão de minutos. Não se mexeu até acordar. A sensação era a de ter deixado para trás todos os seus problemas e encontrado exatamente o que procurava: um lugar seguro, onde estaria protegido das pessoas que queriam machucá-lo. E nesse lugar seguro encontrara algo ainda mais raro: uma mulher centrada. Não se sentia assim desde sua partida da Inglaterra, quando se mudara para Hollywood. E sabia que, naquela casa em São Francisco, com aquela mulher bem-humorada e aqueles dois cachorros enormes, nada de ruim poderia lhe acontecer.

Capítulo 4

Quando acordaram na manhã seguinte, o dia estava perfeito mais uma vez. Fazia sol e o céu era de um azul intenso. Leslie desceu antes de Coco e preparou bacon para acompanhar os waffles. Serviu-se de um copo de suco de laranja e ligou a chaleira. Estava despejando a água fervente em duas xícaras quando Coco apareceu na cozinha. Ela havia acabado de soltar os cães no jardim. Depois do café da manhã, levaria Jack e Sallie para uma longa caminhada.

— Isso está com um cheiro ótimo — elogiou ela, assim que Leslie entregou-lhe uma xícara com chá verde. Para si próprio, havia preparado um típico chá inglês, que bebeu sem leite ou açúcar. Pouco depois a mesa estava posta, com os waffles e o xarope de bordo. E eles riram ao se lembrar da cena caótica do dia anterior.

— Obrigada por preparar o café da manhã — agradeceu à Coco, quando sentou-se à sua frente, com seu prato de waffles e bacon.

— Não tenho certeza se posso confiar em você na cozinha — disse ele, provocando-a, e então olhou para o mar pela enorme janela. — Vamos à praia hoje? — perguntou, observando os barcos se posicionarem na baía como se estivessem se preparando para uma corrida. O mar estava agitado e havia um enorme vaivém de barcos.

— Tem certeza de que quer ir? — perguntou ela, cautelosa.

— Posso ir sozinha se você não quiser me acompanhar. Preciso pegar umas coisas e checar a correspondência.

— Você se importaria se eu fosse junto?

Ele não queria ultrapassar os limites nem incomodar. Afinal, ela provavelmente tinha coisas para fazer, talvez preferisse ficar sozinha em casa ou quisesse visitar algum amigo.

— Vou adorar — disse ela, com sinceridade. Que suplício, passar um dia em Bolinas com Leslie Baxter! — É uma vilazinha meio maluca, mas incrível.

Coco havia contado a ele sobre a ausência de placas no local, então ninguém poderia encontrá-los.

Uma hora depois, estavam com os dois cachorros na van. Usavam jeans, camiseta e chinelo. Ela o prevenira de que poderia fazer um friozinho no fim da tarde, então levaram suéteres também. Mas tudo que havia no caminho enquanto dirigiam por Divisadero rumo a Lombard, e se juntavam ao trânsito na direção da ponte Golden Gate, era um infinito céu azul. A conversa fluía fácil. Falaram sobre a infância de Leslie na Inglaterra, e ele admitiu que às vezes sentia falta de lá, mas que agora era diferente quando ele voltava para sua terra natal. As pessoas passaram a tratá-lo de maneira diferente depois da fama. Mesmo aquelas que haviam crescido ao seu lado agora o viam como se ele fosse alguém especial ou diferente, e não havia nada que se pudesse fazer a esse respeito. Qualquer esforço era inútil.

— Me conte sobre a Chloe — pediu Coco, quando passavam pela ponte e subiam o morro rumo ao túnel do arco-íris em Marin.

— Ah, ela é incrível — disse Leslie, e seu rosto se iluminou. — Gostaria de vê-la com mais frequência. Ela é muito esperta e incrivelmente adorável. Puxou à mãe. — Ele disse isso com um olhar de profunda afeição, não apenas pela criança, mas também pela mulher que havia muito tempo fora sua namorada. — Quando chegarmos a Bolinas eu mostro umas fotos dela pra você. Tenho umas na carteira. Chloe quer ser bailarina ou motorista de caminhão quando crescer. Acho que ela pensa que essas profissões são compatíveis e igualmente interessantes. Ela diz que os motoristas de caminhão podem sair largando as coisas pelas estradas, e que isso é muito divertido. Chloe faz aula de tudo quanto é coisa que você possa imaginar: francês, informática, piano, balé. — Ao falar da filha, ele ficou com um ar de orgulho e felicidade no olhar. Contou que a relação com a menina e a mãe era muito tranquila e honesta, como sempre fora. — A mãe dela estava com um namorado sério há algum tempo, achei até que eles fossem se casar. Fiquei um pouco preocupado. Ele é italiano, e Florença seria ainda mais longe pra mim do que Nova York. Quando eles terminaram fiquei aliviado, embora a Monica mereça encontrar alguém especial. Pra ser sincero, eu tinha ciúmes dele com a Chloe. Ele acabava passando muito mais tempo com a minha filha do que eu. Mas acho que a Monica não está saindo com ninguém agora — completou, enquanto pegavam a saída para a praia e passavam pelo Mill Valley.

— Você voltaria com ela por causa da Chloe? — perguntou Coco com interesse, e ele balançou a cabeça.

— Eu não poderia fazer isso, nem ela. Já faz muito tempo, muita coisa aconteceu desde então. Na verdade, já não tínhamos mais nada quando a Chloe nasceu. Ela foi apenas um maravilhoso acidente. A melhor coisa que já aconteceu pra nós dois. Minha filha faz tudo valer a pena.

— Nem consigo me imaginar tendo filhos — disse Coco, com sinceridade. — Não agora, pelo menos. — Mesmo quando Ian ainda estava vivo, ela se achava jovem demais para ser mãe. — Talvez depois dos 30 — completou, vagamente.

Leslie admirava o modo como ela dirigia com naturalidade aquela antiga van, que fazia uns barulhos assustadores. Comentou que, na juventude, adorava mexer em carros. Era uma paixão antiga que ele nunca havia superado. Estava impressionado ao ver como ela encarava as difíceis curvas da estrada. Para ele, Coco parecia muito calma e concentrada, independentemente do que a mãe e a irmã pensavam dela. Ele sentia que elas estavam erradas sobre Coco. E quanto mais perto chegavam da praia, mais feliz ela ficava.

— Espero que você não fique enjoado com tantas curvas — comentou ela, olhando-o com certa preocupação.

— Estou bem por enquanto, qualquer coisa eu aviso.

O tempo estava excelente, e o cenário, fantástico. Os cães estavam em um sono profundo e, após vinte minutos de uma série de curvas fechadas, chegaram a Stinson Beach, com sua meia dúzia de lojas beirando os dois lados da estrada: uma galeria de arte, uma livraria, dois restaurantes, um armazém e uma loja de souvenirs.

— Esse lugar é um paraíso perdido — constatou Leslie ao olhar para aquela estranha cidade, se é que se poderia chamar aquilo de cidade. Tinha apenas dois quarteirões e algumas ruelas com cabanas em ruínas.

— Ali tem um condomínio fechado — explicou Coco, apontando para uma lagoa. — E uma área de proteção ambiental aos pássaros à nossa direita. Tudo é preservado por aqui. — E então abriu um grande sorriso. — Espere só até ver Bolinas. Parece um lugar perdido no tempo e é bem menos civilizado que tudo isso que você está vendo.

Ele adorou a rusticidade do lugar e sua simplicidade. Não era nenhuma cidade costeira badalada e parecia ficar a milhões de quilômetros da civilização. Podia entender por que Coco havia optado por morar ali. Enquanto dirigiam pela estrada sem placas, uma sensação de calma e paz tomou conta dos dois. Era como se, apenas visitando aquele lugar, qualquer um pudesse deixar para trás os seus problemas. Mesmo aquela estrada angustiante o fizera se sentir relaxado.

Dez minutos depois, Coco fez uma curva, e eles entraram num pequeno platô. Havia casas que mais pareciam velhas fazendas, árvores enormes e antigas e uma pequena igreja.

— Primeiro vou mostrar a cidade a você — anunciou ela, para em seguida cair na risada. — Embora na verdade isso seja uma piada. Bolinas consegue ser menor que Stinson Beach. A praia aqui não é tão boa, a área é mais rural, mas, por outro lado, isso mantém os turistas longe. É difícil chegar.

Enquanto Coco apontava o lugar, passaram pelo restaurante em ruínas, pelo armazém, pelo mercadinho principal e pela loja de roupas antigas com um vestido estampado na vitrine. Leslie olhava tudo à sua volta com um sorriso no rosto.

— Então é aqui? — Ele parecia de fato encantado. As lojas eram minúsculas e pareciam saídas de outro século, mas tudo em torno deles era verde e belo. Havia árvores antigas, imensas e sólidas, e eles passaram por uma pequena elevação com vista para o mar.

— Chegamos — confirmou Coco. — Se você precisar de incenso ou de um bong, aquele é o lugar — disse, apontando para uma loja, e ele riu.

— Acho que hoje não vai ser necessário.

Passaram pelas lojinhas e seguiram pela estrada, que exibia suas caixas de correio à moda antiga, cercas velhas e portões de ferro batido aqui e ali.

— Algumas casas aqui são realmente lindas, mas elas ficam muito escondidas, como um segredo bem guardado. A maioria das construções é como essas que vemos aqui, velhos sítios e cabanas de surfistas. Antigamente, muitos hippies moravam na praia e dormiam em ônibus escolares quebrados, que ficavam estacionados lá perto. Hoje em dia a coisa é um pouquinho mais organizada — disse Coco, com um semblante de paz. Era bom estar de volta.

Ela estacionou a van e soltou os cachorros, que a seguiram pelo portão de madeira construído por Ian e que o tempo corroera. Abriu a porta de casa e entrou. Leslie vinha logo atrás, com passos cautelosos, olhando tudo à sua volta. Da sala de estar, Coco tinha uma visão perfeita do mar, embora as janelas fossem velhas e muito menores que as de Jane, que iam do chão ao teto. Leslie percebeu que nada ali fora concebido para ostentação, era apenas um lugarzinho aconchegante para se viver. Para ele, parecia uma casa de bonecas. Com livros empilhados no chão, revistas velhas sobre a mesa. Uma das pinturas de Coco estava montada sobre um cavalete num canto, um pedaço da cortina havia desprendido do gancho. Mas, apesar da amistosa desordem, típica de uma pessoa que mora sozinha, o lugar era convidativo e parecia ser bem aproveitado. Ela usava a lareira todas as noites.

— Não é muita coisa, mas eu adoro isso aqui — disse Coco, feliz. Havia pinturas emolduradas nas paredes e fotos dela e de Ian na lareira e na estante de livros abarrotada. A porta da cozinha estava aberta e o cômodo, um pouco desarrumado mas limpo, e, atrás da sala de estar, ficava seu pequeno quarto com a cama coberta por uma aconchegante manta de lã e uma colcha velha e desbotada de segunda mão que ela havia comprado.

— É maravilhoso — disse Leslie, com um brilho nos olhos. — Não é um barraco, como você falou, é um lar. — Era muito mais acolhedor do que a casa de Jane na cidade, e ele via claramente por que Coco preferia estar ali. Olhou para uma fotografia dela e de Ian jovens e felizes num barco, em roupas de mergulho, e depois foi para o deque. A casa tinha uma vista extraordinária do oceano, da praia e da cidade, bem ao longe. — Se eu morasse aqui, acho que nunca mais sairia de casa — disse, e falava de coração.

— Eu não saio, só pra trabalhar — confessou ela, sorrindo para ele. Aquele lugar em nada lembrava a mansão em Bel Air onde ela havia crescido, e agora era tudo o que ela queria. Não precisava explicar isso a Leslie, ele a entendia, e olhava para ela com um sorriso gentil nos lábios. Tinha a impressão de que ela acabara de lhe mostrar seu jardim secreto ou algo do tipo. Estar naquela casa com Coco era como olhar no fundo de sua alma.

— Obrigado por me trazer aqui. É uma honra. — Ao fazer esse comentário, os cachorros entraram, cheios de areia, e Jack tinha um galho preso na coleira. O enorme cão parecia muito contente por estar ali, assim como Sallie. Coco sorriu para Leslie.

— Obrigada por entender o que isso significa pra mim. Minha família achou que eu tinha ficado louca quando me mudei pra cá. É difícil explicar esse tipo de coisa a pessoas como eles.

Leslie estava pensando se ela ainda moraria ali se Ian estivesse vivo, ou talvez em algum lugar parecido com aquele na Austrália. Achava que sim. Coco era do tipo que desejava desesperadamente deixar para trás as suas origens, os valores que para ela não passavam de armadilhas daquele mundo. A falsidade, a obsessão pelos bens materiais, a luta para conquistar um lugar ao sol, o sacrifício que as pessoas faziam em nome da carreira. A casa em Bolinas era uma manifestação evidente de tudo isso.

— Aceita uma xícara de chá? — perguntou ela, enquanto Leslie se sentava em uma das espreguiçadeiras desbotadas do deque.

— Seria ótimo. — Ele então reparou na velha estátua de Kuan Yin, presente de Ian. — A deusa da compaixão — disse Leslie baixinho alguns minutos depois, enquanto Coco lhe entregava uma caneca e sentava-se na espreguiçadeira ao seu lado. — Ela lembra você. Você é uma mulher gentil, Coco. Vi as fotos do seu namorado. Ele parecia ser um cara legal — continuou, sendo respeitoso.

Ian era alto, louro e bonito, e o casal parecia tranquilo e feliz na foto. Por um momento, ao olhar para aquelas imagens, Leslie os invejou. Em toda a sua vida, talvez jamais tivesse tido o que o casal havia compartilhado.

— Ele era um cara legal. — Coco olhou para o mar e depois se virou para Leslie, sorrindo. — Tudo de que eu preciso no mundo está aqui. O oceano, a praia, uma vida tranquila e pacata, esse deque de onde vejo o sol nascer todas as manhãs, e a lareira pras noites frias. Minha cachorrinha, meus livros, os vizinhos queridos. Não preciso de mais nada, estou bem assim. Talvez um dia eu venha a querer algo diferente, mas não agora.

— Você acha que um dia vai voltar pro mundo "real" onde costumava viver? Ou talvez eu devesse dizer "irreal"?

— Espero que não — respondeu ela com convicção. — Por que deveria? Nada daquilo jamais fez sentido pra mim, mesmo quando eu era criança — disse Coco, fechando os olhos e virando o rosto para o sol.

Leslie a observava com atenção. Seus cabelos reluziam como fogo. Os cães cochilavam a seus pés. Era uma vida com a qual ele poderia se acostumar, livre de complicações e estratagemas, mas também conseguia imaginar a solidão. Na maior parte do tempo não havia ninguém por perto, e Coco não estava se relacionando com ninguém naquele momento. De qualquer forma, sua própria vida não era mais animada do que isso. Ele estava se escondendo de uma mulher que queria matá-lo. Não havia dúvidas, Bolinas era um lugar mágico. Leslie amava tudo o que via ao seu redor, mas não tinha certeza se conseguiria viver ali. Embora fosse 13 anos mais nova, Coco parecia ter se encontrado bem antes dele. Leslie ainda não havia achado o que procurava. Pelo menos sabia o que não queria. Coco estava anos-luz à sua frente.

— Tenho que admitir... — disse ele, rindo baixinho enquanto Coco abria os olhos e voltava-se para ele. Tudo nela parecia centrado, confiante, tranquilo. Ela era como um longo gole de água pura das montanhas. — Não consigo imaginar sua irmã aqui. — Coco também riu.

— Ela odeia esse lugar. Lizzie gosta um pouquinho mais daqui, mas não é a praia delas. Elas são da cidade. Jane acha São Francisco uma aldeia. Imagino que as duas prefiram Los Angeles, mas adoram a casa delas, e Lizzie diz que é mais fácil escrever aqui por não haver tantas distrações.

Leslie ainda sorria.

— Eu me lembro de quando conheci a Jane. Achei que era a mulher mais linda que eu já tinha visto. Ela tinha 20 e poucos anos e era sensacional. Ainda é. Fiquei vidrado nela por mais ou menos um ano, a gente saía direto e ela continuava me tratando como amigo. Eu não conseguia entender o que estava fazendo de errado. Até que uma noite eu surtei e acabei dando um beijo nela depois de um jantar. Ela me olhou como se eu fosse louco e disse que era lésbica. Falou que já tinha me dado todas as pistas possíveis, de vez em quando até vestia roupas de homem quando a gente saía. Mas eu achava aquilo exótico e sexy. Eu me senti um idiota naquele dia, você não imagina como. Mas desde então viramos grandes amigos. E gosto muito da Liz. Elas são perfeitas uma pra outra. Liz de alguma maneira faz a sua irmã ficar mais dócil. Depois de todos esses anos, a Jane amadureceu muito.

— Isso é um pouco assustador — comentou Coco. — Ela ainda é muito difícil. Pelo menos comigo. Pra ela, eu nunca estou à altura. E acho que nunca estarei.

O segredo era parar de tentar, mas Coco sabia melhor do que ninguém que ainda não havia chegado a esse ponto. Ainda tentava a todo custo conseguir a aprovação da irmã, mesmo morando em Bolinas.

— Ela provavelmente só quer o melhor pra você e fica preocupada — opinou Leslie, tentando ser razoável. Coco gostava de estar ao lado dele, falando sobre a vida e olhando para o mar.

— Talvez. Mas nem todo mundo pode ser como ela. E eu nem mesmo quero tentar. Estou na direção oposta. Longe de tudo isso. Minha mãe também não entende. Eu sou apenas diferente, sempre fui.

— Eu acho isso bom — falou Leslie tranquilamente, relaxando na espreguiçadeira.

— Eu também. Mas a maioria das pessoas fica horrorizada com esse tipo de atitude. Eles acham que têm que ser iguais a todo mundo e aceitam vidas e valores em que não se encaixam.

— Eu hoje vejo isso na Chloe — disse ele, pensativo. — Ela não quer ser atriz, como a mãe ou como eu. Prefere ser motorista de caminhão. Acho que essa é a maneira dela de dizer quem ela é, e que ela não é igual a nós. Precisamos respeitar isso.

— Meus pais nunca me respeitaram, só me ignoraram, esperando que com o tempo as coisas fossem mudar. Você está no caminho certo se já respeita sua filha aos 6 anos. — Coco sorriu ao pensar nisso. — Minha mãe queria que eu e Jane fôssemos debutantes. Jane tinha acabado de sair do armário e estava lutando pelos direitos dos gays. Acho que minha mãe tinha medo de que ela aparecesse na festa de terno, em vez de vestido. Comigo, 11 anos depois, ela ficou ainda mais irritada. Eu disse pra ela que preferia cortar os pulsos a ser debutante. Eu achava isso errado e muito elitista, um retrocesso a uma outra era, quando o objetivo de tudo era arranjar um marido. No Natal daquele ano, fui pra África do Sul ajudar a construir um sistema de esgoto numa aldeia. Foi muito mais divertido do que teria sido dançar valsa. Minha mãe ficou histérica e passou seis meses sem falar comigo. Meu pai foi mais tranquilo. Mas ele não teria gostado nada de saber que eu abandonei a faculdade de direito. Acho que os dois tinham grandes expectativas pra nós, grandes sonhos. Jane não se encaixou muito bem nesse sonho, mas, como ela é extremamente bem-sucedida, eles fizeram vista grossa, já que pra eles o sucesso sempre foi tudo. Eu nunca me enquadrei nisso nem pretendo me enquadrar — completou, segura de si, de um jeito que ele apreciava.

— Um dia sua família vai acabar se acostumando — disse Leslie em um tom sereno, embora, pelo que tinha ouvido, não tivesse tanta certeza disso. Coco era completamente verdadeira consigo mesma e com as coisas em que acreditava e não faria o que quer que fosse só para atender às expectativas de alguém. Estava disposta a pagar o preço. Leslie admirava isso imensamente. — A propósito, gostei da pintura no cavalete. Dá uma sensação de paz.

— Eu não tenho pintado muito — admitiu ela. — Normalmente faço os quadros pra dar de presente. É bem relaxante.

Ele podia ver que ela dispunha de muitos talentos e apreciava todos eles, embora ainda não tivesse descoberto seu verdadeiro objetivo. De certa forma, Leslie invejava essa liberdade de exploração que ela tinha. Às vezes ficava cansado de atuar e de viver toda aquela loucura que era a profissão de ator.

Ficaram sentados em silêncio por um bom tempo, perdidos nos próprios pensamentos, até que ele finalmente caiu no sono. Coco recolheu as canecas e pegou algumas coisas para levar de volta à cidade. Ao voltar para o deque, Leslie acordou.

— Ninguém aqui nada? — perguntou ele, preguiçoso e sonolento sob o sol.

— Às vezes. — Ela sorriu. — De vez em quando, aparecem alguns tubarões, o que desencoraja os mais medrosos, e além disso a água é bem fria. É melhor você usar uma roupa de mergulho. Tenho uma do seu tamanho, se quiser. — Ian tinha mais ou menos a mesma altura de Leslie, era apenas um pouco mais largo e atlético. Seu velho traje continuava guardado na garagem, assim como o equipamento de mergulho. Coco pensara em doá-los, mas nunca tivera coragem. Gostava de ver as coisas dele ali; dessa forma, a vida parecia menos solitária, era como se ele pudesse voltar.

— O fato de os tubarões atacarem de vez em quando pra mim basta. — Leslie riu. — Sou um covarde, confesso. Uma vez, num filme, tive que mergulhar ao lado de um tubarão. Em teoria, ele estava treinado e sedado, mas eu preferi usar um dublê pra todas as cenas, menos as de amor. Pra essas eu mesmo estava treinado e sedado — completou, e Coco deu uma gargalhada ao ouvir isso.

— Eu também não sou lá muito corajosa — confessou ela com um olhar tímido, e ele imediatamente a contestou.

— Está brincando? Acho você extremamente corajosa. Nas coisas importantes. Você desafiou as tradições da família, resistiu ao sistema. Na verdade, você se afastou de tudo isso com coragem e dignidade. Apesar das pressões que sofreu, você decidiu fazer o que achava certo e lutar pelos seus valores. Você amou um homem, perdeu esse homem e não está aqui choramingando. Você seguiu em frente, continuou firme e forte aqui, mora sozinha num vilarejo divertido, não tem medo da solidão, nem de viver. Você encontrou um trabalho que te dá prazer, mesmo que aqueles que você ama te critiquem por causa dessa escolha. Tudo isso requer coragem. É preciso muita ousadia pra ser diferente, Coco. E você faz tudo isso com dignidade e equilíbrio. Tenho uma admiração imensa por você.

Eram palavras lindas, e ela ficou agradecida por ele reconhecer quem ela era, e não dizer que tudo o que ela fazia era errado. Pelo contrário, Leslie estava respeitando as decisões que ela tomara na vida. Coco sorriu para ele com gratidão.

— Obrigada. Também admiro muito você, Leslie. Você não tem medo de admitir que cometeu um erro. Você é incrivelmente humilde se considerarmos quem você é, o que já conquistou na vida e o mundo em que vive. Você podia facilmente ser um completo idiota, mas não é. Você conseguiu não deixar que o sucesso subisse à sua cabeça.

— Minha família me renegaria se eu tivesse mudado — disse ele, com honestidade. — Talvez seja isso o que me mantém autêntico. Uma hora ou outra, vou precisar encarar os meus pais, enfrentar a mim mesmo. É muito legal ser um astro de cinema, ter um monte de pessoas à sua volta prontas a atender qualquer vontade que você tenha. Mas, quando chega o fim do dia, a verdade é que somos apenas seres humanos, bons ou maus. É muito constrangedor ver colegas de trabalho agindo como idiotas, e vários são assim. Não tenho paciência pra isso. Além do mais, na maior parte do tempo, quando olho pra mim mesmo, são as coisas erradas que faço que eu vejo, e não as certas. Desse ponto de vista — continuou, olhando para ela com um ar sério —, ser extremamente inseguro talvez seja uma coisa boa a longo prazo. — Os dois riram. — Fico impressionado com o fato de você não parecer insegura.

— Mas eu sou. É que eu também sou muito teimosa. — Suspirou. — Estou o tempo todo tentando descobrir quem eu sou e o que quero fazer. Eu sei como cheguei aqui, e por quê, só não consigo saber o que quero fazer daqui a alguns anos. Ou talvez seja exatamente isso o que eu queira fazer, ficar aqui. Ainda não decidi.

— Uma hora você vai descobrir. E você tem muitas opções. Todas as portas estão abertas.

— Eu gosto de ter várias opções. Só não tenho certeza de quais portas vou querer abrir no futuro.

— Todos nós nos sentimos assim às vezes. A sensação é a de que todo mundo já encontrou todas as respostas, mas isso não passa de fingimento. Eles não sabem muito mais do que nós. Ou talvez vivam num mundo muito pequeno. É mais fácil pra eles assim. Estar disposto a explorar o mundo é muito mais excitante, mas também pode ser muito assustador. — Leslie disse isso com humildade, sem receio de mostrar a Coco seus temores e suas incertezas.

— Você tem razão — concordou ela. — É assustador. Mas e você? O que pretende fazer agora? Achar um apartamento e voltar pra Los Angeles?

"E começar tudo de novo, ir em busca de uma nova mulher?" Essa pergunta Coco não fez, mas os dois estavam pensando nisso. Ela vivia imaginando quantas vezes era possível recomeçar: conhecer uma pessoa, dar uma chance ao acaso, seguir em frente e, no fim das contas, se decepcionar e terminar tudo mais uma vez. Aquilo acabava sendo muito cansativo. Mesmo depois de dois anos maravilhosos com Ian, ela estava tendo dificuldades em ter uma nova vida. Talvez fosse mais difícil para ela porque as coisas com Ian haviam sido perfeitas. Mas se você está sempre se envolvendo com a mulher errada, quantas vezes consegue recomeçar? Ela podia imaginar quantos romances fracassados Leslie Baxter tinha vivido. Aos 41 anos, começar de novo devia lhe parecer um jogo muito, muito velho. Era exatamente nisso que ele estava pensando quando ela fez a pergunta.

— Vou me virando com alguma coisa temporária, eu acho. Em seis meses terei minha casa de volta, e daqui a quatro meses começo a rodar um filme novo, em Veneza. Quando eu voltar, meu inquilino já vai ter desocupado a casa. Eu podia ficar num hotel, mas não teria privacidade. E a senhorita Psicopata me encontraria muito mais fácil se eu estivesse num hotel... bom, isso é, se ela ainda estiver interessada em mim daqui a duas semanas. Meu palpite é que antes disso ela encontrará uma pessoa nova pra torturar. Ela não é do tipo que fica muito tempo sem um homem. Enquanto isso — respondeu à pergunta que Coco não fez, mas que deixou subentendida —, vou dar um tempo. Preciso respirar um pouco.

Foi um choque e tanto ter me deixado enganar totalmente por uma pessoa. — Inconscientemente, coçou a face ferida, por ter levado um soco, enquanto falava. Deixara o celular na casa de Jane, para não ter de ler mais nenhuma mensagem. Não tinha nenhuma intenção de voltar a falar com a ex, mas sabia que, no mundo em que viviam, inevitavelmente seus caminhos se cruzariam de novo. Não estava ansioso por isso. — Não quero mais nenhum relacionamento. Pelo menos por enquanto. Acho que agora só vou me envolver com alguém se for pra valer. Esses casos passageiros dão muito trabalho e terminam sempre em confusão. São divertidos durante cinco minutos, mas, na hora de limpar a bagunça, é um inferno. Como o desastre de ontem com o xarope de bordo.

Coco riu.

— Terminar um relacionamento ruim também é assim, mas nada divertido. E muito mais difícil de se resolver.

A ex-namorada de Leslie havia lhe dito que destruiria todas as coisas que ele deixara na casa dela. Sua mensagem de texto seguinte foi para avisar que tinha feito isso. Não havia nada lá que não pudesse ser substituído, mas ainda assim era um aborrecimento e uma afronta. Ele riu com o pensamento que teve em seguida.

— Acho que sou um sem-teto. Isso que aconteceu comigo foi coisa de filme. Eu não costumo ir morar com as mulheres com quem me relaciono. Acho que eu estava confiante demais dessa vez. Ela fingiu muito bem desde o início. A verdade é que ela é uma atriz *muito* melhor do que eu. Ela deveria ganhar um Oscar pelos nossos três primeiros meses juntos. Foi uma lição e tanto pra se aprender aos 41 anos. Acho que nós podemos ser tolos em qualquer idade.

— Lamento que tenha terminado assim — disse Coco, solidária.

Ela nunca tivera uma experiência como aquela, e esperava nunca ter. Mas, como Leslie morava em Hollywood, isso devia ser mais comum lá. Ela se lembrava do pai contando histórias dramáticas de grandes clientes: romances interrompidos, episódios de assédios, violência física, traições escancaradas, tentativas de suicídio. Isso fazia parte de um estilo de vida que ela não queria para si e do qual fugira, embora coisas ruins também acontecessem a pessoas normais, mas com menos frequência e sem grande alarde. Romances entre astros de cinema como Leslie Baxter geralmente duravam pouco, explodiam na mídia e terminavam em confusão. Coco não tinha inveja nenhuma dele. Parecia até sorte que o último caso dele tivesse terminado apenas com um soco no rosto.

— Eu também lamento — admitiu ele baixinho —, lamento ter sido tão tolo. E lamento que seu namorado não esteja mais aqui. Nas fotos você parecia feliz.

— E eu estava mesmo. Mas até as coisas boas chegam ao fim. É o destino.

Era uma maneira saudável de encarar o assunto, e Leslie a admirou por isso também. Até agora, não havia nada que não admirasse em Coco. Era uma mulher incrível, e ele tivera muita sorte de ter buscado abrigo na casa de Jane. Se não fosse por isso, talvez nunca a tivesse conhecido, ainda mais porque ela era declaradamente a ovelha negra da família, e Jane pouco falara dela naqueles anos todos, estava sempre mais interessada em si mesma. Aos olhos de Leslie, Coco era como uma pequena pomba numa família de águias e falcões. Ficava imaginando como devia ter sido difícil para ela crescer no convívio deles. Mas Coco parecia ter conseguido escapar ilesa. Não se tornara uma pessoa amarga por causa disso. E, assim que pôde, seguiu seu rumo. Ainda mantinha laços com a família, mas os fios que os atavam se tornavam cada dia mais frágeis. Pelo menos, era essa a impressão que ele tinha, embora Coco tivesse de alguma forma caído na artimanha de Jane e aceitado ficar na casa da irmã. Ainda bem, porque, caso contrário, Leslie nunca a teria conhecido.

Eles ficaram pegando sol no deque quase a tarde toda e trocaram poucas palavras. Leslie dormiu, e Coco terminou de ler um livro. Fizeram sanduíches com o que encontraram na geladeira e embalaram o restante da comida para levar de volta à cidade. Depois de trancarem a casa, ela o levou até a praia em Stinson, para que ele pudesse ver a espetacular faixa de areia branca, que se espraiava por quilômetros, pontilhada por pequenas conchas à beira-mar. Havia pássaros na rebentação, gaivotas sobrevoando o mar e umas pedrinhas interessantes que Coco sempre pegava e guardava no bolso. Andaram por toda a extensão da praia, pararam ao fim e observaram o oceano desembocando na lagoa. Viram Bolinas logo à frente deles pela entrada estreita e então retornaram à van. Os cães corriam à frente, mas sempre voltavam. Durante o trajeto, cavalos passaram por eles duas vezes. Não havia quase ninguém na praia. Leslie ficou espantado quando Coco lhe disse que era sempre assim. Apenas nos raros dias de intenso calor as pessoas apareciam por ali. Era um excelente lugar para uma rápida escapada, e a impressão que Leslie teve, enquanto dirigiam de volta para a cidade, era a de ter tirado uma semana de férias. O sol estava se pondo, e o dia fora extraordinário.

— Está mais do que aprovada — disse ele, enquanto Coco conduzia perfeitamente o carro nas curvas difíceis da estrada à beira do abismo, o que o deixava ainda mais impressionado. Ela ainda se dava ao trabalho de evitar os buracos e os muitos trechos da via em mau estado, o que, com certeza, afastava as pessoas dali. Era um lugar maravilhoso, que requeria uma motorista habilidosa no volante.

— O que está mais do que aprovada? — perguntou Coco.

Os cães já haviam caído num sono profundo depois da corrida na praia e sobretudo da perseguição aos cavalos. Sallie tentara desesperadamente pastoreá-los, mas eles não deram bola. Ela teve de se contentar em caçar passarinhos, enquanto Jack a seguia já quase sem forças. Estava tão cansado que mal conseguia caminhar quando chegaram à van, e agora roncava alto.

— A vida que você leva aqui — respondeu Leslie. — Caso precise da aprovação de alguém. Na verdade, tenho inveja de você.

Ela sorriu diante daquelas palavras. Era bom ouvir aquilo.

— Obrigada. — Ela gostava de saber que ele enxergava a beleza daquilo e o valor da vida que ela levava. Ele não a considerava hippie nem doida, e não achava a casa dela uma espelunca. Leslie simplesmente adorou descobrir aquele lado dela, era como um abraço caloroso. Ela era absolutamente diferente de Jane, o que dificultava sua aceitação pela família. Eles todos pareciam a reprodução de um mesmo molde, ao contrário de Coco, e Leslie achava isso muito melhor.

Na metade do caminho, Coco perguntou se ele queria parar em algum lugar para comprar comida. Mas ele disse que não. Sentia-se completamente saciado pelos bons momentos que tivera naquele dia e bastante relaxado após o passeio na praia. Como Coco dirigia em silêncio, chegara até a cochilar. Estavam totalmente confortáveis um com o outro. Até chegaram a comentar sobre isso na praia. Ele disse que aquilo era raro para ele, que geralmente não se sentia tão à vontade com estranhos. Mas ele não a considerava mais uma estranha. Já eram amigos, depois de apenas dois dias.

— Que tal se eu preparar uma omelete pra você? Sou muito bom nisso, pode acreditar. E você podia fazer uma das suas adoráveis saladas californianas — sugeriu ele, esperançoso, e ela riu.

— Não sou lá uma grande cozinheira — confessou ela. — Vivo à base de saladas e um peixinho de vez em quando.

— Por isso é tão saudável — disse ele, lisonjeiro.

Coco parecia ter uma saúde perfeita. Era forte e muito esbelta. Debaixo daquela camiseta, ele podia apostar que tinha um lindo corpo, como o de Jane, aliás, dez anos mais velha que a irmã. Para Leslie as coisas eram mais difíceis, precisava se esforçar mais, ir à academia todos os dias, treinar intensamente antes de cada filme. Ele vivia da imagem, e por ora as coisas iam bem. Não aparentava a verdadeira idade, e na última década seu corpo não mudara. Mas não era fácil. Fora o seu amor pelos sorvetes, que era uma maldição.

— A omelete parece uma ótima ideia — respondeu ela, quando a van subia com esforço o monte em Divisadero. Com dificuldade chegaram ao topo na Broadway, e os cães ainda dormiam quando eles saíram do carro. — Todo mundo pra fora! — gritou Coco para acordá-los.

Leslie pegou a comida que haviam trazido de Bolinas e ela ficou com uma grande bolsa de palha cheia de roupas limpas. Eram praticamente iguais às que já estavam na casa de Jane. Coco se vestia quase sempre do mesmo jeito, só variava as cores. Mas geralmente estava de camiseta branca e jeans. Tinha um armário cheio delas e, desde a morte de Ian, não se preocupava muito em se arrumar. Não precisava ver ninguém, e ninguém se importava. Ela só precisava de bons tênis de corrida e roupa limpa. Levava uma vida simples e infinitamente menos complicada que a de Leslie. Toda vez que ele saía, precisava estar impecável. Chegara a comentar que precisaria repor o guarda-roupas destruído pela ex, mas isso não tinha importância agora, ele não iria a lugar algum. E era um alívio não precisar pensar nisso, e uma bênção não ter de se preocupar com os paparazzi em Los Angeles. Ninguém sabia que ele estava em São Francisco, exceto Coco, Jane e Liz. Para o restante do mundo, Leslie Baxter havia desaparecido. Para ele, isso significava liberdade, que era justamente o que Coco mais apreciava na vida. Liberdade e paz. Era quase como se ele estivesse recebendo uma bênção dela, e ele achava aquilo ótimo. Era uma maneira simples de se viver.

Enquanto Coco desativou o alarme, Leslie acendeu as luzes da casa. Ela deixou a bolsa ao pé da escada e juntos guardaram os mantimentos na cozinha. Os cães, que aguardavam o jantar, logo foram alimentados. Em seguida, Coco arrumou a mesa usando uma das impecáveis toalhas francesas de linho branco de Jane, bem como talheres de prata. Leslie pegou os ingredientes para a omelete e Coco preparou uma salada Caesar. Meia hora depois, acendeu as velas e sentaram-se para apreciar uma refeição simples. A omelete estava realmente deliciosa, como prometido.

— Que dia maravilhoso — comentou ele, parecendo feliz, enquanto conversavam sobre nada em particular. O dia na praia havia sido ótimo para os dois, e a refeição fora encerrada novamente com sorvete.

— Quer ver um filme? — perguntou Coco enquanto lavavam os pratos. Ele estava pensativo.

— Acho que gostaria de dar um mergulhou. Dei uma olhada na piscina ontem e parecia bem quentinha. Em Los Angeles, tenho que malhar todo dia, mas agora estou com muita preguiça pra isso — disse ele, com um leve sorriso.

Jane tinha uma academia superprofissional em casa e malhava diariamente com um personal trainer. Coco não se preocupava com isso, tampouco Liz, que estava sempre reclamando de uns quilinhos a mais, mas não fazia nada a respeito. Jane era perfeccionista em todos os aspectos, e isso incluía sua aparência.

— Levar os cachorros pra passear já é um exercício — disse Coco.

— Depois de passar o dia todo olhando para o mar, seria ótimo dar um mergulho. — Ela sorriu para ele. Às vezes Leslie a fazia se lembrar de Ian, com seu jeito tipicamente britânico de falar. Na Austrália, Ian usava as mesmas expressões. Aquilo a confortava, era familiar, um pouco nostálgico. — Espero que não tenha tubarões na piscina.

— Não ultimamente — brincou Coco. Leslie a convidou para se juntar a ele. Em geral, ela não ligava muito para a piscina da irmã, mas agora o convite pareceu tentador. — Claro — concordou.

Saíram da cozinha, foram até seus quartos e, cinco minutos depois, se encontraram na piscina, que era espetacular e ficava dentro da casa, pois em São Francisco costumava fazer frio. Coco sabia que Jane nadava ali todos os dias, e Liz, ocasionalmente.

Nadaram juntos durante quase uma hora. Deram voltas e mais voltas na piscina, e ele ficou cansado bem antes dela, que era mais jovem e estava em melhor forma.

— Meu Deus, você tem a resistência de uma nadadora olímpica — elogiou ele, admirado.

— Fui capitã da equipe feminina de natação em Princeton — admitiu Coco.

— Eu fiz remo quando era mais jovem, mas, se tentasse de novo agora, acho que iria morrer — comentou ele.

— Eu participei da equipe de remo no segundo ano, mas odiei. Nadar era mais fácil.

Ao saírem da piscina, estavam relaxados, porém cansados. Ele estava de sunga azul, e ela usava um biquíni preto que ressaltava suas curvas de uma maneira elegante. A jovem tinha um belo corpo, mas não usava seus atributos físicos para flertar com Leslie. Coco valorizava aquela nova amizade.

Vestiram os roupões confortáveis que Jane deixava perto da piscina e voltaram a seus quartos para tomar banho, a água pingando por todo o tapete. Alguns minutos depois, Leslie foi até o quarto dela, já de banho tomado e limpo, mas ainda vestindo o roupão. Ela estava usando seu pijama de flanela e havia posto um filme no DVD, mas não era nenhum dos que ele havia participado, pois ela não queria deixá-lo constrangido. Pelo que ele dissera antes, não gostava muito de se ver na tela.

— Quer assistir comigo? É um filme de mulherzinha. Sou viciada neles!

Era uma comédia romântica famosa que ela já vira várias vezes e adorava. Ele disse que nunca tinha visto, e ela indicou um lugar ao seu lado na cama. Jack ainda não havia pulado na cama, estava desmaiado no chão ao lado de Sallie. Os cães ficaram exaustos depois do dia que tiveram, o que para Leslie era uma bênção. Eles ainda o deixavam um pouco nervoso quando estavam cheios de energia, sobretudo o buldogue, embora Coco o tranquilizasse, dizendo que era um cão gentil. Mesmo assim, ele pesava 90 quilos...

Ao ouvir o convite, Leslie se ajeitou nos travesseiros para assistir ao filme com ela, que desapareceu por alguns minutos e voltou rindo, com um balde de pipoca nas mãos. Era como voltar a ser criança. Seu celular tocou neste momento. Era Jane, e Leslie pôde ouvir o final da conversa. Sim, estava tudo bem. Com Jack também. Não, ela não o estava aborrecendo, e então Leslie percebeu que falavam sobre ele. Ficou intrigado com o fato de Coco não contar à irmã que os dois haviam ido a Bolinas, nem que estavam confortavelmente instalados na cama dela, vendo um filme juntos. A conversa foi breve e mais parecia um interrogatório. Não havia nenhuma troca de afeto entre as duas. Coco disse "sim" umas seis vezes em resposta ao que pareciam ser instruções, e desligou, olhando para ele.

— Ela queria ter certeza de que não estou perturbando você. Me diga se eu estiver, tá? — pediu Coco, e então Leslie se esticou e beijou sua face com respeito, para assegurar-lhe que ela não o estava incomodando.

— Acabo de ter os dois melhores dias da minha vida em anos, graças a você. Se tem alguém aqui perturbando, essa pessoa sou eu. E eu gosto muito desse filme — disse ele, com um sorriso. — Geralmente prefiro os de ação, mas é muito fofo ver esses dois bobinhos desajeitados se apaixonando. Eles terminam juntos no final? — perguntou, esperançoso, e Coco riu.

— Não vou contar. Espere pra ver — respondeu, apagando as luzes.

A enorme tela dava a impressão de que eles estavam no cinema, e não na cama, de pijama. Era a maneira perfeita de ver um filme, e ainda por cima dividiam um balde de pipoca.

O filme terminou exatamente como esperavam, como Coco já sabia. Adorava revê-lo, nunca ficava entediava. Os finais felizes eram sempre tranquilizadores. Ela preferia esse tipo de filme.

— Por que a vida não pode ser assim? — Ele suspirou, ajeitando-se nos travesseiros. — Faz muito mais sentido, é tão racional e simples. Alguns ajustes a fazer, alguns pequenos dilemas a serem resolvidos. Isso quando se descobre o que se tem de fazer. Eles não agem como idiotas, não são mesquinhos um com o outro, não tiveram uma infância traumática, não saíram de casa para se pegar, eles se apaixonam e vivem felizes para sempre. Por que isso é tão difícil de acontecer? — Leslie parecia melancólico ao dizer isso.

— Porque às vezes as pessoas são complicadas — disse ela, gentilmente. — Mas esse tipo de coisa pode acontecer. Quase aconteceu comigo. Acontece com outras pessoas. Acho que só é preciso ser esperto, manter os olhos abertos e não se iludir com a pessoa com você está se envolvendo, ser honesto com ela e com você mesmo, jogar limpo.

— Nunca é tão simples assim — observou ele, com a voz triste. — Não no meu mundo, pelo menos. E a maioria das pessoas não joga limpo. Elas estão obcecadas por vencer e, se um vence, os dois perdem.

Coco assentiu com a cabeça.

— Algumas pessoas jogam limpo, sim. Eu e Ian, por exemplo. Éramos muito bons um pro outro.

— Vocês eram jovens, e pessoas de bom caráter. Mas olha só o que aconteceu. Se nós mesmos não estragamos tudo, o destino se encarrega de fazer isso.

— Nem sempre. Conheço alguns casais em Bolinas que são felizes e levam uma vida simples. Acho que esse é um dos grandes segredos. No mundo em que você vive e no qual eu cresci, as pessoas complicam tudo, e na maior parte do tempo não são honestas, sobretudo com elas mesmas.

— É isso que eu adoro em você, Coco. Você é tão franca. Tudo em você é tão bom, tão puro, tão honesto. E isso está escrito na sua testa. — Ele sorriu.

— Você também me parece um sujeito honesto — retribuiu ela, com brandura.

— Eu sou, mas me iludo com as pessoas com quem me envolvo. Foi o que aconteceu com essa mulher de quem agora estou fugindo. Talvez eu soubesse desde o início que ela era má pessoa, mas não quis ver isso. Era mais fácil fechar os olhos, porém muito mais difícil mantê-los fechados. E agora olha só a confusão em que eu me meti! Estou escondido em outra cidade enquanto ela está colocando fogo nas minhas roupas.

Imaginar aquela cena fez os dois rirem, e Leslie não parecia muito infeliz em seu bunker em São Francisco. Na verdade, parecia relaxado e totalmente em paz. Era um homem diferente daquele que havia chegado à casa de Jane, exausto, estressado, cheio de angústias. O dia em Bolinas lhe fizera um bem enorme, e a Coco também. Tinha sido ótimo estar em casa de novo, mesmo que por poucas horas. E a companhia dele havia sido excelente. Leslie também apreciara imensamente o dia.

— Da próxima vez você vai ser mais esperto e cuidadoso — aconselhou Coco, baixinho. — Não se torture. Você aprendeu a lição. É assim que funciona.

— O que você aprendeu com o seu namorado australiano?

— Que as coisas estão aí, acontecendo. É preciso apenas ter sorte para encontrá-las, ou para ser encontrado por elas.

— Eu gostaria muito de ter toda essa fé — disse ele, olhando para Coco com atenção.

— Você precisa ver mais filmes de mulherzinha — recomendou ela, e ele riu. — São o melhor remédio que existe.

— Não — falou ele suavemente, com os olhos fixos nos delas. — Encontrei um remédio ainda melhor.

— E qual seria? — perguntou ela inocentemente, olhando para ele, sem imaginar sua resposta.

— Você. Você é o melhor remédio que existe. A melhor pessoa que eu já conheci na vida.

Ao falar isso, Leslie inclinou-se em direção a ela, beijou-a e segurou-a em seus braços. Coco ficou tão espantada que a princípio não soube como reagir, e então se viu com os braços ao redor do pescoço dele, beijando-o com a mesma intensidade. Nenhum dos dois esperara aquele momento ou planejara aquilo. Ao vê-la de biquíni pouco antes, inclusive, ele havia prometido a si mesmo que não tentaria nada com ela. Respeitava Coco, gostava dela, queria ser seu amigo, mas, de repente, percebeu que desejava muito mais. Queria também dar a Coco tudo o que ela sempre sonhara, porque ela era uma pessoa incrível e merecia isso. E pela primeira vez na vida ele sentia que merecia aquilo também. Não havia nada de mau nisso, e pouco importava que a tivesse conhecido apenas dois dias antes. Estava nas nuvens por causa dela, apaixonado, e ela olhou surpresa para ele de novo quando suas bocas se desgrudaram. Ela não queria que aquilo se resumisse a apenas uma noite de sexo casual, mas nunca desejara alguém na vida com tanta intensidade. Leslie Baxter estava na cama com ela, beijando-a, mas de repente ele não era o famoso astro do cinema, e sim apenas um homem normal, e a atração que sentiam um pelo outro era tão forte que não havia como resistir.

— Ah! — Ela externou sua surpresa em voz baixa, e ele a beijou de novo.

Então, antes que pudessem pensar no que estava acontecendo, já haviam se despido e faziam amor apaixonadamente. Deter o impulso era algo que nem sequer passava pela cabeça deles. A última vez que Coco fizera amor fora há dois anos, com Ian, e, enquanto estava nos braços dela, Leslie se perguntava se alguma vez na vida já estivera apaixonado por alguém. Agora, sabia que estava.

Ficaram deitados lado a lado logo depois, sem fôlego, e Coco rolou para perto de Leslie, olhando-o nos olhos.

— O que foi que aconteceu? — sussurrou.

O que quer que tivesse acontecido, ela sabia que queria mais. Mas não agora. Nunca experimentara nada parecido com aquilo com nenhum homem, nem mesmo com Ian. Sexo com ele era algo simples, tranquilo e confortável. O que acabara de acontecer com Leslie fora arrebatador, cheio de paixão. A sensação era a de que haviam sobrevivido juntos à passagem de um furacão. O mundo tinha virado de cabeça para baixo, e ela estava vendo estrelas. As emoções que compartilharam foram tão poderosas que ela tinha a impressão de ter sido tragada com ele por uma onda gigante. E ele sentia o mesmo.

— Acho, minha querida Coco — sussurrou Leslie para ela —, que isso foi o amor. Amor de verdade. Até poucos minutos eu não teria sido capaz de reconhecê-lo nem que ele beliscasse a minha bunda, mas acho que aconteceu pra nós dois. O que você acha?

Ela assentiu com a cabeça, em silêncio. Queria que fosse mesmo amor, mas ainda não tinha certeza. Aconteceu tudo tão rápido.

— E depois? — perguntou ela, parecendo preocupada. — Você é um astro do cinema e vai voltar pro seu mundo, e eu sou uma desocupada de Bolinas que vai terminar aqui sozinha. — Era cedo demais para se preocupar, mas a mensagem era clara. Ele admitia que se lançara naquela aventura sem pensar nas consequências. Ao contrário dela.

Coco demorou três meses para ter a primeira noite com Ian. Com Leslie, apenas dois dias. — Nunca na minha vida fiz nada parecido com isso — continuou, enquanto uma lágrima escapava de seus olhos. Estava profundamente comovida com os acontecimentos, e não se arrependia. Só estava assustada.

— Nem eu — disse ele. Leslie havia dormido com várias mulheres no primeiro encontro, mas nunca tivera uma surpresa como aquela, nunca fora arrebatado com tanta força por um impulso do coração. Jamais sentira algo parecido em toda a sua vida. — E quanto à história do astro do cinema e da desocupada de Bolinas, não é bem assim. Você não é uma órfã pobrezinha que não sabe nada sobre o meu mundo. Mas, se quisermos saber como essa história vai se desenrolar, teremos que "esperar pra ver", como você mesma disse. Talvez ela seja como um desses filmes de mulherzinha que você adora... e espero que seja, querida — completou, com total sinceridade.

— Eu conheço o seu mundo e odeio tudo o que há nele... exceto você — disse ela, com tristeza na voz.

— Vamos viver um dia de cada vez.

Mas o que ela temia na verdade é que já estivessem vivendo no passado. Não queria se apegar a ele e depois se sentir arrasada quando Leslie voltasse para o mundo ao qual pertencia, o que inevitavelmente iria acontecer, mais cedo ou mais tarde. Isso era apenas uma fantasia, um sonho. Mas ela o desejava tanto quanto ele a desejava. E queria acreditar que os sonhos se tornavam realidade. Uma vez isso quase acontecera com ela. Talvez agora o sonho finalmente se concretizasse. Ela queria acreditar que isso era possível, mas tudo acontecera tão rápido. E, sendo ele quem era, Coco não sabia o que esperar.

— Você me promete que não vai ficar pensando muito nisso agora? Apenas confie em mim e no que aconteceu. Não vou magoar você, Coco. Isso é a última coisa que eu faria no mundo. Vamos nos dar uma chance e ver aonde isso nos leva. Vamos dar um jeito.

Ela não disse nada, apenas assentiu, como uma menina de 5 anos, e se aconchegou em seus braços. Ficaram assim durante um longo tempo, e então, com toda a delicadeza e ternura, ele fez amor com ela novamente. E o furacão ao qual haviam sobrevivido passou por eles uma segunda vez.

Capítulo 5

Quando Coco acordou na manhã seguinte, ela se perguntou se não teria sonhado com os acontecimentos da noite anterior. Estava sozinha na cama, não havia sinal de Leslie em parte alguma. E, enquanto ficou ali, olhando para o teto, pensando nele, o próprio entrou no quarto com uma toalha enrolada na cintura, trazendo para ela uma bandeja com o café da manhã e, entre os dentes, uma rosa colhida no jardim de Jane. Ela se sentou na cama e o olhou nos olhos.

— Ah, meu Deus, aconteceu de verdade! — Ao menos ela esperava que sim. Não havia nada no mundo em que quisesse acreditar mais. — Nem estávamos bêbados!

— Teria sido uma desculpa terrível falar isso — disse ele, pousando a bandeja na cama, em cima das pernas dela. Havia preparado cereais, suco de laranja e torradas. E já passara até geleia e manteiga nas fatias. — Pensei em fazer waffles, mas acho que a Jane mataria a gente se aquele desastre com o xarope de bordo se repetisse aqui.

Os dois riram ao se lembrar de como se conheceram. Aquela seria para sempre uma piada só dos dois. E Coco ficou aliviada ao perceber que eram apenas sete horas da manhã. Ainda poderia passar uma hora com ele antes de ir trabalhar. Na verdade, ela adoraria passar o dia com ele na cama.

— Obrigada — disse, levemente desconcertada com o generoso café da manhã que ele havia lhe preparado e o que havia acontecido entre os dois na noite anterior. Ele podia ver tudo isso nos olhos dela.

— Quero só dizer uma coisa pra você, antes que fique se torturando até a morte. Nenhum de nós sabe ainda o que isso significa. Sei muito bem o que eu gostaria que isso fosse, e o que espero que seja, e mesmo que eu te conheça há pouquíssimo tempo, acho que sei quem você é. Sei quem eu sou e o que fui, e quem quero ser quando crescer, quer dizer, se um dia isso acontecer. Nunca menti pra ninguém intencionalmente, não gosto de enganar as pessoas. Às vezes posso ser um babaca, mas não sou um irresponsável. Não pretendo bagunçar a sua vida, brincar com você por um tempo e depois voltar pra Hollywood com mais uma conquista anotada num caderninho. Já tive muitas mulheres. Não preciso fazer isso, principalmente com você. Estou apaixonado por você, Coco. Sei que parece uma maluquice, mas acho que às vezes a gente sabe quando uma coisa é certa, quando é de verdade. Nunca me senti assim antes ou tive tanta certeza de alguma coisa. Acho que quero passar o resto da vida com você, e isso me parece tão doido quanto deve parecer pra você agora. Só quero que a gente se dê uma chance. Não precisamos entrar em pânico. Não há nenhum incêndio fora de controle aqui. Somos duas pessoas boas que estão se conhecendo, se apaixonando. Vamos transformar isso no enredo de uma comédia romântica e torcer pra que permaneça assim. Podemos fazer isso? — perguntou, estendendo a mão para ela, que lentamente lhe deu a sua. Então, ele pegou seus dedos gentilmente e os beijou, e em seguida se curvou e beijou seus lábios. — Eu te amo, Coco. Não estou nem aí se você é uma desocupada de Bolinas, uma passeadora de cães ou a filha do agente mais famoso de Hollywood com uma autora famosa. Eu amo *você* e tudo o que você é. E talvez com um pouco de sorte você possa aprender a me amar também — completou, sentando-se ao lado dela na cama, enquanto ela se virava para ele com o mesmo olhar estupefato da noite anterior.

— Eu já te amo, e não porque você é um astro do cinema, muito pelo contrário, se é que isso faz algum sentido.

— Isso é tudo o que eu quero. O resto a gente vai vendo depois, um dia de cada vez — disse ele novamente. Em toda a sua vida, nunca estivera tão feliz.

Comeram as torradas juntos e, meia hora depois, entraram no banho. Coco, que precisava sair para trabalhar, disse que voltaria para o almoço. Ele precisava dar alguns telefonemas naquela manhã. Queria contar ao seu agente o que acontecera com a ex-namorada em Los Angeles e dizer onde estava, e precisava avisar ao seu assessor de imprensa que ela poderia tentar alguma gracinha. Também precisava que um corretor de imóveis lhe arranjasse um apartamento novo, mobiliado, até recuperar o seu de volta, dali a seis meses. Tinha muito com o que se entreter até Coco voltar. E mais tarde gostaria de explorar a cidade. Achava que seria divertido sair para jantar aquela noite. Já dissera a Coco que queria voltar a Bolinas no fim de semana. Ele ria sozinho enquanto tomava banho e se vestia. Aquela era uma vida boa, muito boa, principalmente com Coco ao seu lado.

Naquela manhã, passeando com os cães de seus clientes, Coco se sentia perdida. Tinha amado as palavras que ele dissera e tudo que haviam feito. Mas, em seus raros momentos de clareza e sanidade, achava difícil acreditar que algo tão maravilhoso pudesse durar, especialmente com ele. Afinal de contas, ele era Leslie Baxter. Mais cedo ou mais tarde, ele teria de voltar a Hollywood para fazer outro filme. Os tabloides fuxicariam tudo. Atrizes famosas suspirariam por ele. E onde estaria Coco nessa história? Em Bolinas, esperando--o voltar para casa? De maneira alguma voltaria a morar em Los Angeles. Nem por ele faria isso. Respirou fundo ao deixar o último cachorro em casa e lembrou-se do que ele havia lhe dito. Um dia de cada vez. Era o melhor que podiam fazer agora. O resto resolve-riam depois. Mas, ao mesmo tempo, não queria perder novamente alguém que amava. E não seria fácil extrair um final feliz dessa história, considerando-se os personagens envolvidos.

Ao chegar à casa de Jane, levando os sanduíches que havia comprado no caminho, Leslie ainda estava ao telefone. Falava com um corretor a respeito de uma casa mobiliada em Bel Air que se encontrava disponível durante seis meses. A dona, uma atriz famosa, estava terminando um filme na Europa. Coco ouvia a conversa com preocupação, e Leslie deu uma gargalhada ao encerrar o telefonema.

— Calma, não precisa entrar em pânico — garantiu. — Ela quer 50 mil por mês. — Estivera pensando em Coco a manhã inteira, e em como as coisas poderiam funcionar a longo prazo. — Sabe, talvez eu possa morar aqui. Tem muitos atores que moram longe de Hollywood e parecem viver muito bem.

Ela assentiu, ainda em choque diante de tudo o que estava acontecendo. Quando entrou em casa, a faxineira havia acabado de sair. Largaram os sanduíches e voltaram para a cama. Fizeram amor até a hora de Coco voltar ao trabalho. Era difícil deixá-lo. E quando ela encerrou o expediente e voltou para casa de vez naquele dia, às quatro da tarde, encontrou-o em sono profundo. Seu agente prometera lhe enviar vários roteiros, e por ora ele estava decidido a ficar em São Francisco. Jane havia lhe dito que poderia ficar o tempo que quisesse, mas, naquela tarde, Leslie e Coco concordaram em não lhe contar nada sobre o que estava acontecendo. Queriam manter aquele milagre entre eles.

No final da tarde, seu agente lhe telefonou. A atriz que o estava perseguindo divulgara um comunicado à imprensa dizendo que o havia largado e dera a entender vagamente que ele era gay. Leslie disse que não se importava. Havia muitas evidências contrárias, e aquilo pareceria apenas ressentimento. Na verdade, ficara aliviado ao saber pela imprensa que havia sido largado. Talvez isso significasse que ela já estava pronta para seguir em frente e parar de torturá-lo. Mas ainda não se sentia absolutamente confiante disso. Preferia esperar um pouco antes de voltar a Los Angeles.

Pediu a Coco que reservasse uma mesa num restaurante tranquilo, no nome dela. Ela escolhera um mexicano simples onde, esperava, ninguém fosse reconhecê-lo. Com certeza, ninguém esperaria vê-lo ali. E, depois de fazerem amor mais uma vez, no chuveiro, vestiram-se e saíram de casa às oito horas.

Leslie adorou o restaurante assim que o viu, e ninguém prestou a menor atenção neles até a hora em que ele pagou a conta. Uma funcionária o estivera olhando a noite toda. Ele pagou em dinheiro, então não havia como confirmar o nome no cartão de crédito dele, mas, junto com o troco, a mulher lhe mandara um pedido de autógrafo. Ele tentou se fazer de desentendido, mas em questão de minutos o garçom já falava aos berros em espanhol. Sem dar nenhum autógrafo, o que teria confirmado sua identidade, ele tentou parecer indiferente e saiu correndo para a van com Coco.

— Merda — murmurou ele, enquanto Coco dava a partida no motor e fugia dali. — Espero que ninguém ligue pra imprensa.

Aquele aspecto da vida de Leslie era complicado, e significava que eles não poderiam ir livremente a qualquer lugar. No mínimo, teriam de ser bastante cuidadosos. Não queriam de maneira alguma chamar a atenção para o fato de que ele estava ali, porque isso logo seria notícia em todos os jornais. Poderiam reconhecê-lo em qualquer lugar. Por isso, ficaram em casa o restante da semana, e Leslie acompanhou Coco em vários passeios pela praia. No sábado, depois que ela encerrou o expediente, foram novamente para Bolinas, onde passaram o fim de semana. Lá não tiveram nenhum problema. E, quando Leslie esbarrou em Jeff, o bombeiro que morava na casa ao lado, recebeu um largo sorriso. Jeff estendeu a mão para ele e se apresentou, dizendo que estava feliz por ver Coco ali com um amigo. Parecia ter a melhor das opiniões sobre ela. Viram Jeff de novo na praia, domingo de manhã, passeando com o cachorro, e ele falou com os dois de uma maneira muito tranquila, sem dar qualquer sinal de que reconhecera Leslie. Naquela comunidade, as pessoas cuidavam de suas próprias vidas mas ajudavam umas às outras. Leslie contou que havia sido bombeiro voluntário na Inglaterra durante a faculdade, e os dois conversaram sobre incêndios, equipamentos e a vida em Bolinas. Daí o papo enveredou de alguma maneira para motores e automóveis. Descobriram que gostavam, os dois, de mexer com carros e montar motores. Leslie parecia tranquilo, e ambos estavam à vontade conversando. Leslie e Coco estavam felizes no domingo à noite, quando pegaram o carro para voltar à cidade. E ele mais uma vez comentou o prazer que tivera em conversar com o vizinho dela.

Coco estava o tempo todo preocupada que a vida secreta que levavam ali viesse a ser descoberta a qualquer instante, mas até agora ninguém os havia incomodado. Jane sabia que o amigo ainda estava em sua casa e parecia não se preocupar. Dizia à irmã para deixá-lo em paz e não perturbá-lo, e Coco garantia que não havia por que se preocupar.

No final da segunda semana de Leslie em São Francisco, seu corretor em Los Angeles ligou insistindo que havia várias casas e apartamentos lá que ele precisava ver. Leslie não estava muito preocupado com isso, mas achava melhor encontrar seu agente e dar as caras na cidade, para ninguém pensar que ele estava se escondendo por causa dos boatos sobre sua sexualidade. A ex-namorada ainda estava martelando o assunto, e os tabloides apresentavam manchetes mais chocantes do que as habituais.

— Quer ir lá comigo no sábado? Podíamos passar a noite no Bel Air. — O hotel sempre foi muito discreto e ninguém lá sabia quem Coco era, de qualquer maneira.

— Mas e os cachorros? — Não havia apenas Sallie, mas Jack também, e ela sabia que Jane ficaria furiosa se o abandonasse.

— Um de seus vizinhos em Bolinas não poderia cuidar deles pra gente?

— Jane vai me estrangular se souber que fiz uma coisa dessas — disse Coco, sentindo-se culpada. Mas ela queria ir com ele. — Talvez seja possível. Vou ligar e perguntar. — E de fato seus dois vizinhos se prontificaram a cuidar dos cães, alimentá-los e passear com eles na praia. Um deles inclusive se dispôs a deixá-los na casa da Jane no domingo à noite, pois iria a uma festa de aniversário na cidade. Tudo ficou arranjado. Um dia de cada vez, ele havia dito.

De qualquer maneira, por precaução, foram para Los Angeles em voos diferentes e combinaram de se encontrar no hotel. Não custava nada. Era como participar de um filme de espionagem, e eles não avisaram a ninguém que estavam indo para lá. Leslie pegou um voo antes de Coco e viu os apartamentos antes de ela chegar. Não gostou de nenhum — na verdade, tinha perdido o interesse em alugar qualquer coisa na cidade desde que a conhecera. Por ora, estava feliz em São Francisco. E Coco ficou aliviada quando ele lhe disse isso no hotel.

Ficaram numa bela suíte no Bel Air. A presença de Coco não foi notada. O pessoal ali estava acostumado a lidar com esse tipo de situação com o máximo de discrição. Saíram para jantar num restaurante simples em West Hollywood que ele conhecia e que servia um delicioso *cajun* e estavam satisfeitos e felizes ao voltarem para o hotel. Era quase meia-noite quando chegaram aos jardins do Bel Air. Viram um casal de mão dadas se beijando perto dos cisnes que nadavam em um pequeno riacho. Coco sorriu ao ver a cena e pensou que havia algo de familiar nos dois, mas todo mundo em Los Angeles parecia familiar para ela. Ou eram celebridades ou pessoas que queriam se parecer com elas. Às vezes era divertido. A mulher, que estava de costas para eles, tinha uma bela silhueta, era loura e usava um vestido preto de gala, com saltos altos. O homem era jovem e usava um terno bem-talhado. Eles se beijaram por um longo tempo enquanto Leslie e Coco se aproximavam deles, e se afastaram em direção à sua suíte apenas no último minuto. Nesse momento, a mulher se virou. Seu rosto foi iluminado por um sutil fio de luz vindo do chão. E então Coco engasgou.

— Ah, meu Deus — disse Coco, ofegando e apertando o braço de Leslie.

— O que foi? Você está bem? — Ela balançou a cabeça e permaneceu imóvel. Não havia dúvidas sobre quem era aquela mulher.

Assim que se deu conta, Coco saiu correndo para o quarto, enquanto Leslie a seguia, com um olhar preocupado. Coco parecia em pânico e, ao entrar na suíte, estava chorando. Leslie abraçou-a, não sabia o que estava acontecendo. Vira apenas um casal se beijando e observando os cisnes no riacho. Com certeza estavam hospedados no Bel Air e aparentavam estar profundamente apaixonados. Mas Coco parecia ter visto um fantasma. Estava em choque, petrificada.

— O que houve? — perguntou Leslie, sentando-se ao lado dela e envolvendo-a em seus braços. — Fale comigo, Coco. Você conhece aquele homem?

Será que era uma antiga paixão dela? Ele só sabia de Ian.

Ela balançou a cabeça em resposta, enquanto as lágrimas desciam pelo seu rosto.

— Não é ele... aquela mulher é a minha mãe — disse, olhando fixamente para Leslie, e ele ficou tão desconcertado que por um momento não soube o que dizer.

— Aquela é a sua mãe? Nunca a conheci pessoalmente. Ela é muito bonita.

Coco não se parecia em nada com ela, embora tivesse sua própria beleza.

— Aquele cara tem metade da idade dela.

Estava estupefata.

— Isso é um exagero — disse Leslie, tentando acalmá-la, mas não havia dúvida de que ele era bem mais jovem que ela, e os dois pareciam estar muito apaixonados.

Ao virar-se, a mulher olhara para o homem de uma maneira adorável, e ele parecia arrebatado. Era um jovem bonito e estiloso à maneira de Los Angeles, com cabelos relativamente compridos e um belo rosto. Poderia ser um ator ou modelo, qualquer coisa assim. Por um momento, Leslie não soube o que dizer.

— Entendi, você não sabia sobre ele.

— É claro que não. Ela sempre falou que depois do meu pai não poderia ficar com mais ninguém — disparou, subitamente enfurecida. — Todos aqui são cheios de merda. Todos mentem e são falsos, até a minha mãe, com todo aquele papo furado e moralista dela! Ela diz que eu sou estranha, hippie, mas e *ela*? — Coco estava exaltada, e Leslie ficou assustado.

— Talvez ela esteja se sentindo sozinha — comentou ele, com brandura, tentando acalmá-la. — Não é fácil ficar sozinha na idade dela.

Presumia que tivesse no mínimo 60 anos, considerando a idade de Jane, mas ela definitivamente não aparentava. Sob aquele tênue fio de luz, dera a impressão de ser uma mulher na casa dos 50, e o homem com ela era claramente mais jovem, mas isso não o chocava. Pareciam formar um belo casal e estavam felizes. O que havia de errado naquilo? No entanto, não falou nada disso para Coco, que parecia estar a ponto de ter um ataque cardíaco. Mas precisava admitir que não iria gostar nada de ver a própria mãe numa situação como aquela, ela era mais velha e não tão bem-conservada, e além disso continuava casada com seu pai, embora estivessem sempre reclamando um do outro. A mãe de Coco, porém, era mais jovem, mais sexy, vestia-se com glamour, era viúva e famosa. Ou seja, estava para jogo.

— Ela tem 62 anos e já fez mais plásticas do que uma vítima de incêndio. Isso não é certo. Como ela pode querer me dizer como viver a minha vida se é aquilo o que faz quando não tem ninguém vendo? Meu pai jamais faria algo assim com ela.

Ao dizer isso, porém, Coco sabia que não era verdade. Seu pai fora um homem bonito, com um bom faro para mulheres, e ele e a mãe de Coco haviam brigado várias vezes por causa de belas clientes. Ele era mantido em rédeas curtas e observado com olhos de águia. Se fosse ele quem tivesse sobrevivido, era provável que também estivesse com alguém. Coco só não esperava isso da mãe, muito menos que ela se envolvesse com um homem bem mais novo.

— Talvez fizesse. Por que eles deveriam ficar sozinhos? Só porque nos sentimos desconfortáveis por eles terem uma vida sexual? Odeio ser eu a ter que dizer isso, mas ela também tem direito de viver.

— E o que você acha que um cara como aquele está procurando? Sexo? Ele quer poder, influência, tudo que a fama dela pode dar.

— Talvez — disse Leslie, sendo razoável. Ela havia se acalmado um pouco e tinha parado de chorar. Mas ainda parecia estupefata.

Fora um grande choque ver a mãe à luz da lua beijando um homem tão mais jovem. Flagrar a cena a deixara profundamente abalada.

— Mas você está se esquecendo de uma coisa — continuou, com delicadeza. — O amor. Talvez ela esteja apaixonada por ele. Isso pode ser mais normal do que parece, apesar da diferença de idade. Homens mais velhos se apaixonam o tempo todo por mulheres mais novas. Eu sou 13 anos mais velho que você, e ninguém ficaria chocado com essa diferença de idade. Por que temos que estereotipar as relações? Você não parece ter nenhum problema com o fato de sua irmã viver com outra mulher. Você a respeita, todos nós a respeitamos. Qual o problema da sua mãe estar saindo com um homem mais jovem?

— Não gosto de pensar na minha mãe dessa maneira — disse, sendo honesta com ele e consigo mesma. Parecia muito chateada.

— Eu também provavelmente não iria gostar — admitiu ele, com a mesma honestidade. — Por que você não fala com ela sobre isso e escuta o que ela tem a dizer?

— Com a minha *mãe*? Você está brincando? Ela *nunca* fala a verdade. Pelo menos não sobre ela mesma. Mentiu durante anos sobre ter feito cirurgias plásticas. Primeiro foram os seios, quando meu pai ainda era vivo. Depois os olhos. Depois um lifting no rosto. E então mais uma, três semanas depois do enterro, "pra se distrair um pouco", disse ela. Meu Deus, talvez ela já estivesse com *ele*!

— Ou não. Talvez ele tenha sido o resultado disso. Acho que você não deveria julgá-la antes de conversar com ela. Assim seria mais justo. O cara pode ser um babaca atrás de fama e dinheiro, ou talvez não. Pelo menos espere pra ver o que ela diz. Eles pareciam mesmo apaixonados.

— Ela está muito saidinha, isso sim.

— Acho que pode ser genético, mas não estou reclamando. Se você ficar tão bem assim quando chegar à idade dela, vou ficar mais feliz do que pinto no lixo. E você nunca vai precisar fazer um lifting no rosto por minha causa. Vou gostar de você do jeito que for, mesmo se você derreter.

Coco era naturalmente bem mais bonita que a mãe, e provavelmente envelheceria melhor, mas não havia como negar que, para a idade, Florence estava esplêndida. E, se o velho ditado sobre conhecer a mãe de uma mulher antes de se apaixonar por ela estiver certo, Leslie tinha se dado bem.

Quando foram dormir aquela noite, Coco continuava pensando no assunto. Durante o café da manhã, no dia seguinte, ainda estava com aquilo na cabeça. Sentia-se aborrecida por não poder confrontar a mãe, como Leslie sugerira, ou dizer qualquer coisa à irmã, uma vez que ninguém sabia que eles estavam em Los Angeles. Se falasse com Jane, ela saberia que Coco havia deixado Jack em Bolinas, e, se falasse com a mãe, ela iria querer saber imediatamente por que Coco estava em Los Angeles e não tinha telefonado. Havia muitos segredos na família naquele momento. Leslie e ela não tinham nada a esconder, estavam apenas tentando protegê-lo de uma ex-namorada maluca e se manterem afastados dos tabloides pelo maior tempo possível, o que já estava sendo uma vitória. Mas por enquanto Coco tinha de ficar quieta; estava de mãos atadas. Precisava guardar aquele segredo para si mesma, e isso a consumia por dentro.

Voltaram para São Francisco em voos diferentes mais uma vez, e seguiram até a casa de Jane em carros separados. Mas, assim que Leslie entrou em casa, foi a primeira coisa sobre a qual conversaram. Aquilo parecia ser muito importante para ela. Coco fora severamente repreendida pela mãe devido a suas escolhas na vida e agora queria uma explicação para o que tinha visto. Não aprovava nada do que havia testemunhado. Nem os beijos nem o clima de romance, tampouco a mãe estar namorando um homem mais novo.

Por acaso Jane telefonou aquela noite e percebeu algo estranho na voz da irmã.

— Mas então, qual o problema? — perguntou ela imediatamente. Coco parecia ter brigado com alguém, ou estar chateada com alguma pessoa, e Jane rapidamente se deu conta disso. — Você não está discutindo com o Leslie, não é? Não se esqueça de que ele é meu convidado.

— E o que eu sou, além de babá de cachorro? — vociferou Coco.

— Ora, me desculpe. Só não faça nenhuma grosseria com o meu convidado. E não venha dar uma de engraçadinha comigo. Talvez ele queira passar mais um tempo aí, pra ficar bem longe daquela lunática e da imprensa. Vou ficar muito feliz se você não piorar a vida dele agindo como uma pirralha! — Era assim que Jane sempre a tratava, e dessa vez Coco quase riu da irmã.

— Vou tentar não piorar a vida dele — disse, altivamente e com uma dose de fingimento.

Precisava preservar o próprio segredo. Sua mãe não era a única na família com algo a esconder, embora o segredo de Coco e de Leslie fosse bem mais inofensivo. Mas nenhum dos dois queria contar nada a Jane por enquanto. Precisavam preservar a própria privacidade, e não queriam lidar com as reações ou opiniões dos outros. Ao pensar nisso, imaginou se a mãe não estaria tentando fazer o mesmo, e quando ela planejaria compartilhar a novidade, se é que isso lhe passava pela cabeça. Se tudo se resumisse a sexo, ela não faria isso, mas, se o relacionamento ficasse mais sério, ela acabaria contando.

— De qualquer maneira, nós mal nos vemos — continuou, despistando totalmente a irmã.

— Isso é ótimo. Ele precisa de paz e tranquilidade. Passou por momentos muito difíceis. Primeiro, ela tentou matá-lo. Depois, procurou a imprensa e falou que ele era gay.

— E ele é? — perguntou Coco inocentemente, e quase riu.

Nas duas últimas semanas, tivera evidências incontestáveis de que esse não era o caso. Estava se divertindo muito, na cama e fora dela.

— Claro que não — vociferou Jane. — Você apenas não faz o tipo dele. Ele prefere as mulheres glamorosas e sofisticadas, em geral as que protagonizam os filmes ao lado dele, mas isso não é uma regra. Acho que há algumas marquesas e princesas europeias nesse grupo. Afinal de contas, ele é o maior astro masculino do cinema. E com certeza não é gay — repetiu. — Uma vez, até deu em cima de mim. Ele é capaz de trepar com qualquer coisa que se mexa!

"Mas não com você", Jane deixava subentendido. Ao desligar o telefone, Coco sentiu-se deprimida por causa desse comentário.

— Você contou pra ela? — perguntou Leslie, e Coco negou com a cabeça.

— Não pude, por causa do Jack. Mas ela me disse que você trepa com qualquer coisa que se mexa, que quase sempre se envolve com as atrizes que fazem par com você nos filmes, mulheres muito mais glamorosas e sofisticadas do que eu.

Coco parecia ter levado um tapa, ou melhor, parecia ter sido espancada.

— Ela disse isso? — Leslie parecia chocado. — Mas a troco de quê?

— Eu perguntei a ela se você era gay, pra despistar.

— Excelente! E essa foi a resposta dela? Bom, sim, dormi com algumas atrizes, mas isso já faz tanto tempo... É o que os jovens atores fazem. Tentei me envolver com outras mulheres, não apenas aspirantes a atriz. E você é a única que amei de verdade. E não, eu não sou gay.

— Então prove — exigiu ela, fingindo estar em dúvida, e ele caiu na gargalhada.

— Bem, se você insiste — disse, avançando sobre ela na cama. — Seu desejo é uma ordem, e, se você quer que eu prove que não sou gay, é isso que farei. — E foi isso que aconteceu, alguns minutos depois. De novo, de novo e de novo.

Capítulo 6

No final de junho, a ex-namorada de Leslie parou de dar entrevistas aos tabloides e os programas de fofoca na TV. Chegou inclusive a ser vista numa boate em Los Angeles aos beijos com um cantor de rock famoso. Parecia que Leslie havia ficado no passado. Ele não pretendia abusar da sorte, mas há semanas ela não o incomodava. E ele precisava voltar a Los Angeles para encontrar seu agente e tratar de negócios, então saiu de São Francisco por dois dias. E, assim que ele viajou, Coco entrou em pânico. Lembrou-se de como era a vida sem ele, do quanto o amava e de como seria devastador quando ele retomasse de fato sua rotina habitual. Aquela fantasia não poderia durar para sempre. Ele era Leslie Baxter, e ela vivia num mundo muito distante do dele. Aquilo a lembrou que a relação deles tinha um prazo de validade. Ainda se sentia deprimida quando ele voltou.

— O que aconteceu, alguém morreu? — brincou ele. Podia ver que Coco estava triste. Perguntou-se se aquilo teria algo a ver com a mãe dela. Coco mantivera o segredo e ainda estava chateada com Florence. Nunca lhe passou pela cabeça que podia ser ele o motivo da tristeza de sua amada.

— Não. É que esse tempo que você esteve em Los Angeles me fez pensar em como vão ser as coisas depois que você for embora. — Leslie comoveu-se ao ouvir isso, pois também se perguntava aquilo. Pensava nisso o tempo todo, em como poderiam fazer com que suas vidas se tornassem compatíveis no futuro. Desejava isso mais que qualquer coisa.

— Você não está proibida de morar em Los Angeles. Talvez pudesse se mudar pra lá comigo. Poderíamos viver juntos.

Coco balançou a cabeça veementemente.

— Eu ia acabar ficando louca com a minha mãe, os paparazzi não iam nos deixar em paz, as pessoas iam ficar remexendo o nosso passado, sei bem como é isso. Me lembro perfeitamente das histórias dos clientes do meu pai. Não posso viver dessa maneira.

— Nem eu — concordou ele, preocupado. Sabia que nunca a convenceria a morar em Los Angeles, mas precisava estar lá, pelo menos parte do tempo.

— Mas você, por outro lado, já vive assim. Faz parte da sua vida.

— Então podemos morar aqui, e quando for preciso eu pego um voo pra lá. De qualquer maneira, passo metade do tempo nas locações. Você pode me acompanhar.

— Mas mesmo nos sets de filmagem os paparazzi vão infernizar a nossa vida — disse ela, triste.

— O que você está me dizendo, Coco? — perguntou ele, assustado. — Que não quer fazer parte da minha vida? Que os paparazzi são tão insuportáveis pra você que prefere desistir de tudo? — Ele parecia em pânico, e ela balançou a cabeça.

— Não sei o que fazer. Eu amo você, mas não quero que fique no meio de toda essa podridão que pode arruinar a nossa vida.

— Nem eu. Mas podemos ser mais fortes que isso. Só é preciso algum esforço. E pelo menos você não é de Hollywood. Isso ajuda. E não tem ninguém incomodando a gente agora, devíamos aproveitar enquanto isso.

Até então haviam tido sorte, e também estavam sendo muito cuidadosos ao sair de casa. Não entravam em nenhuma loja mais de uma vez. Na noite anterior, foram ao mercado e ele usou óculos escuros e um boné de beisebol. Passavam os fins de semana em

Bolinas, onde nunca havia muita gente por perto. Ele não podia se dar ao luxo de sair em público, já estava acostumado a isso. Instalara-se em São Francisco para se esconder de uma mulher, e agora estava se escondendo com outra, tentando proteger aquela história de amor do olhar público. Era um imenso desafio, sem dúvida, mas ele conhecia bem aquela situação. Contanto que ninguém descobrisse que ele estava morando em São Francisco, tudo ficaria bem. Como vivia dizendo a ela, até agora estava tudo bem. Mas ambos sabiam que aquela situação não poderia durar para sempre, mais cedo ou mais tarde precisariam enfrentar o fato de que ele era um astro do cinema. Coco ficava aterrorizada quando pensava nisso, embora o amasse muito.

— Só não quero que isso acabe — disse ela, com tristeza na voz. — Quero dizer, queria poder continuar desse jeito pra sempre.

— Pode não ser exatamente assim no futuro, mas podemos dar um jeito de assegurar a nossa privacidade. Isso não vai acabar se não quisermos. Só depende de nós.

E, ao dizer isso, Leslie a beijou e lhe disse novamente o quanto a amava. A última coisa que queria era que aquele romance chegasse ao fim. Pretendia passar o resto da vida ao lado de Coco. Tinha certeza disso. Como resolveria isso era outra história. Mas estava determinado a encontrar um jeito de fazer as coisas darem certo a qualquer custo.

Acabou desistindo de alugar um apartamento em Los Angeles. Ficaria em São Francisco com Coco até meados de setembro, ou seja, dali a dois meses e meio. Voltaria a filmar em outubro mas precisava chegar um pouco antes para os compromissos de pré-produção e figurino. Passaria dez dias no set em Los Angeles e, em seguida, pelo menos mais um mês em Veneza. Ao voltar, sua casa já estaria desocupada. Não precisava alugar nada nesse momento. Tudo de que precisava era Coco e a vida que estavam levando juntos.

Sugeriu que passassem a semana toda em Bolinas para o feriado de 4 de julho e perguntou se ela conseguiria encontrar alguém para substituí-la durante esses dias, assim poderiam aproveitar a praia.

Coco avisou todos os seus clientes com duas semanas de antecedência e descobriu que uma jovem amiga de Liz ficou feliz com a possibilidade de ficar no lugar dela durante esses dias. Erin era boa pessoa, precisava do trabalho e passou uma semana com Coco aprendendo a passear com os cães. Em dois anos, seria a primeira vez que Coco tiraria uma semana de férias. Os dois estavam muito ansiosos por isso. Assim que colocaram os pés em Bolinas, Leslie se adaptou à nova vida imediatamente. Parecia que sempre havia morado ali. Chegou até mesmo a vestir a roupa de mergulho de Ian e se aventurar no mar, mesmo com o pânico que tinha dos tubarões. Mas o dia estava maravilhoso e o calor era intenso, não dava para resistir. Coco achava meio estranho vê-lo saindo do mar naqueles trajes. O corpo de Leslie era bem diferente do de Ian, mas até que ele tirasse a máscara seu coração ficava acelerado. No minuto em que Leslie mostrava o rosto, sorrindo para ela, tudo voltava ao normal. Percebia o quanto o amava. Leslie agora era o dono do seu coração. Ficaram estendidos na areia por horas, catando conchinhas e pedras. Depois foram pescar, prepararam o jantar juntos, leram, conversaram, riram, jogaram cartas e dormiram durante horas e horas.

Ele passou um tempo cuidando da van e, para a surpresa de Coco, deixou-a em excelente estado. Jeff aparecia de vez em quando para dar conselhos. Era engraçado ver Leslie entrando em casa com o rosto coberto de graxa e as mãos pretas. Parecia contente como um garotinho que passou o dia fazendo sujeira. Era um homem feliz.

Os vizinhos os convidaram para um churrasco no feriado, e Leslie estava disposto a aceitar o convite.

— Mas e se reconhecerem você? — perguntou ela, preocupada. Haviam sido extremamente cuidadosos até então, e o esforço estava valendo a pena. Levavam uma vida de sonhos, em total tranquilidade e anonimato.

— Seus vizinhos já sabem quem eu sou. Mas parecem ser muito discretos. — Ele soava seguro e confiante, um pouco demais para o gosto dela.

— Os outros talvez não sejam assim.

— Bem, se a coisa ficar meio estranha ou sair do controle, a gente vai embora. Mas seria bom aceitar o convite, só pra variar um pouco.

Por fim, ela acabou concordando.

Chegaram tarde, já estava escuro, e entraram sem fazer alarde. Pegaram duas cervejas. Leslie sentou num toco de madeira e começou a conversar com um garotinho mais ou menos da idade de Chloe. A mãe veio buscá-lo em algum momento e ficou espantada ao ver Leslie. Rapidamente a notícia se espalhou. Jeff não comentara nada, mas havia em torno de cinquenta convidados. A presença de Leslie Baxter ali, tomando cerveja com eles, não passou despercebida. Apesar disso, ninguém foi pedir autógrafos, e em certo momento o espanto geral arrefeceu. Leslie tivera uma conversa muito agradável sobre pescaria com três homens, e as crianças pareciam adorá-lo. Ele levava jeito com elas.

Jeff olhou para Coco e deu uma piscadela, e então se aproximou em silêncio.

— Gosto dele. — Foi só o que disse, em voz branda. — Quando o vi pela primeira vez, levei um susto. Mas ele é um cara normal, gente boa. Não é arrogante como poderíamos pensar logo de cara. Você parece feliz, Coco. Fico muito contente por isso.

— Obrigada — disse ela, sorrindo para o amigo. Há anos ele não a via assim, e ela nunca se sentira daquela maneira em toda a sua vida. Tão segura, tão confiante, tão confortável sendo ela mesma, fazendo o que fazia. Sentia-se adulta e gostava muito disso.

— Vamos perder você pra Los Angeles? Espero que não — acrescentou Jeff, e ela balançou a cabeça.

— Não. Vou ficar aqui. Talvez ele fique indo e vindo. — Jeff assentiu, esperando que desse tudo certo.

Leslie até havia pensado em comprar uma casa na cidade mais para a frente, depois que o relacionamento deles já não fosse mais segredo e eles tivessem decidido o que fazer. Nada tão sofisticado quanto a casa de Jane, mas um lugarzinho simples e agradável, uma casa vitoriana antiga, talvez. Continuava querendo passar muito tempo com ela na praia, mas uma casa na cidade facilitaria as idas e vindas a Los Angeles. Era muito cedo para decidir qualquer coisa, mas essa era uma ideia a considerar. Estava aberto a qualquer proposta que pudesse dar certo, e disposto a investir todo o seu tempo, esforço e dinheiro nesse amor. Só precisava que ela entendesse os altos e baixos da sua vida em Hollywood, e que ele precisaria passar temporadas em Los Angeles. Coco ainda se sentia um pouco confusa.

O resto da semana transcorreu bem. De vez em quando alguém acenava para eles na praia enquanto passeavam com os cães. Ninguém tentara tirar fotos ou ligara para a imprensa. Eram muito discretos. Não poderia haver um esconderijo melhor que Bolinas.

Jane e Liz já estavam em Nova York havia seis semanas quando Liz precisou ir até Los Angeles resolver um assunto. Ainda não tinham encontrado ninguém para cuidar da casa. Nunca tocaram no assunto, e Coco suspeitava de que Jane nem mesmo chegara a tentar contratar alguém. Mas se sentia feliz ali com Leslie, por isso nem tocou no assunto com a irmã. Liz ficaria alguns dias em Los Angeles, mas Jane não podia deixar o set. Ela ligou para eles da cidade, mas, como não tinha o que fazer em São Francisco, não passou por lá. Sabia que Leslie continuava hospedado em sua casa. Era bom que Coco tivesse companhia, embora Jane achasse que os dois nem conversavam. Leslie não era do tipo de fazer amizades com garotas da idade de Coco. Na cabeça dela, a irmã não era páreo para as namoradas dele.

Uma ou duas vezes Liz sugerira o contrário. Afinal de contas, ambos eram inteligentes, bonitos e simpáticos, e estavam morando na mesma casa. Jane dera gargalhadas:

— Pare de inventar roteiros o tempo todo — provocava, rindo daquela ideia. — Leslie Baxter não se envolveria com uma passeadora de cães, mesmo ela sendo minha irmã caçula. Acredite em mim. Ela não faz o tipo dele. — Estava tão certa disso que Liz deixou o assunto morrer. Mas achava estranho que, agora que a ex de Leslie estava saindo com um cantor de rock e não representava mais nenhuma ameaça, ele ainda continuasse na casa. Além disso, tinha muito mais respeito por Coco que Jane. Aos olhos de Jane, a irmã ainda era uma adolescente rebelde. Mas Liz via muito mais do que isso nela. Talvez Leslie também.

Como sempre fazia quando estava em Los Angeles, Liz ligou para a sogra para combinar uma visita. Era uma ligação protocolar, mas ela gostava muito de Florence, que estava, aliás, em excelente forma, mais bela do que nunca. Mas Liz não pôde deixar de notar que, ao chegar à casa dela, um homem mais jovem havia acabado de sair. Sorrira para Liz ao passar por ela. Devia ter a idade de Jane. Entrou num Porsche estacionado do lado de fora e foi embora. Por algum motivo que não poderia explicar, tinha a impressão de que ele voltaria assim que ela saísse. E, quando usou o banheiro de Florence, viu um suéter masculino atrás da porta e duas escovas de dente na pia. Devia estar imaginando coisas, mas mesmo assim provocou a mãe de Jane enquanto tomavam champanhe no jardim, um hábito que as duas tinham. As marcas de sua última plástica tinham desaparecido e ela parecia 15 anos mais jovem do que realmente era. Estava mais esplêndida que nunca.

— Aquele homem que eu acabei de ver saindo num Porsche é o seu novo namorado? — perguntou, e ficou espantada ao ver Florence empalidecer e engasgar com o champanhe.

— Eu... é claro que não... Não seja boba... Eu... Eu...

Ela parou a frase no meio e olhou perplexa para Liz. Em seguida, começou a chorar.

— Por favor, não diga nada a Jane ou a Coco... Nós estamos nos divertindo tanto. No início achei que seria um caso passageiro, mas já estamos juntos há quase um ano. Sei que isso não faz sentido. Ele pensa que eu tenho 55. Eu falei pra ele que tive a Jane aos 16, o que é terrível, mas eu não sabia o que dizer. Ele tem 38 anos e sei que isso é uma tragédia, mas estou apaixonada. Amei o Buzz enquanto ficamos casados, mas agora ele se foi. E Gabriel é um homem adorável, muito maduro pra idade.

Liz precisava se lembrar de ficar de boca fechada. Sempre fora mais solidária e gentil com a sogra do que as próprias filhas dela, e Florence muitas vezes lhe confidenciava coisas, mas nada como isso.

— Se é isso o que você deseja, Florence — começou Liz, cautelosa, sem saber o que dizer nem o que pensar sobre as motivações daquele homem. Estava preocupada com aquilo. Se Jane descobrisse, aprontaria um escândalo, e Coco também. — Mas o que ele faz? É ator? — Parecia um ator, e era bonito o bastante para isso, o que lhe provocava certa desconfiança.

— É produtor e diretor. De cinema independente. — Florence citou dois filmes de relativo sucesso, então pelo menos não era um gigolô que estava apenas atrás do dinheiro dela. — Nós nos damos muito bem. Comecei a me sentir muito sozinha depois que Buzz morreu, e as meninas não moram mais aqui. Não dá pra ficar o tempo todo escrevendo ou jogando cartas. A maioria dos meus amigos é casada, então estou sempre sobrando.

Liz se solidarizou e percebeu que aquilo era mesmo um pouco difícil, muito mais do que Jane gostaria de admitir. E Florence ainda era jovem o bastante para querer companhia, talvez até mesmo sexo, embora fosse um pouco chocante pensar nisso. Jane certamente não iria querer saber nada daquilo.

— Você vai contar a Jane? — perguntou, apavorada, fazendo Liz refletir.

— Não se você não quiser.

Florence não estava cometendo nenhum crime nem fazendo mal a ninguém. Não era louca, tampouco estava pondo sua saúde em risco. Estava em um relacionamento com um homem mais jovem, 24 anos mais jovem. E por que isso era errado? Quem eram elas para lhe dizer que estava errada? Ou que não podia fazer isso? Ou fazê-la se sentir mal por causa disso? Ainda assim, temia que Jane fizesse tudo isso. Ela podia ser muito dura com a mãe. Liz amava sua parceira, mas conhecia bem todos os seus defeitos.

— Acho que você mesma deveria contar a elas.

— Acha mesmo?

— Claro — respondeu Liz com sinceridade. — Quando você achar que chegou o momento. Se isso for algo passageiro, elas não têm nada que se meter. Mas, se ele for passar uns tempos aqui, você tem o direito de se sentir amada e aceita pela sua família. É bom elas saberem o que está acontecendo na sua vida.

— Acho que a Jane vai ter um ataque — disse Florence, melancólica.

— Eu também. Mas com o tempo ela vai se acostumar. Jane não tem o direito de dizer a você como viver a sua vida. Vou lembrá-la disso, se serve de consolo.

— Obrigada — disse Florence, agradecida. Liz a ajudara antes em algumas situações. Mas essa seria bastante difícil, ambas sabiam disso.

— Eu não me preocuparia com Coco — acrescentou Liz. — Ela é uma alma mais gentil, não é tão crítica como a Jane. Mas as duas querem ver você feliz.

— Mas provavelmente não querem me ver com um homem mais jovem. Quero deixar claro, principalmente à Jane, que isso não tem nada a ver com dinheiro. Eu falei com ele que ele deveria se casar e ter filhos. Mas ele é divorciado e tem uma filha de 2 anos. E nós somos muito felizes juntos. Acho que jamais nos casaríamos — completou, pesarosa, como se estivesse fazendo algo horrível.

— Sabe, se você fosse homem — disse Liz, subitamente enfurecida, tomando partido da sogra e lamentando os problemas que ela teria com as filhas —, estaria por aí agora desfilando com uma garota bem mais nova que você em todos os lugares, e se gabando com os seus filhos, seus vizinhos, o barbeiro. Na verdade, se você fosse dez anos mais velha e ele vinte anos mais novo, estaria acontecendo exatamente isso, e todos olhariam pra você com inveja. *Isso* que é revoltante, esses dois pesos e duas medidas que fazem você precisar mentir e se esconder enquanto um homem na mesma posição que a sua estaria alardeando a novidade aos quatro cantos. Florence, essa é a *sua* vida. E nós só temos uma. Faça o que te deixar feliz. Antes de conhecer a Jane eu fui casada, e provavelmente poderia ter continuado casada pelo resto da vida. Eu não queria que ninguém soubesse que eu era homossexual. Eu passava tanto tempo sendo respeitável e fazendo o que as pessoas esperavam de mim que a minha vida era uma tristeza só. A melhor coisa que eu já fiz foi largar o meu marido pra viver com a Jane. Finalmente tenho a vida que eu sempre quis. E você sabe, se Buzz estivesse vivo, tenho certeza de que estaria fazendo exatamente a mesma coisa com uma mulher ainda mais jovem. — Ela ergueu a taça de champanhe. — Um brinde a você e ao Gabriel. Vida longa aos dois, e muita felicidade.

Então elas se abraçaram e ficaram assim durante um longo tempo. Logo depois, Florence telefonou para o namorado e contou o que havia acontecido. Queria apresentá-lo à Liz, mas Liz não achava certo conhecê-lo antes de Jane. Poderia parecer uma conspiração. Prometeu que o conheceria numa próxima oportunidade, quando Jane e Coco já estivessem a par de tudo.

— Obrigada — agradeceu-lhe Florence, quando Liz estava indo embora. — Você é uma mulher tão boa e generosa. Minha filha tem muita sorte.

— Eu também tenho — retribuiu Liz, olhando para ela. Quando já estava na estrada, viu o Porsche voltando. Baixou o vidro e sorriu para ele, que, um pouco surpreso, sorriu para ela também.

"Bem-vindo à família", pensou Liz consigo mesma, enquanto seguia para o aeroporto. Mal podia imaginar a bomba que estouraria quando Florence finalmente tomasse coragem e contasse às filhas sobre Gabriel. Prometeu a si mesma que faria tudo que estivesse a seu alcance para amortecer o golpe, mas conhecia Jane muito bem. Aquilo seria um escândalo. Pelo menos por um tempo.

Capítulo 7

No fim de julho, duas semanas depois, Florence finalmente tomou coragem e ligou para Jane. Havia decidido contar para ela primeiro. E, como esperado, a filha surtou.

— Você o quê? — Jane parecia não acreditar. — Tem um namorado? Desde quando?

— A gente se conheceu há mais ou menos um ano — confessou Florence, tentando parecer mais calma do que realmente estava. Tomara três taças de champanhe antes de telefonar. — Ele é um homem muito bom.

— E o que ele faz?

— É produtor e diretor de cinema.

— Eu conheço esse cara? — Jane ainda estava chocada. — Qual o nome dele? Imagino que seja dono da própria produtora. — Naquela idade, era óbvio. Provavelmente era um figurão da área, que todos já conheciam havia anos. Mas isso soava um pouco estranho. Jane não gostava de pensar na mãe dessa maneira.

— Gabriel Weiss. — Jane refletiu por alguns instantes e balançou a cabeça. Até agora, nada de assustador. Era um nome respeitado no mercado. — Conheço o filho dele, que tem o mesmo nome. Fez alguns filmes muito bons. Mas não sabia que o pai também era produtor.

— E não é. O pai dele era neurocirurgião e morreu há dez anos. Estamos falando desse Gabriel aí mesmo.

Subitamente, Florence sentiu-se mais corajosa. A hora da verdade havia chegado e o álcool começava a subir. Mais cedo naquele dia, Gabriel tinha lhe dito que não importava o que acontecesse ou o que as filhas dela dissessem. Ele a amava e não havia nada de errado no que estavam fazendo. Amar uma pessoa, apesar da diferença de idade, não era crime nenhum. Então ela se agarrou a esse pensamento. Estava com 62 anos, mas Gabriel pensava que tinha 55. Não tivera coragem de lhe dizer a verdade.

— Espere um pouco, mãe — disse Jane, ainda confusa. — O Gabriel Weiss que eu conheço tem 12 anos.

— Sem exageros. Ele tem a sua idade, vai fazer 39 no mês que vem.

— E quantos anos você tem? — perguntou, com crueldade.

— Você tem 62, quase 63. Isso não é um pouco ridículo? Na verdade, eu acho repulsivo uma mulher da sua idade estar de caso com um homem tão mais novo. Qual é o problema dele? Está precisando de dinheiro pra fazer o próximo filme?

Liz entrou na sala nesse momento e não gostou do que ouviu. Detestava quando Jane ficava desse jeito. Já a ouvira falar nesse mesmo tom muitas vezes antes. Embora fosse uma boa pessoa, sabia magoar como ninguém. Não deixaria de amá-la por causa disso, mas não podia tolerar esse tipo de comportamento. Outros, no entanto, toleravam.

— Acho que essa é coisa mais vergonhosa e revoltante que eu já ouvi na minha vida. Espero que você recobre logo a consciência — continuou Jane.

Então Florence a surpreendeu:

— E eu espero que você recobre logo os seus bons modos. Gabriel é um homem respeitável. Não precisa do meu dinheiro. E eu sou uma mulher respeitável. Sou sua mãe e estou tendo a dignidade de lhe contar antes que você descubra por outra pessoa. Não estamos fazendo nada de errado, nada que um homem não faria se tivesse chance. Gabriel é 24 anos mais novo que eu e, se nós podemos lidar com isso, talvez você também possa. Até logo — disse, e desligou enquanto Jane ainda se remoía do outro lado da linha. Não conseguia acreditar no que tinha acabado de ouvir, e Florence ainda desligou na cara dela. Foi a primeira vez que ela fez isso.

Jane virou-se para Liz, incrédula.

— Minha mãe está com Alzheimer — constatou, com um olhar agonizante.

— E como foi que você chegou a essa conclusão? — perguntou Liz, tentando não desviar o olhar.

— Ela está tendo um caso com um cara da minha idade. Gabriel Weiss.

— E ele é má pessoa?

— Como é que eu vou saber? Ele é um bom produtor. Mas não pode ser boa pessoa, se está trepando com a minha mãe, que tem quase o dobro da idade dele.

— Ela não aparenta ter isso tudo — disse Liz —, e os homens da idade dela fazem isso o tempo todo com garotas mais jovens. — Não era isso o que Jane queria ouvir da companheira.

— Meu Deus do céu, ela é minha mãe! — Jane tinha lágrimas nos olhos ao dizer isso. Liz sentou ao seu lado e a abraçou.

— E se ela tivesse reagido assim quando você contou pra ela que era lésbica?

— Mas foi isso o que ela fez! — Jane riu em meio às lágrimas. — Ela ameaçou se matar. Durante uns dois dias. E então foi contar pro meu pai, que reagiu maravilhosamente bem. Acho que ficaram desapontados na hora, mas depois me deram apoio. Sempre. Você provavelmente tem razão. Mas que merda, Liz, por que ela está fazendo isso? E se esse cara só estiver atrás do dinheiro dela? E se só estiver fazendo a minha mãe de idiota?

— Mas e se não estiver? E, mesmo que esteja, não é bom que isso a faça se sentir feliz por um tempo? Envelhecer não é fácil. E ela está completamente sozinha em Los Angeles.

— Ela tem milhões de fãs. Vende zilhões de livros.

— Esses fãs não dão carinho pra ela à noite, nem a abraçam quando ela está triste. E se nós não tivéssemos uma à outra? — continuou, enquanto Jane enxugava os olhos.

— Eu morreria. Sem você, a minha vida não teria sentido, Liz. Você é a coisa mais importante pra mim, você é a minha família.

— Então tente imaginar uma vida sem isso. Seu pai era tudo pra sua mãe, mas ele não está mais aqui. Agora ela tem o Gabriel. Ele pode ser um cara legal. De qualquer maneira, ela tem o direito de descobrir isso, de não ficar sozinha, de compartilhar a vida com a pessoa que escolher.

— Por que você tem sempre que ser tão sensata? — perguntou Jane e assoou o nariz no lenço de papel que Liz lhe estendera, enquanto ria.

— Ela não é minha mãe, mas é uma boa pessoa, e eu a amo. Também desejo o melhor pra ela. Vamos dar uma chance pra ela, Jane. Acho que Florence merece.

— Eu acho que a minha mãe está maluca, mas você é maravilhosa.

Liz sorriu para a companheira, enquanto recebia um abraço. Os laços entre as duas ficavam mais fortes a cada dia.

— Está bem. Agora você tem dois dias pra dizer a ela que vai se matar, como ela fez quando você se assumiu. Mas depois disso talvez seja melhor aceitar a situação. Pense no assunto.

— Vou pensar — disse, calmamente, e depois ligou para Coco. Nessa hora, irmãs precisavam uma da outra.

Quando o telefone tocou, Coco ria histericamente. Leslie estava lhe contando uma série de histórias engraçadas que haviam acontecido no set de filmagem de um de seus primeiros trabalhos no cinema. Coco adorava essas histórias, e ele sabia contá-las muito bem. Ao atender o telefone, ouviu Jane do outro lado da linha. Sua voz dava a entender que havia chegado o fim dos tempos.

— Mamãe enlouqueceu — começou ela, e Coco soube imediatamente o que viria em seguida, já que havia presenciado a cena com os próprios olhos. — Ela está tendo um caso com um homem da minha idade. — Coco ficou aliviada ao saber que ele não era ainda mais jovem. Ao vê-lo, tivera o receio de que Gabriel estivesse mais próximo de sua própria idade.

— Quem te contou isso? — perguntou Coco, calmamente.

— Ela mesma. Mas você não parece surpresa — acusou-a Jane.

— Eu já suspeitava que algo assim pudesse estar acontecendo.

Nos últimos tempos, Florence estava muito feliz e finalmente resolvera deixar a filha caçula em paz. Quase nunca telefonava, o que era estranho porque o normal era Coco receber várias ligações durante a semana e ouvir da mãe que estava fazendo tudo errado. Mas aquilo cessara de repente, e os últimos telefonemas haviam sido breves e muito superficiais.

— E o que você acha disso? — perguntou Jane.

Coco suspirou e refletiu.

— Não tenho muita certeza. Por um lado, acho que ela tem o direito de fazer da vida o que bem entende. Por outro, isso me soa errado, uma maluquice. Mas o que eu sei da vida, não é mesmo? Vivo como uma hippie num barraco em Bolinas porque isso me faz bem. Quase me casei com um instrutor de mergulho e me mudei pra Austrália. Você é lésbica e está praticamente casada com outra mulher. Que direito nós temos de dizer o que é certo pra ela? Talvez esse cara seja legal. E ela é inteligente o bastante pra descobrir se ele não for. Mamãe nunca foi boba.

— Quando foi que você ficou tão adulta e filosófica? — perguntou Jane, desconfiada. — Ela falou alguma coisa com você?

— Não, é a primeira vez que ouço falar do assunto. Mas você sabe como é, talvez o papai tivesse agido da mesma maneira que ela. Quando as pessoas envelhecem, começam a fazer coisas assim. Ninguém quer ficar sozinho — disse Coco, sorrindo para Leslie, que aprovou sua atitude.

— Você parece não se importar — disse Jane, ríspida.

— Mas por que ela deveria ficar sozinha depois de todos esses anos casada com o papai?

— E por que ela ficaria com um cara tão mais jovem, fazendo papel de idiota? — retrucou Jane. Para ela, aquilo não fazia sentido.

— Talvez ela se sinta mais jovem assim. Acho que mamãe está solitária.

— Devíamos visitá-la mais vezes — constatou Jane, franzindo a testa.

— Não é a mesma coisa, você sabe disso. Também não gosto nem um pouco dessa história, mas não há nada de errado nisso.

— Isso tudo é de um mau gosto terrível. Um suplício.

— Mamãe nunca disse isso sobre o fato de você ser gay. Sempre apoiou suas escolhas. — Coco acabara de marcar um ponto, porque, do outro lado da linha, Jane ficou muda.

— Não foi uma escolha, eu sou quem eu sou.

— Ela poderia facilmente argumentar o contrário, mas não fez isso. Sempre teve muito orgulho de você. — "Mas não de mim." Coco queria dizer, mas preferiu ficar calada. Nem sua mãe nem sua irmã a apoiavam, e no entanto ela estava disposta a comprar essa briga. Não era justo, porém era assim que sua família se comportava.

— Ela também tem orgulho de você — disse Jane com ternura, percebendo o que se passava na cabeça da irmã, e subitamente envergonhada pelas críticas que ela mesma fazia à caçula da família, quando Coco jamais havia agido assim com ela.

— Não, não tem — respondeu Coco simplesmente, com lágrimas nos olhos. — Nem você. E isso não é segredo pra ninguém. Mas acho que devemos isso a ela. Devemos respeitá-la, ou pelo menos aceitar as escolhas dela.

Por um longo momento, Jane não disse nada. Estava pensando em todas as vezes que dissera a Coco que tudo na vida dela estava errado, que ela era um fracasso. Isso a fazia se sentir terrivelmente mal, e queria compartilhar algo com a irmã.

— Também preciso te contar uma coisa — começou Jane, olhando para Liz e recebendo a aprovação da parceira. — Estou grávida de três meses. Fizemos uma inseminação pouco antes de vir pra Nova York. Não queríamos falar nada com ninguém antes de termos certeza se tinha dado tudo certo. Tentamos no ano passado e tive um aborto, mas dessa vez está tudo bem.

Coco estava atordoada. Não suspeitava que as duas tivessem esses planos. Mas agora, parando para pensar, lembrava-se de que Liz sempre quis ter filhos. Parecia uma ironia que Jane estivesse grávida, e não a cunhada, que era infinitamente a mais afetuosa e maternal das duas. Mas Jane era alguns anos mais nova, e isso devia ter pesado na decisão.

— Parabéns! — disse Coco, sorrindo e ainda surpresa. — Pra quando é?

— Início de fevereiro. Mal consigo acreditar que isso está acontecendo mesmo. Ainda não dá pra ver a barriga. Vou estar com seis ou sete meses quando voltarmos pra casa.

— Mal posso esperar pra te ver! — Coco sorriu. E então um pensamento lhe passou pela cabeça. — Talvez você devesse tentar ser um pouquinho mais compreensiva com a mamãe. Se você pode ter um bebê com uma mulher e eu posso abandonar a faculdade de direito pra viver como uma "doida" no meio do mato, talvez ela possa ter um namorado da sua idade. Quem somos nós pra julgar a vida dos outros?

Jane sabia, em seu íntimo, que o que a irmã estava lhe dizendo era a mais pura verdade. Houve então um momento de silêncio, e ela pegou a mão de Liz e levou à sua barriga gentilmente. Seus olhos se encontraram e as duas ficaram apenas olhando uma para a outra por alguns instantes.

— Me desculpe por todas as coisas idiotas que eu te disse. Eu te amo e espero que meu bebê tenha a sua cara — sussurrou Jane para Coco enquanto as lágrimas lhe escorriam pelo rosto.

— Eu também te amo — disse Coco, e, por um instante, Jane foi a irmã mais velha com quem ela sempre sonhara mas nunca tivera.

Desligaram o telefone alguns minutos depois. Coco enxugou as lágrimas e olhou para Leslie com um sorriso pensativo.

— Estou orgulhoso de você — disse ele tomando-a nos braços.

— Ela me pediu desculpas. Descobriu sobre a minha mãe e ficou furiosa.

— Você disse as coisas certas — continuou Leslie.

O elogio dele significava tudo para Coco.

— Ela também, no final da conversa. — E então olhou para ele com um sorriso. — Ela vai ter um bebê.

— Isso é interessante. Talvez a maternidade acalme um pouco a sua irmã.

— Parece que já acalmou — disse Coco, pensando nas palavras doces que acabara de ouvir de Jane. E, nesse momento, Leslie a beijou, então ela fechou os olhos.

— Eu gostaria de ter um bebê com você algum dia — sussurrou ele, e Coco assentiu. Também gostava da ideia, embora nunca a tivesse cogitado. Às vezes tinha dificuldade em absorver tudo aquilo. Muitas coisas haviam acontecido em tão pouco tempo...

Capítulo 8

Nos dias seguintes, Coco e Jane falaram com a mãe várias vezes. Jane ainda estava chateada com aquela história toda. Embora Liz e Coco a tivessem convencido de que Florence tinha todo o direito de sair com quem quer que fosse, ela ainda achava o fato de a mãe estar tendo um caso com um homem da idade de Gabriel algo sem sentido e apavorante. E ainda suspeitava que ele pudesse estar atrás do dinheiro dela. Mas concordara em pelo menos conhecê-lo e dar-lhe uma chance quando estivessem em Los Angeles. Isso só aconteceria alguns meses depois. Jane ainda não contara à mãe sobre a gravidez. Dizia que havia muito tempo para isso. Liz finalmente convenceu-a alguns dias depois e ela cedeu, ligou para Florence e revelou que havia um neto a caminho. Florence ficou animada e surpresa ao mesmo tempo.

— Sabe, um dos motivos pelos quais fiquei chateada quando você me disse que era gay — admitiu — foi porque pensei que você nunca teria filhos. Nunca me ocorreu que isso pudesse acontecer. Não saber quem é o pai da criança não incomoda você? — perguntou Florence, com brandura.

— Na verdade, não. Selecionamos o doador do esperma após uma longa análise de perfis. Sabemos tudo sobre o histórico familiar dele, suas origens, sua saúde, educação, suas habilidades pessoais. Ele e o pai estudaram em Yale. — Assim como Buzz e Florence, Jane era uma acadêmica orgulhosa e não teria escolhido um doador que não tivesse formação superior ou com o segundo grau incompleto. O pai do seu filho era um estudante de medicina, jovem e saudável, de origem sueca. Tinham todo seu histórico, exceto seu nome.

Jane disse à mãe ainda que em breve faria a amniocentese, para se certificar de que estava tudo bem com o bebê e descobrir o sexo. Ela e Liz torciam para que fosse menina. Florence mal acreditava que ia ser avó. E, ao pensar no assunto, questionou-se se isso afetaria seu relacionamento com Gabriel de alguma forma. Nos últimos dias, as filhas haviam mexido muito com ela.

Coco fora mais tranquila, mas era evidente que também havia ficado chateada. No entanto, tivera mais tempo de absorver a novidade, uma vez que flagrara a mãe com Gabriel no Bel Air.

— Obrigada por não ficar zangada comigo — disse à filha caçula, com ternura. No fim das contas, como sempre acontecia, Coco fora legal com ela.

— Não estou zangada. Só me preocupo com você — explicou Coco.

Era estranho ser a filha a ficar preocupada nesse momento, e não a mãe. E Florence parecia bem mais inclinada a tê-la como confidente, em vez de Jane, o que também era estranho. Jane e Florence haviam sido muito mais próximas naqueles anos todos, e isso se devia, em parte, ao fato de Jane ter sido a primeira e única filha por muito tempo. Por esse motivo, Coco tinha a impressão de que a irmã estava sempre um passo à sua frente. Quando Jane e a mãe estavam juntas, Coco se sentia excluída. Elas pensavam de maneira semelhante, criticavam Coco na mesma medida e tinham opiniões muito parecidas. Mesmo quando criança, Coco se sentia diferente, quase como uma estranha no ninho. Até onde conseguia se lembrar, Jane e Florence sempre haviam sido melhores amigas.

Jane entrara na faculdade quando Coco tinha 6 anos. Embora tivesse imaginado que se tornaria a filha favorita, o que aconteceu foi que Coco continuou sendo a mesma estranha de sempre, criada por babás enquanto a mãe trabalhava. Florence parecia muito mais interessada em escrever do que passar seu tempo com a filha caçula. Era para Jane que Coco mostrava suas lições de casa, com quem viajava e passava o tempo. Era Jane a sua referência de vida adulta. Mas, de alguma maneira, Coco sempre se sentia em débito. E agora, pela primeira vez, era a perfeita, irrepreensível, famosa e sabichona Florence Flowers que se via em maus lençóis. Aquela situação não parecia nada familiar. E era na filha mais nova e gentil que ela agora buscava conforto.

— Como você conheceu o Gabriel, mãe? — perguntou, numa das longas conversas que tiveram sobre ele.

Agora que se sentia mais íntima de Florence, queria aproveitar para saber de todos os detalhes. Florence confundiu isso com um sinal de aprovação e sentiu-se agradecida. Ficara muito magoada com as coisas que ouvira de Jane, mesmo depois de a filha mais velha ter pedido desculpas. Ela a acusara de senilidade, de estar com mal de Alzheimer, de estar se comportando como uma velha idiota que estava sendo explorada por um homem que só se interessava por fama e dinheiro. Coco não descartava essa hipótese, mas havia escolhido suas palavras com mais cuidado. Embora sua relação com a mãe fosse difícil, sabia que, no fundo, ela era uma boa pessoa e não desejava ferir seus sentimentos.

— Vendi os direitos de um dos meus livros pra Columbia Pictures no ano passado e o Gabriel foi escalado para produzir e dirigir o filme. Trabalhamos juntos no roteiro, embora as filmagens só devam começar no ano que vem. Nos divertimos muito nesse tempo. Ele é um homem muito interessante e sensível. — Nesse momento, Florence pareceu subitamente tímida, o que deixou a filha surpresa. Aquele tom de voz não era comum. — E ele diz o mesmo de mim. Já havia se envolvido com uma mulher mais velha na faculdade, embora não tão velha como eu — admitiu. — Teve uma namorada de 35 anos quando tinha 18. — Gabriel realmente tinha uma queda por mulheres mais experientes.

— Mal posso esperar para conhecê-lo — disse Coco, baixinho.

E era verdade, por uma série de razões. Embora não dissesse nada à mãe, ainda o via com muitas suspeitas. Não parecia normal ou correto que ele estivesse com uma mulher 24 anos mais velha, ainda que Florence não aparentasse a idade que tinha e ele não soubesse sua verdadeira idade. Ela se perguntou se a mãe já não estava com isso em mente quando fez o segundo lifting no rosto, pouco depois da morte de Buzz. Provavelmente não, mas esse pensamento agora lhe ocorria. Naquela época, Florence também tinha feito uma lipoaspiração. Mas ela sempre fora vaidosa. Fazia parte do estilo hollywoodiano contra o qual Coco havia se rebelado. Jane era igualmente vaidosa, não tanto quanto a mãe, mas Coco sabia que nos últimos anos a irmã fizera algumas aplicações de Botox. Coco não conseguia se imaginar fazendo nada parecido. Aquele tipo de vaidade era totalmente estranho para ela.

— Ele também quer conhecer você — respondeu Florence, aliviada. Estava aterrorizada com a perspectiva de que as filhas não quisessem vê-la nunca mais. Jane chegara a cogitar essa ideia, mas Liz a acalmara.

— E quanto ao bebê, o que você acha? — perguntou Coco, casualmente. Não podia imaginar que, naqueles dias, ser avó era o que a mãe mais desejava. Certamente, seria estranho para ela.

— Acho ótimo pra elas. Sempre pensei que seria você que me daria um neto. Nunca me passou pela cabeça que elas fossem fazer algo assim. É um pouco estranho não saber quem é o pai. — Mas o que Florence estava fazendo também era estranho.

— Jane poderia ter recorrido a um amigo, mas ela diz que é menos complicado desse jeito. Assim, o filho é apenas dela e da Liz. É compreensível. Provavelmente seria meio estranho ser mãe do filho de um conhecido. Mas ainda temos tempo pra nos acostumar.

— Acho que não no meu caso — disse Florence, sendo honesta. — Tenho outras coisas na cabeça nesse momento. E comecei um livro novo. — O espanto e a humildade já haviam começado a desaparecer de sua voz. Florence nunca perdia de vista quem ela era, embora a revolta de Jane com seu relacionamento com Gabriel a tivesse deixado abatida por alguns dias. Aquele neto agora, exatamente quando ela estava envolvida com um homem mais jovem, por um momento, chegara a lhe parecer uma forma de Jane se vingar dela. Para quem a conhecia, não havia dúvidas de que Florence Flowers só se importava consigo mesma. Jane era a única pessoa que de vez em quando conseguia penetrar no seu mundinho particular. A chegada daquele bebê mudaria tudo, e isso a deixava triste. Jane priorizaria o filho e Liz. De repente, Florence se sentiu excluída, o que a aproximou ainda mais de Gabriel.

Naquela noite falou com ele sobre as filhas. Gabriel sabia que Florence havia conversado com as duas sobre o relacionamento deles e estava nervoso. Não esperava obter aprovação delas agora, e estava certo.

— Elas ainda estão chateadas? — perguntou ele.

O casal estava jantando no terraço de um badalado restaurante. Florence usava jeans branco, sapatos dourados de salto alto e uma blusa de seda turquesa. Estava exuberante e, enquanto olhava graciosamente para ele, tinha dificuldade em acreditar que se deixara abalar tanto pela reação das filhas.

— Elas vão superar isso. Já superaram. Coco ficou espantada, mas ela é uma menina muito doce. Disse que só quer me ver feliz e que mal pode esperar pra conhecer você. Mas ela não pode vir a Los Angeles agora, está tomando conta da casa da irmã. — Florence não disse uma palavra sequer sobre a gravidez de Jane, e não faria isso até o último momento. A diferença de idade entre os dois já era ruim o bastante, não precisava de mais aquilo. — Já a minha filha mais velha é mais difícil — continuou, enquanto ele pedia champanhe.

O fato de não precisarem mais se esconder merecia ser celebrado. Mas Florence também andava preocupada com a imprensa. Ela era uma celebridade, afinal, e aquele romance era um prato cheio para os tabloides e as revistas de fofoca. Até o momento haviam sido cuidadosos e tinham contado com a sorte.

— Jane ficou muito zangada? — perguntou Gabriel, preocupado, enquanto erguia sua taça para um brinde. Ele estava de camiseta, calça jeans branca e sapatos de couro de jacaré, sem meias. Os sapatos foram um presente de Florence. Ela gostava de vê-lo naqueles calçados, e ele os usava bastante quando saía com ela.

— A princípio, sim — respondeu Florence. — Acho que ela nunca imaginou que algo assim pudesse acontecer. Acho que as duas reagiram assim por causa do pai. Você é o primeiro homem na minha vida desde que Buzz morreu. — Isso não era inteiramente verdade, mas ela julgou que dito dessa maneira soaria melhor para ele. Tivera dois breves casos no ano seguinte à morte do marido, mas nunca mencionou nada às filhas. Eram homens muito chatos e ela não se apaixonara por nenhum deles. Mas estava perdida de amor por Gabriel Weiss desde o dia em que se conheceram. Ele dizia o mesmo, e o romance dos dois acontecera com rapidez e muita intensidade. — Acho que elas estão se adaptando. A companheira da Jane é muito sensível e inteligente. Em nosso último encontro, ela prometeu me ajudar. E acho que cumpriu com a palavra. Liz não ficou nem um pouco espantada com o nosso romance.

Gabriel sorriu para ela, solidário. Por tudo que ouvira falar em Hollywood, Jane Barrington era o diabo em pessoa.

— Devem ter ficado assustadas com o fato de eu ser mais novo que você — comentou ele, simplesmente. — Mas nunca penso nisso quando estou com você. — Sorriu para ela e beijou seu pescoço, sem deixar de notar o decote na blusa de seda de Florence. Adorava a maneira como ela se vestia; a namorada conseguia ser ao mesmo tempo sexy e elegante. Era a mulher mais sedutora que já havia conhecido. — Me sinto como se tivéssemos a mesma idade.

Gabriel dizia sempre as coisas certas, e Florence acreditava nele. Talvez fosse maluquice, mas tinha certeza de que ele estava sendo sincero. E Liz estava certa. Se ela fosse homem, ninguém se importaria, ou melhor, aprovariam sua atitude e teriam inveja dela.

— Vai ficar tudo bem com a Jane. Ela tem muitas outras coisas com que se preocupar no momento. Está tendo muita dor de cabeça com as filmagens, além dos vários problemas sindicais. Nosso pequeno romance é a menor de suas preocupações.

Isso sem falar do bebê, sobre o qual ele nada sabia nem viria a saber por enquanto. Talvez então já estivessem até casados. Gabriel andara falando nisso durante todo o verão, e Florence havia adorado a ideia. O único obstáculo que precisavam enfrentar eram as meninas. Mas Florence ainda não queria aborrecê-las com essa história de casamento. Queria que as filhas primeiro conhecessem Gabriel e ficassem mais tranquilas.

Durante o restante do jantar, falaram sobre o filme no qual ele estava trabalhando. Há meses ela revisava roteiros com ele e vinha lhe dando excelentes sugestões. Trabalhavam bem juntos. Na verdade, formavam uma grande dupla em tudo que faziam juntos. Ao final do jantar, notou olhares invejosos de pessoas ao seu redor. Algumas mulheres olhavam para ela, e depois para Gabriel, e então para ela de novo. Florence julgou serem olhares de admiração. Ninguém se referira a ele como filho dela. Gabriel não parecia tão jovem. A diferença de idade entre os dois parecia ser de uns dez anos, não de 24. E uma mulher acompanhada de um homem dez anos mais jovem era bem comum naqueles dias. Demi Moore e Ashton Kutcher haviam aberto caminho para casais como eles. Ela deveria ser invejada, e não criticada. Pelo menos, era assim que pensava.

Após o jantar, seguiram para a casa dela, como de costume. Agora ele passava a maior parte das noites ao seu lado. E, certas vezes, quando queriam fazer algo especial, se hospedavam no Bel Air para passar o fim de semana. Nessas ocasiões, era Gabriel quem sempre pagava. Jamais deixava que Florence gastasse seu dinheiro com ele, exceto em um presentinho vez ou outra. No aniversário de seis meses de namoro, ele dera a ela um bracelete de diamantes e pretendia lhe oferecer um anel de noivado no ano seguinte, mas ela ainda não sabia disso. Até já havia escolhido o modelo. Mas ainda esperava a aprovação das filhas de Florence. Não desejava dividir aquela família, mas estava perdidamente apaixonado. Achava Florence maravilhosa.

Gabriel se esparramou na cama como se fosse dele, e agora era mesmo, assim como Florence. Sexo com ele fora uma experiência sem precedentes. As coisas nunca foram tão boas nos 36 anos de casamento com Buzz, nem mesmo quando ambos eram mais novos. Gabriel era um amante incrível. Havia pouco tempo, falara com a mãe dele sobre aquela relação e ela ficara tão aborrecida quanto Jane, mas já começava a entender que nada poderia impedi-lo de levar aquilo adiante. Gabriel disse que estava apaixonado e decidido. E ela conhecia bem o filho, sabia que nada iria convencê-lo do contrário. Era o homem mais persistente do mundo e fora assim que conquistara Florence, que de início resistira a ele. Mas isso não durou muito, e ela acabou se entregando aos prazeres que podiam ter juntos. E, embora tivesse sua importância, o sexo não era o motor daquela relação. Adorava conversar com ela, rir ao seu lado e abraçá-la por horas a fio depois de uma noite de amor. Amava tudo em Florence: sua mente, seu corpo, sua elegância, sua força, sua fama, sua reputação e seu enorme talento. Ela era uma mulher sem igual, incomparável. Ao lado dela, temia se sentir insignificante, mas em vez disso ela o alçara ao seu nível, de várias maneiras. Estava aprendendo muito com ela, sobre escrita, disciplina, talento, humor. Graças a ela, seu texto melhorara imensamente, bem como suas habilidades para a direção. Ele se sentia como se estivesse ajoelhado diante de uma mestra, beijando seus pés e adorando-a. E, de várias formas, era exatamente isso que estava fazendo.

Ao deitar-se com ela naquela noite, tirou as sandálias douradas da amada e jogou-as no chão. Em seguida, tirou o jeans branco e a blusa de seda dela. Florence estava usando uma calcinha fio dental e um sutiã de renda azul-claro, e ele sorriu ao vê-la tão sensual.

— Não existe mulher mais sexy que você nesse mundo — disse, admirando-a. Seu corpo ainda era firme e esbelto. Ela malhava todos os dias com um dos melhores personal trainers da cidade. Fazer amor com Gabriel toda noite a motivava. E ela lhe ensinara coisas que ele nunca havia aprendido.

Então Florence foi tirando as roupas dele, peça a peça, com uma sensualidade que o deixava louco. Momentos depois, estavam os dois nus na cama, nos braços um do outro. A empregada não passava mais as noites em casa, e, quando o dia estava abafado, faziam amor na piscina. Mas hoje estavam felizes em permanecer na imensa cama cercada por um dossel cor-de-rosa. No último ano, aquela fora a casa dele.

Florence selou os lábios de Gabriel com os seus, deslizou para cima dele e começou a cavalgá-lo. Em poucos segundos, ele já estava gemendo. Ela permaneceu naquela posição, dando prazer a ele e ao mesmo tempo provocando-o. Em seguida, escorregou para o lado e desceu para fazer sexo oral. Depois, ele retribuiu e logo estava no controle, deixando-a ensandecida como ela fizera antes com ele. Foi preciso muito tempo até estarem saciados, e ao final ele a abraçou, e Florence estava satisfeita. Gabriel parecia exausto, e ambos riram. Ele não sabia o que as filhas de Florence pensariam dele, mas, naquele momento, não dava a mínima importância. Nunca amara tanto uma mulher. Minutos depois, abraçados, caíram num sono profundo. Para eles, não existia mais ninguém no mundo, apenas os dois.

Capítulo 9

Em meados de agosto, Leslie recebeu um telefonema da mãe de Chloe. Ela havia sido convidada para uma viagem de iate no sul da França que levaria duas semanas. Fazia um ano que trabalhava na mesma peça da Broadway e passava os fins de semana em Southampton com a filha.

— Sinto muito por isso, Leslie — desculpou-se Monica. Em geral, a ex o avisava sobre sua agenda com mais antecedência. — Preciso de férias e posso não ter outra chance em meses. O pessoal do teatro conseguiu uma boa substituta pra mim e eu realmente gostaria muito de ir até Saint-Tropez de barco. Você poderia ficar com a Chloe umas duas semanas?

Normalmente, ele teria agarrado aquela chance sem hesitar, mas não tinha ideia do que Jane e Liz achariam de ter uma criança na casa delas. Elas estavam esperando um bebê agora, mas aquilo era diferente. Afinal, uma menina de 6 anos é bem mais espaçosa do que um recém-nascido, para dizer o mínimo. De qualquer maneira, ele queria que Coco conhecesse sua filha, então esperava que não houvesse problemas.

— Acho que sim — respondeu ele, de um jeito meio esquisito. — Na verdade, estou provisoriamente instalado na casa de duas amigas. Preciso perguntar a elas se não tem problema. Se for causar algum incômodo, posso ir pra um hotel. — Porém, em um hotel ele perderia a privacidade, todos saberiam que ele estava na cidade. Ainda queria ficar no anonimato por mais um tempo, ao lado de Coco. Não precisavam do assédio da imprensa. — Já ligo de volta pra você — disse e, em seguida, telefonou imediatamente para Jane. Mas quem atendeu foi Liz. Ele explicou a ela sobre sua filha e disse que, caso elas preferissem, podia se mudar para um hotel.

— Não seja bobo — tranquilizou-o Liz. — É melhor a gente ir se acostumando a ter crianças em casa. Afinal, estamos grávidas. — Não tinha certeza se Coco contara a novidade para ele, se haviam desenvolvido intimidade suficiente para tanto. Sabia que Coco vinha dizendo a Jane que eles mal se viam, mas não acreditava inteiramente naquilo.

— Fiquei sabendo. Parabéns pra vocês. E muito obrigado por me deixar trazer Chloe pra cá. Ela é um anjo, muito bem-educada. Uma criança adulta. A mãe a leva pra todo lugar. — Mas não para uma viagem de iate pelo sul da França, Liz pensou. — Mal posso esperar pra mostrar São Francisco a ela. Talvez Coco e eu possamos levá-la à praia.

— Tenho certeza de que ela vai adorar — disse Liz, interessada. O que acabara de ouvir não combinava muito bem com as informações que Coco vinha passando à irmã sobre ela e Leslie quase nunca se encontrarem. — E, por falar nisso, como vão as coisas com a Coco? — perguntou Liz, de forma inocente, lançando a isca. Ela não conseguiu resistir. Por alguma estranha razão, adorava pensar nos dois juntos. Respeitava muito a irmã caçula da companheira, mais do que a própria Jane. Ao contrário dela, não considerava Coco um caso perdido, apenas um pouco diferente de sua ambiciosa irmã. E sabia que a morte de Ian a deixara abalada. Sempre gostara muito de Leslie também. Embora fosse ator e famoso, achava que era um homem maravilhoso, com bons valores.

— Estamos nos dando muito bem — admitiu ele, um pouco encabulado. — Ela é uma mulher fabulosa. É autêntica e incrivelmente honesta, gentil e decente. — Ele enumerou para Liz todas as qualidades de Coco, embora não fosse necessário.

— Parece que vocês têm conversado bastante — disse Liz, com um tom de aprovação.

— Sim, quando ela não está na rua com os 101 dálmatas. É um trabalho meio peculiar, mas os clientes dela a mantêm bastante ocupada, e por enquanto ela parece bem feliz fazendo isso.

Liz não achava que aquele emprego fosse durar a vida toda, e não entendia por que Jane e a mãe ficavam tão aborrecidas com a profissão dela. Era lucrativo e respeitável, afinal de contas, e ela desempenhava bem aquela função.

— Eles a adoram — confirmou Liz.

— E tenho certeza de que minha filha vai adorá-la também. Obrigado mais uma vez por me deixar acomodá-la aqui. Fico muito contente. Devo fazer um depósito na conta de vocês? Tenho a impressão de que deveria estar pagando aluguel. — Ele já estava ali havia dez semanas. Liz deu uma risada.

— É bom que você faça companhia a Coco. Me sinto muito culpada de ainda não termos encontrado ninguém pra substituí-la. Nós tentamos, mas todo mundo tinha planos pro verão ou estava voltando pra escola. Pelo menos ela está tendo a oportunidade de morar com um astro do cinema bonitão. Isso deve compensar um pouco as coisas.

Mas, ao dizer isso, Liz se deu conta de que há muito tempo Coco não reclamava de nada, nem implorava para ser liberada do fardo de cuidar da casa delas. Isso por si só já levantava suspeitas. Leslie também parecia muito amistoso e entusiasmado com ela, mas não dissera nada sobre estarem perdidamente apaixonados um pelo outro. Talvez fossem apenas amigos, apesar de Liz não acreditar nisso. Podiam também estar sendo discretos, o que parecia mais plausível. Ou talvez não estivesse acontecendo nada entre os dois. Ela não poderia imaginar que na segunda noite dele lá haviam se amado loucamente na cama delas. Havia algumas coisas de que ela não precisava saber, então Leslie manteve um tom suave. Coco sempre dizia que Jane nunca perguntava nada, e provavelmente não ocorrera a ela que eles tivessem se envolvido. Ela já havia dito a Coco que Leslie preferia mulheres com outro perfil.

— Mande lembranças a Jane — disse ele, logo antes de desligar —, e parabéns mais uma vez pelo bebê. Isso vai ser uma mudança e tanto na vida de vocês.

— Jane disse que vai tirar seis meses de férias, mas eu só acredito vendo. Vou tentar ficar em casa por um ano, se conseguir. Eu posso escrever de casa, afinal. E sempre quis isso, a minha vida toda. — Liz sempre desejara ter filhos, mas não com o homem com quem fora casada, que sempre lhe dizia que isso seria um erro. Agora tudo parecia perfeito. Mal podia esperar pelo nascimento da criança. Só lamentava que não fosse ela a carregar o bebê na barriga, mas o médico achava melhor que Jane fizesse a inseminação, então ela acabou cedendo. A companheira estava em melhor forma e era quatro anos mais nova, o que diminuiria as chances de um aborto espontâneo. Não queriam que isso acontecesse de novo. E dessa vez parecia que estava tudo bem. — Mande um beijo a Coco por mim. Ela ficou bem depois de descobrir sobre o romance da mãe dela?

Coco não falara muito com a cunhada desde então, mas Jane sim. E Liz tentara não se intrometer nesse assunto de família. Tudo o que pôde fazer foi acalmar Jane. Até que fora bastante eficiente, pensou, embora Jane ainda reclamasse um pouco de vez em quando. Mas já não estava mais completamente furiosa como no início. Coco também a acalmara. Liz sabia que ela faria isso. Coco era muito mais tolerante que a irmã em relação às fraquezas humanas.

— Acho que ela está bem. No início ficou um pouco chateada. Mas ela entende que a mãe tem o direito de levar a própria vida com quem bem entender. E hoje em dia esse tipo de relacionamento é comum. A idade não é mais tão importante quanto antigamente, mesmo no caso de uma mulher mais velha.

— Foi o que eu falei pra Jane. Mas as coisas aqui não foram tão fáceis — confessou Liz com um suspiro. Felizmente, a gravidez fez com que ela ficasse um pouco mais calma.

— Imagino que não tenham sido mesmo — concordou Leslie. — Jane também parece bem exigente com Coco — continuou, revelando mais do que gostaria de ter dito. Isso não passou despercebido a Liz, mas ela não diria nada à companheira sobre esse comentário. Jane era muito possessiva em relação aos amigos, e Liz sabia que ela não ia gostar da ideia de Leslie e Coco estarem envolvidos. Era um estranho tipo de rivalidade entre irmãs. Jane queria que Leslie fosse seu amigo, não de Coco.

— Coco falou com você que Jane pega no pé dela? — perguntou Liz, curiosa. Isso era algo que sempre a incomodara e nunca lhe parecera justo. Coco precisava do apoio e da compreensão da família, e não das repreensões que sempre recebia de Jane e da mãe.

— Na verdade, não — respondeu Leslie, tentando desconversar e temendo já ter falado demais. Liz não era boba e, se não fosse cuidadoso, ela descobriria tudo, se é que já não havia se dado conta do que estava acontecendo. — Apenas imaginei, pelo pouco que ela me contou.

— Se ela te falou isso, ela está certa. Jane e Florence têm sido muito duras com ela desde que abandonou a faculdade, até mesmo antes disso. Elas se unem contra a Coco, não dá para competir. Coco lida com essa situação bem demais, mas esse é o jeito dela. — Leslie quase disse que era por isso que a amava, mas conteve-se a tempo.

— Talvez agora elas possam pegar o namorado da Florence pra Cristo — disse Leslie, rindo. — Foi bom falar com você. Há tempos não nos vemos. Me sinto um pouco culpado de estar aqui, mas estou adorando. Ninguém sabe que estou na cidade. Tenho que voltar em setembro, porque em outubro começo a gravar um filme novo. E ter a Chloe aqui comigo antes de ir pra Los Angeles vai ser um presente e tanto.

— Divirta-se — disse Liz enigmaticamente. Ele agradeceu-lhe novamente e desligou. Em seguida, ligou para Monica.

— Sem problemas, ela pode ficar aqui. Quando ela vem?

— Poderia ser hoje à noite? — perguntou Monica, parecendo constrangida. — Um amigo meu vai pra Nice amanhã em seu avião particular, e eu vou com ele. O barco está em Monte Carlo, e de lá seguiremos pra Saint-Jean-Cap-Ferrat e Saint-Tropez. — Os balneários mais elegantes da Europa.

— Mas que vida difícil — provocou Leslie.

— Fiz por merecer — respondeu Monica, firme. — Estou dando duro na Broadway há um ano, sem férias. Duas semanas não são nada. Obrigada por ficar com a Chloe.

— Será um prazer — disse ele, e era verdade.

— Vou mandar o número do voo pra você por mensagem.

— E assim que eu a pegar no aeroporto telefono pra avisar. — Funcionavam bem daquele jeito, com os dois revezando-se com a filha. Era uma verdadeira bênção. Mesmo depois de anos após o fim de seu relacionamento, continuavam bons amigos, e isso era ótimo para Chloe, que adorava quando Leslie ia visitá-las em Nova York. E ele mal podia esperar por aquelas duas semanas com a filha.

Assim que Coco entrou em casa, ele contou-lhe a novidade.

— Hoje? Já? — Ela estava surpresa. Não esperava conhecer Chloe tão cedo. — Espero que ela não fique chateada com a minha presença — continuou, parecendo preocupada. — Talvez ela não fique muito feliz em ter que dividir o pai.

— Ela vai adorar você — disse ele com convicção e em seguida a beijou. — Tive uma ótima conversa com a Liz mais cedo, quando liguei pra perguntar se a Chloe podia ficar aqui.

— Ela suspeita de alguma coisa?

— Não sei, mas a Liz é muito esperta.

— Mais do que a minha irmã. — Coco sorriu. — Jane está sempre tão preocupada com os próprios problemas que duvido que isso sequer tenha passado pela cabeça dela.

— É, você tem razão — concordou ele, e então foi dar uma olhada na geladeira.

Haviam feito compras dois dias antes, portanto estavam bem supridos e tinham tudo de que Chloe gostava. Cereais, waffles, pizza congelada, pasta de amendoim e geleia. Tinham até mesmo croissants, que ela adorava. Leslie já vira a filha comer escargots mais de uma vez, em restaurantes franceses sofisticados. Ela ia com a mãe a todos os lugares e era tratada como uma adulta. Mas, quando estava sozinha, preferia as comidas e os passatempos de qualquer criança.

Naquela noite, antes de seguirem para o aeroporto, dividiram uma salada, e Leslie podia ver o nervosismo de Coco. Para ela, conhecer a filha dele era um grande acontecimento.

— E se ela me odiar? — perguntou, parecendo angustiada, enquanto estacionavam no aeroporto. Tinham ido até lá na Mercedes de Jane, e não na van de Coco, que não teria lugar para Chloe, já que todos os bancos (exceto o do carona) haviam sido removidos para a acomodação dos cães.

— Ela vai adorar você. E não se esqueça de que eu também te adoro — disse ele e deu-lhe um abraço.

O avião aterrissou com dez minutos de antecedência, e os dois chegaram bem a tempo de ver Chloe vindo pelo setor de desembarque, acompanhada por um integrante da equipe da companhia aérea. Assim que o viu, a encantadora menininha pulou nos braços do pai. Olhou por sobre os ombros dele enquanto recebia um abraço e sorriu para Coco. Ela tinha imensos olhos azuis e tranças louras compridas, estava usando um vestido cor-de-rosa gracioso e carregava um velho ursinho de pelúcia. Parecia uma criança saída de uma revista. Tinha a cor de pele da mãe e a extraordinária beleza do pai. Já dava para ver que viraria uma beldade quando crescesse.

Leslie colocou-a de volta no chão com delicadeza e segurou sua mão enquanto a apresentava para Coco.

— Esta é minha amiga Coco — disse simplesmente, enquanto Chloe olhava para ela com interesse. — Estamos hospedados na casa da irmã dela. É muito bonita e acho que você vai gostar de lá. Tem uma piscina dentro da casa, e é bem quentinha.

Enquanto ele dava à filha todas as informações necessárias, Coco subitamente se deu conta de que não poderia dormir com ele enquanto Chloe estivesse lá. Não haviam conversado sobre isso ainda, mas ela não tinha nenhuma intenção de deixar a menina chocada, e tinha certeza de que ele também não.

— Mas vamos pegar as suas malas. Você deve estar muito cansada — comentou ele. Chloe continuava olhando para Coco, como se estivesse tentando descobrir quem ela era.

— Eu dormi no avião — contou a eles —, e comi cachorro-quente e sorvete no jantar.

— Isso parece muito bom. Também temos sorvete em casa pra você. E dois cachorros bem grandes, mas eles são bonzinhos. Um deles é enorme. — Ele achou melhor alertá-la sobre Jack, para que ela não ficasse com medo quando chegassem à casa. Coco achava que Leslie tinha muito jeito com a filha. De repente, parecia muito adulto. Era evidente que Chloe era louca pelo pai e estava animadíssima em estar ali. Não soltava a mão dele para nada.

— Gosto de cachorros — disse a menina simplesmente, olhando para Coco. — Minha avó tem um poodle francês. Ele não morde.

— Nem os nossos — explicou Coco. — Eles se chamam Jack e Sallie. Quando fica em pé, Jack tem o tamanho do seu pai.

— Isso parece até mentira — respondeu Chloe, rindo, enquanto Leslie pegava as malas.

— Vou pegar o carro e já volto — avisou ele, deixando Chloe com Coco. Ela não sabia muito bem o que dizer à menina, mas Chloe parecia bem à vontade.

— Minha mãe é atriz na Broadway — explicou ela, enquanto esperavam por Leslie. — Ela é muito boa e a peça é muito triste. Todo mundo morre. Prefiro os musicais, mas minha mãe só faz as peças tristes. Ela morre no final. Eu fui lá na estreia. — Chloe era exatamente como Leslie havia dito, uma criança encantadora e ao mesmo tempo uma criança adulta. — Você também é atriz? — perguntou Chloe.

— Não, eu levo cachorros pra passear — respondeu Coco, sentindo-se tola ao dizer isso. Era difícil explicar sua profissão para uma criança. — Eu saio pra passear com os cachorros de outras pessoas enquanto elas estão no trabalho. É bem divertido.

Conversaram tranquilamente por alguns minutos até Leslie voltar. Ele ficou satisfeito ao ver que Chloe parecia muito à vontade com Coco. Carregou então as malas até o carro, pôs o cinto de segurança na filha e partiram.

— O que vamos fazer aqui? — perguntou Chloe, quando estavam a caminho da cidade. — Tem um zoológico?

Coco respondeu por Leslie, já que conhecia melhor a cidade.

— Sim, tem um zoológico. E também tem bondinhos e um lugar chamado Chinatown. E podemos ir à praia.

— Coco tem uma casinha maravilhosa na praia que eu acho que você vai adorar — completou Leslie, e Coco sorriu para ele.

Coco percebeu então que isso seria como brincar de casinha, com a filha dele. Estavam vivendo juntos havia dois meses e meio, e de um minuto para o outro formavam uma família. Ou pelo menos ele e Chloe eram era uma família, e Coco apenas os acompanhava. Essa era a vida dele de verdade. Estavam tendo um gostinho da realidade. Isso a assustava um pouco, mas ela estava gostando.

Quando entraram em casa, Leslie abriu a porta e desarmou o alarme, e então se virou para Chloe com um largo sorriso.

— Bem-vinda à sua nova casa pelas próximas duas semanas.

E então levou-a até a cozinha e perguntou-lhe se queria sorvete. Ela continuava agarrada ao ursinho de pelúcia. Ainda no aeroporto, dissera a Coco que ele se chamava Alexander. Era um nome bonito para um ursinho tão velho e surrado. Sentaram-se os três à mesa da cozinha e Coco pegou o sorvete. Então, para seu desespero, Leslie contou à filha a história de quando ele e Coco se conheceram, do acidente com o xarope de bordo. Chloe não parava de rir, o sorvete lhe escorria pelo queixo. Ver aquela cena enternecia o coração de Coco. Leslie parecia naturalmente perfeito para a função de pai. Era como se Chloe fizesse parte do seu dia a dia.

Quando terminaram de tomar o sorvete, Coco apresentou os cachorros a Chloe. Fez Jack estender a pata para tocar a mão da menina, que não parava de rir. Ela não demonstrava medo dos animais, e Sallie ficou dando voltas em torno deles. Naquela noite, Chloe ia dormir com o pai no quarto de hóspedes. Ele piscou para Coco sem que a filha visse, e ela entendeu que, quando a menina caísse no sono, ele passaria no quarto dela para uma visita.

Eles foram para o andar de cima, e Coco desfez as malas de Chloe enquanto Leslie a observava escovar os dentes. Ela lavou o rosto e vestiu seu pijama, e então Coco ajudou-a a soltar o cabelo, que era macio e longo e estava ondulado por causa das tranças. Em seguida, Chloe foi para a cama, Coco lhe deu um beijo de boa-noite e voltou para o seu quarto, enquanto Leslie esperava a filha dormir.

Vinte minutos depois ele entrou na suíte principal e caiu na cama com um sorriso de felicidade nos lábios.

— Ela é um amor — disse Coco, sorrindo para ele, que já se inclinava para beijá-la. — Ela se parece com você, só que é loura.

— É o que todo mundo diz — confirmou ele, orgulhoso. — Ela achou você muito legal e muito bonita. Quis saber se eu amava você, e eu disse que sim. Sou sempre honesto com ela. Chloe disse que eu podia dormir aqui se preferisse. Deixei a porta do quarto dela aberta, e a luz do banheiro acesa. Podemos ficar com nossa porta aberta também, se você não se importar.

— Nossa, isso é tão adulto. — Coco riu, parecendo uma criança, e ele riu também.

— Não é? A paternidade faz isso comigo. Eu me sinto muito responsável. Gostaria de estar com ela mais vezes — disse, melancólico. — Ela é uma garotinha ótima.

— É verdade — concordou Coco, enquanto ele ia para debaixo dos lençóis ao lado dela. — Tem certeza de que não tem problema você dormir aqui?

— Ela disse que não. É uma menininha muito compreensiva.

Ele estava contente em ver que Chloe se dera bem com Coco, e gostava da maneira como Coco falava com sua filha. Ela era muito gentil com cães e crianças, e com ele também. Depois de vê-la se entendendo bem com Chloe, amava-a ainda mais. Era maravilhoso ter sob o mesmo teto duas pessoas que ele tanto amava. Estava muito ansioso pelas próximas duas semanas. Puxou Coco para os seus braços e os dois conversaram um pouco aos sussurros, embora Chloe dormisse profundamente no quarto ao lado.

Meia hora depois, ele e Coco também haviam pegado no sono. Os cães ficaram no andar de baixo, na cozinha. Coco os havia deixado lá para que não incomodassem Chloe ou pulassem em sua cama.

A casa permaneceu em silêncio enquanto todos dormiam e, na manhã seguinte, quando Coco despertou, deparou-se com Chloe olhando para ela e sorrindo. Havia pulado na cama deles assim que acordou. Leslie ainda dormia um sono profundo, e Coco riu ao ver a menina.

— Está com fome? — sussurrou, e Chloe assentiu com um amplo sorriso. — Vamos lá embaixo pegar alguma coisa pra comer. Saíram do quarto na ponta dos pés, para não acordar Leslie. Coco soltou os cachorros, e Chloe sentou-se à mesa da cozinha como se sempre tivesse morado ali. — O que você gosta de comer no café da manhã? — perguntou Coco, as duas sorrindo uma para a outra.

— Cereais e banana, e uma torrada e um copo de leite.

— É pra já — disse Coco enquanto pegava a comida e ligava a chaleira. — Dormiu bem? — perguntou ela à menina.

Chloe assentiu alegremente, e então olhou Coco com mais atenção.

— Meu pai disse que ama você. Você também ama ele? — perguntou, com a expressão séria.

— Sim, eu amo o seu pai — respondeu Coco, enquanto arrumava a mesa. — Muito. E ele ama muito você, mais do que tudo. — Ela queria deixar isso bem claro.

— Minha mãe me deixa ver os filmes dele sempre que quero — contou Chloe enquanto atacava os cereais e depois o copo de leite.

— Também gosto de ver os filmes dele — confessou Coco, sentada em frente à menina. — Tem um telão enorme no nosso quarto, se você quiser ver os filmes do seu pai ou algum outro, é só falar. É divertido ver numa tela tão grande.

— Meu pai não gosta de ver os filmes dele — observou Chloe, e Coco assentiu.

— Eu sei. Quando ele estiver junto podemos ver outra coisa.

— O que vocês estão aprontando?

As duas levaram um susto quando Leslie entrou na cozinha. Não o tinham ouvido descer porque ele estava descalço.

— Estamos falando sobre aquele telão enorme no quarto — explicou Coco, enquanto Chloe tentava falar com a boca cheia de banana. Leslie imitou a filha e todos riram. Os cachorros entravam e saíam. Era uma cena de família bonita.

— O que você acha de levarmos Chloe à praia quando você sair do trabalho? — sugeriu Leslie. Era sábado e a ideia parecia excelente.

— A gente pode nadar? — perguntou Chloe, animada, e Leslie explicou que a água era muito fria. Não contou a ela sobre os tubarões. Em vez disso, falou que podiam nadar em casa, na piscina.

Levou a filha para ver a piscina enquanto Coco arrumava a cozinha. Quando Chloe e Leslie voltaram, Coco se ofereceu para fazer as tranças no cabelo da menina, antes de sair para o trabalho. Era divertido cuidar dela e estar ali com os dois. Ao sair, prometeu que estaria de volta o mais rápido possível. Chloe acenou da janela enquanto a van de Coco se afastava. Era bom saber que eles estariam ali quando voltasse para casa. Era uma vida muito diferente da rotina solitária que levara em Bolinas nos últimos dois anos. Estava adorando brincar de casinha com Leslie e a filha dele.

Coco voltou a tempo de almoçar com os dois, e logo em seguida eles partiram para a praia. No caminho, Chloe olhava para tudo com interesse, fazia perguntas, e até contou ao pai o que estivera fazendo no verão nos Hamptons. Disse que a mãe estava com um novo namorado e que ele tinha um barco, e que ela iria a Saint-Tropez com ele depois de encontrá-lo em Monte Carlo. Ao ouvir a menina, Coco tentava não sorrir. Chloe falava muito das pessoas com quem convivia e provavelmente comentaria com a mãe sobre ela quando voltasse.

— Ele é meio engraçado — disse Chloe sobre o novo namorado de Monica. — Tem um barrigão e é careca, mas é muito legal. Mamãe diz que o barco dele é enorme. — Enquanto Chloe descrevia o homem, Leslie pensou que Monica nunca fora de ignorar os benefícios materiais que os homens podiam lhe oferecer. Mas, se ela se sentia bem assim, por que não? Podia ver que Coco estava se controlando para não rir. — Ele também é velho — acrescentou Chloe. Trouxera o ursinho e o segurava para que pudesse ver o mar enquanto passavam de carro à beira do abismo. E então voltou seu interesse para Coco. Dessa vez, era Leslie quem estava dirigindo. — Por que você não é casada e não tem filhos? — perguntou, curiosa. Naquela manhã, dissera ao pai mais uma vez que achava Coco legal.

— Ainda não encontrei o homem certo — respondeu Coco, com sinceridade. — Minha mãe me pergunta a mesma coisa.

— Você tem irmãos e irmãs? — Chloe queria saber de tudo e não tinha medo de perguntar.

— Tenho uma irmã, o nome dela é Jane e ela é 11 anos mais velha que eu.

— Nossa, tudo isso? — disse Chloe, parecendo lamentar por ela, enquanto desciam a estrada para Stinson Beach.

Havia uma névoa sobre o oceano, mas o céu estava azul e o tempo era bom. Em agosto o clima era sempre imprevisível, ventava e fazia frio na cidade. Os moradores do local já estavam acostumados, mas, para os turistas, isso era sempre uma decepção. Chloe, porém, não ligava. Estava feliz ao lado do pai e de Coco. Também parecia não se importar em ter que dividi-lo com outra mulher. Conhecera muitas de suas namoradas ao longo dos anos. Dissera isso a Coco durante o café da manhã, e ela apenas assentiu.

— Sua irmã é casada e tem filhos? — perguntou Chloe, esperançosa.

Chloe gostava de brincar com outras crianças, embora também se desse bem com os adultos. Parecia totalmente à vontade em seu mundo, até mesmo no mundo dos outros. Ao longo dos seus 6 anos, estivera exposta a uma vida muito sofisticada.

— Não, ela também não é casada — continuou Coco, se desculpando — e não tem filhos. Ela mora com uma amiga, uma espécie de colega de quarto. O nome dela é Liz.

— Ela é gay? — perguntou Chloe com os olhos arregalados, e Coco quase engasgou.

Coco voltou o olhar para a menina com um sorriso precavido, e Leslie soltou uma gargalhada. Ele já havia sobrevivido a vários interrogatórios daquele tipo, mas para Coco tudo era novidade.

— O que quer dizer gay? — perguntou Coco, fingindo ignorância, para ver o que a menina iria dizer.

— Você não sabe? Isso quer dizer que meninos moram com meninos e meninas moram com meninas, e às vezes eles se beijam. E eles não podem ter filhos porque só meninos e meninas conseguem fazer isso. Você não sabe como nascem os bebês? Minha mãe me contou tudo sobre isso — anunciou com um olhar sabichão e abraçou seu ursinho. Era uma mistura estranha de criança e adulta. Coco nunca conhecera ninguém como ela, e já a amava. Era difícil não amá-la. Chloe era uma menininha adorável e divertida.

— Acho que já sei tudo sobre isso — disse Coco rapidamente. — Minha mãe também me contou. Na época, eu era um pouquinho mais velha que você.

— É estranho, não é? — comentou Chloe enquanto deixavam Stinson Beach para trás e seguiam rumo a Bolinas. — Eu não quero ninguém enfiando o pênis em mim quando eu for mais velha. Isso é nojento — completou, parecendo exaltada, e então arregalou os olhos para Coco mais uma vez. — Meu pai faz isso com você? — perguntou, e nesse momento Leslie engasgou e olhou para Coco, que não conseguia encontrar palavras para responder.

— Ah.... ehh... não, não faz — mentiu, mas esteve quase a ponto de admitir a verdade. Algumas coisas eram difíceis de explicar a uma criança de 6 anos, por mais bem-informada que ela fosse.

— É por isso que vocês não têm filhos — continuou a menina. — Vocês vão ter de fazer isso um dia se quiserem ter um bebê. Minha mãe fez isso com o meu pai — concluiu, como se estivesse falando de uma viagem inocente de muitos anos.

Obviamente Chloe não compreendia o significado pleno do que lhe tinha sido dito, embora, quanto à mecânica, já tivesse as informações corretas.

— Bom, fico muito feliz que eles tenham feito você — disse Coco alegremente, tentando desviar o foco da conversa. Leslie pegou a estradinha esburacada que dava em Bolinas e logo depois estavam em casa. — Chegamos! — anunciou Coco, pronta para sair do carro antes que Chloe tocasse em um assunto mais delicado. Não estava preparada para aquilo.

Desceram do carro e Coco abriu a porta da casa, com Chloe atrás de si. Os cachorros, que estavam presos na parte de trás da van, foram soltos e correram para a praia.

— Ah, é tão bonita! — disse a menina batendo palmas, com o ursinho debaixo do braço. Pôs o brinquedo no sofá e deu uma olhada em volta. — Parece a casa da Cachinhos Dourados, ou da Branca de Neve.

Coco só conseguia sorrir. Haviam passado do sexo à Branca de Neve em menos de cinco minutos. Chloe, a essa altura, já havia ido até o deque, e Leslie sorria para ela.

— Essa é a minha garota — sussurrou. — Eu disse que ela era bem adulta. Monica a trata como se fosse. Mas, ao mesmo tempo, ainda é muito criança. Você conduziu muito bem aquela conversa. E prometo nunca mais fazer aquela coisa nojenta com você a menos que a gente decida ter um bebê.

Coco deu uma gargalhada alta, e eles seguiram Chloe até o deque.

— A gente pode brincar na praia? — perguntou a menina.

— É claro, foi por isso que viemos pra cá. Você quer fazer um castelo de areia ou dar uma volta por aí? — perguntou Coco.

— Fazer um castelo — respondeu Chloe, batendo palmas novamente. Então Coco tirou uma série de panelas e tigelas de um armário e pegou um baldinho com água. Pouco depois, após tirarem os calçados, estavam os três na praia.

Coco levou a água e Leslie fez a maior parte do castelo, que Chloe decorou com pedrinhas coloridas e conchas. Era muito criativa. Quando terminaram, tinham diante deles um castelo impressionante, e estavam todos satisfeitos com o resultado. Voltaram para casa no final da tarde.

Coco tinha duas pizzas congeladas no refrigerador e bastante alface para preparar salada para todos. Coco e Chloe assaram marshmallows antes do jantar e Coco prometeu que teriam mais para a sobremesa. Jantaram à velha mesa da cozinha e depois sentaram-se no deque para apreciar o crepúsculo.

Depois do jantar, Leslie contou histórias engraçadas de quando Chloe era bebê. A menina já ouvira aquilo muitas vezes, mas adorava ouvir de novo. Depois ela foi dormir na cama de Coco, que se dispusera a passar a noite no sofá, mesmo com os protestos de Leslie. Mas ela achava que ele devia dormir com a filha e não se importava. A sala era aconchegante e o aquecedor a tornava bem quentinha, então eles acenderam a lareira depois que Chloe foi dormir. Coco fora lhe dar um beijo de boa-noite e a menina lhe estendera o ursinho, para que Coco o beijasse também.

— Obrigada. Foi um dia divertido — disse Chloe, bocejando.

— Eu também me diverti muito — respondeu Coco e, quando saiu do quarto, a menina já estava quase dormindo.

— Ela é uma graça — sussurrou para Leslie no sofá.

— Eu sei — disse ele, orgulhoso. — Amo cada pedacinho dela. Eu nunca tinha me dado conta disso, mas Monica é uma excelente mãe. Um pouco moderna demais pro meu gosto, mas acho que Chloe é uma criança muito bem orientada. E receio que eu não tenha nada a ver com isso. Eu a mimaria demais se ela morasse comigo, deixaria que faltasse à escola pra ficarmos brincando. — confessou Leslie com um sorriso alegre, e Coco se aninhou mais perto dele no sofá.

— Você é um ótimo pai. — Ele era gentil, paciente e amoroso.

— Nosso castelo ficou bem bonito, não foi? — perguntou Leslie, sorrindo. — Você podia ter sido arquiteta.

— Prefiro ser uma desocupada que mora na praia. — Ela riu.

— Você faz isso muito bem — elogiou ele e beijou-a, e depois pôs a mão sob a blusa de Coco para acariciar seus seios.

— Você não vai fazer aquela coisa nojenta comigo, não é? — provocou Coco, e Leslie manteve um olhar falsamente sério enquanto a afagava.

— Jamais! Eu jamais faria algo desse tipo com você, ainda mais com a Chloe dormindo no quarto ao lado... mas, em outras circunstâncias, eu poderia ser convencido do contrário... se um dia você quiser um bebê... — Sua voz tinha um tom vago, e ela lhe deu um sorriso enigmático.

— Quem sabe um dia. — Nos últimos tempos, havia pensado bastante nisso. E a ideia de ter uma garotinha como Chloe era estranhamente boa.

Ficaram juntos no sofá até meia-noite, conversando, e depois foram até o deque para contemplar o céu. Inúmeras estrelas brilhavam intensamente ao lado de uma bela lua. Ficaram sentados ali jogando conversa fora por mais uma hora, e então, relutantemente, Leslie deixou Coco na sala e foi para a cama.

Acordaram cedo na manhã seguinte, e Leslie preparou o café da manhã. Fez panquecas com formato de Mickey Mouse e bananas, as favoritas de Chloe. Em seguida, foi ajudar Jeff com o carro dele, na casa ao lado. Vira o vizinho todo atrapalhado com o automóvel a manhã toda e estava doido para dar uma mãozinha. Coco sorria para ele pela janela, enquanto ela e Chloe arrumavam a cozinha. Depois, as duas foram ler no deque.

Leslie juntou-se a elas duas horas depois. Suas mãos estavam cobertas de graxa, mas seu olhar era de satisfação. Disse que haviam consertado o carro de Jeff. Todos tiveram uma manhã perfeita.

Depois disso, pegaram o carro e foram até Stinson, onde deram uma longa caminhada com os cães. Voltaram para casa na hora do almoço. Leslie e Chloe jogaram damas enquanto Coco os observava, e depois comeram sanduíches e batatas fritas para, em seguida, descansar no deque e tomar um pouco de sol. Naquela noite, depois de comerem cachorros-quentes e marshmallows assados, estavam tristes por terem de ir embora. Chloe dormiu no carro no caminho de volta. Fora um fim de semana perfeito.

Ainda naquela noite, assistiram a *Mary Poppins* no telão e, quando Chloe adormeceu, Leslie levou-a no colo para o quarto de hóspedes. Coco prometera levá-la a Chinatown no dia seguinte, onde jantariam num restaurante chinês, com "pauzinhos", como Chloe insistira. Ainda tinham planos de visitar o zoológico e andar de bondinho antes de a menina voltar para casa.

— Obrigado por ser tão doce com ela — disse Leslie ao voltar para a cama.

— Isso não é nada difícil — respondeu Coco, parecendo feliz. E, nesse momento, Leslie levantou-se mais uma vez e trancou a porta do quarto. — O que você está fazendo? — perguntou ela, sorrindo, enquanto se aninhava sob os lençóis. Estava adorando aqueles dias.

— Pensei em desfrutarmos de alguns minutos de privacidade. Não é fácil com uma criança em casa.

Haviam ficado mal-acostumados por estarem sozinhos até então. Mas estavam adorando a presença de Chloe ali.

Leslie apagou as luzes e tomou Coco em seus braços. Ficou satisfeito ao descobrir que ela já estava nua — havia se despido enquanto ele levava Chloe para a cama. Leslie tirou sua cueca boxer e, minutos depois, estavam novamente perdidos de amor. Parecia até mesmo que a visita de Chloe aproximara os dois. Então Coco percebeu que nunca tinha notado que faltava algo em sua vida, e que, agora, ela se sentia completa.

Capítulo 10

Nas duas semanas que Chloe passou com eles, esforçaram-se para fazer tudo que haviam prometido e ainda mais. Foram aos zoológicos de Oakland e ao de São Francisco e também ao museu de cera em Fisherman's Wharf, que Coco pensou que seria muito assustador para a menina, mas ela adorou o programa. Foram a Chinatown duas vezes e passearam por Sausalito. Também foram ao cinema, andaram de bondinho, passaram mais um fim de semana em Bolinas e construíram um novo castelo de areia, dessa vez maior e com mais detalhes. E Coco levou-a a uma fábrica de brinquedos sobre a qual havia lido, onde Chloe pôde personalizar o próprio ursinho de pelúcia. Agora Alexander tinha uma amiga, uma ursinha de vestido cor-de-rosa que a menina batizou de Coco, para encanto de sua anfitriã. Mostrou o brinquedo para o pai, orgulhosa, e, em sua última noite em São Francisco, tomou banho de piscina com o pai e Coco, que ainda preparou o jantar, com direito a um bolo com glacê cor-de-rosa e M&Ms que formavam o nome Chloe. Ficou meio torto, mas a menina adorou mesmo assim.

Durante o jantar, Chloe perguntou se eles iam se casar, e Leslie olhou para Coco de maneira vaga. Os dois ainda não haviam conversado sobre isso, embora tivessem chegado a falar de bebês. Leslie estava tentando convencê-la a ir morar com ele em Los Angeles, mas ela não tinha uma resposta definitiva para ele. Tinha verdadeira aversão à cidade onde crescera e ao estilo de vida das pessoas de lá. Ainda tinha muitos obstáculos a serem superados antes de começarem a pensar em casamento, mas isso já havia passado pela cabeça dele. Leslie não queria falar sobre esse assunto com Chloe, por medo de desapontá-la se as coisas não dessem certo com Coco. A filha gostava de sua nova namorada e ele sabia que isso era recíproco. Chloe gostara até mesmo dos cachorros.

— Acho que a sua irmã deve ser gay — disse a menina para Coco uma tarde, depois de refletir. — Ou não teria um cachorro desses. Meninas preferem cachorros pequenos e fofinhos. Só meninos gostam de cachorros como o Jack.

— Talvez você esteja certa — disse Coco. — Vou perguntar pra ela.

Não queria mentir para Chloe, mas ainda não estava pronta para responder esse tipo de pergunta. Não queria que a menina voltasse para a casa da mãe dizendo que Coco tinha uma irmã lésbica. Isso daria a impressão de que ela falara demais com a menina, embora Monica não parecesse hesitar em discutir qualquer assunto com a filha. Mas Chloe era filha dela, e ela tinha esse direito. Coco desejava estabelecer certos limites, além disso, Leslie fazia o tipo mais tradicional. Suas opiniões sobre esse e outros temas eram bem semelhantes.

Houve apenas um pequeno acidente durante toda a estada de Chloe. Na última noite, ela queimou o dedo enquanto assava marshmallows com Coco no fogão. Ficou ansiosa demais e acabou tocando no garfo quente quando tentava soltar o marshmallow derretido. Deu um grito e irrompeu em lágrimas quando uma bolha começou a se formar em seu dedo. Coco agiu imediatamente colocando a mão da menina debaixo da água fria, e Leslie correu para a cozinha ao ouvir a filha chorar.

— O que aconteceu? — perguntou ele, em pânico, vendo as lágrimas rolarem pelas faces de Chloe. — Ela se cortou?

— Queimou o dedo — disse Coco, abraçando Chloe e segurando o dedo dela sob a água fria.

— Você deixou que ela ficasse sozinha perto do fogão? — perguntou ele de forma acusatória, e Chloe virou-se imediatamente para o pai e parou de chorar.

— Não foi culpa *dela*! — disse firmemente em defesa de Coco, percebendo a acusação implícita na voz do pai. — Ela me disse pra não encostar no garfo, e eu encostei mesmo assim — confessou Chloe, sentindo-se protegida e aquecida nos braços de Coco. — Já melhorou — continuou ela, sendo corajosa, enquanto os três examinavam a pequena bolha no dedo da menina.

Coco passou uma pomada na ferida e fez um curativo, enquanto Leslie olhava para ela como que se desculpando.

— Me desculpe. Sou um idiota. Eu só estava com medo de ela ter se machucado seriamente.

Sentia-se terrivelmente mal por ter pensado que Coco pudesse ter sido negligente com sua filha. Quando ouviu o choro angustiado de Chloe, não agiu de forma racional, mas agora via que Coco estava tão preocupada quanto ele, e que tinha feito um excelente trabalho prestando socorro à menina.

— Não se preocupe — respondeu Coco para tranquilizá-lo, enquanto ele levantava a filha do banquinho ao lado da pia.

— Eu amo você, Coco — disse Chloe, abraçando com força a namorada do pai, o que fez Leslie sorrir.

— Eu amo você também — sussurrou Coco, e curvou-se para beijar a testa dela.

— Podemos fazer mais marshmallows agora? — perguntou Chloe, sorridente.

— Não! — disseram os adultos em uníssono e depois riram.

Leslie ainda se sentia péssimo por ter sido rude com Coco, mas ela não havia ficado magoada. Sabia que ele tinha ficado muito preocupado com a filha.

— Quer um pouco de sorvete? — sugeriu Leslie, e Coco pareceu aliviada.

Ela ficara assustada quando Chloe se machucou e se sentia mal por isso, mas a menina já estava bem quando saíram da cozinha.

Em seguida foram os três para o quarto ver TV e aproveitar sua última noite juntos. Coco então se deu conta do quanto sentiria falta de Chloe. A encantadora menina havia conquistado um espaço em seu coração.

E os três pareciam tristes no carro a caminho do aeroporto. Chloe estava carregando o ursinho velho e a ursinha nova, e Coco quase chorou quando deixaram a menina com o funcionário da companhia aérea e ela lhes disse adeus.

— Espero que você volte logo pra nos visitar — disse Coco, abraçando-a. — Nada aqui vai ser o mesmo sem você. — Falava isso de coração.

Chloe assentiu e olhou para ela com uma expressão séria.

— Meu pai vai estar aqui quando eu vier visitar você?

— Espero que sim. Vocês dois podem vir sempre que quiserem.

— Acho que você e meu pai deveriam se casar. — Chloe repetia a mesma opinião que expressara antes, logo depois de sua chegada. O laço entre ela e Coco formara-se quase instantaneamente e tornava-se mais forte a cada dia.

— Vamos conversar sobre isso — disse Leslie e deu um forte abraço na filha. — Vou sentir sua falta, macaquinha. Dê um alô pra sua mãe por mim e me ligue hoje à noite.

— Tá, prometo — disse ela, triste.

— Eu te amo — disse Leslie, abraçando-a uma última vez.

Chloe acenou para os dois enquanto passava pela segurança e sorriu. Coco mandou beijinhos para ela até que a menina desaparecesse na multidão, levada pelo funcionário da companhia aérea.

Permaneceram no aeroporto até o avião decolar, para o caso de o voo sofrer algum atraso. Depois voltaram para o estacionamento. Nos primeiros minutos, ficaram em silêncio, pensando em Chloe e em como a casa pareceria vazia sem ela.

— Já estou sentindo falta dela — disse Coco, triste, enquanto se afastavam do aeroporto. Nunca havia passado duas semanas com uma criança antes, e agora não conseguia imaginar a vida sem Chloe.

— Eu também — suspirou Leslie. — Tenho inveja das pessoas que moram com os filhos. Monica tem muita sorte de ter Chloe por perto o tempo todo. — Mas, de qualquer forma, ele não conseguia se imaginar casado com ela. — Se eu for fazer isso de novo, quero ser um pai presente. Fico com o coração partido toda vez que ela vai embora.

Ele parecia muito triste no caminho de volta à cidade, então decidiram ir ao cinema, para não terem de enfrentar a casa vazia logo de imediato. Sentiam-se como duas almas perdidas.

O filme era violento e repleto de cenas de ação, o que os distraiu. Quando voltaram para casa, Chloe já havia percorrido metade do caminho até Nova York.

Coco foi se distrair na piscina, e Leslie seguiu para o escritório, onde ficou fazendo anotações num roteiro que estava lendo, para decidir se aceitaria ou não um papel que haviam lhe oferecido. Encontraram-se mais tarde na cozinha e ficaram olhando com tristeza para o bolo que Coco havia preparado para Chloe na noite anterior. Era difícil não pensar nela, mas Leslie enfim se levantou e preparou chá para os dois.

— Acho que isso significa que a visita dela foi ótima — constatou, parecendo um pouco melhor. — Todos nós nos divertimos muito.

— Como seria possível não se divertir com ela? — comentou Coco, bebericando o chá. — Espero que daqui a seis anos o bebê da Jane e da Liz tenha pelo menos metade do encanto dela. — Estava animada com isso também.

— Por falar nisso, o que você acha da sugestão da Chloe? — perguntou ele, casualmente. — Aquilo que ela falou sobre a gente se casar. — Parecia nervoso ao fazer a pergunta. Não demonstrava nada da confiança de um grande astro do cinema. — Na verdade, eu achei a ideia bem intrigante — continuou, fingindo mais autoconfiança do que realmente sentia. Às vezes ele soava muito britânico, o que fazia Coco sorrir. Seu estilo autodepreciativo e sua humildade eram parte do charme que ele exibia nas telas, e também na vida real. Ela adorava isso nele, desde o dia em que se conheceram.

— Com certeza parece interessante — respondeu Coco com a voz melosa, sorrindo para ele, o amor irradiando nos olhos dela. — Mas uma decisão talvez um pouco precipitada. Acho que antes precisamos resolver onde vamos morar e como vamos fazer pra que esse relacionamento dê certo.

Isso era muito importante para Coco. Já estavam vivendo juntos na casa de Jane havia três meses, o que era um ótimo começo. E em toda sua vida ela nunca se sentira tão feliz convivendo com alguém, nem mesmo com Ian. O que mais a preocupava era o fato de ele ser famoso, pois eles seriam constantemente perseguidos pela imprensa, sobretudo se optassem por morar em Los Angeles. Ela queria ter mais privacidade, senão a vida deles poderia ser arruinada. Ainda não tinham encontrado uma solução para esse problema, e talvez jamais encontrassem.

Tirando isso, ela e Leslie haviam tido apenas um pequeno desentendimento relacionado aos cachorros, numa noite em que eles saíram da piscina e pularam molhados na cama pela quarta vez seguida, segundo as contas dele. Mas, fora isso e a queimadura de Chloe, estavam indo muito bem, e já viviam assim havia três meses. Adoravam estar juntos e morar juntos. Ela se interessava pelo trabalho dele, e ele adorava as opiniões dela sobre os roteiros que recebia. Leslie estava sempre disposto a ouvi-la sobre qualquer assunto. Respeitava Coco de todas as maneiras. E ela adorava a filha dele. O único grande problema era mesmo o fato de ele ser uma celebridade e as consequências que isso poderia acarretar ao relacionamento dos dois.

Havia coisas que ainda não sabiam um sobre o outro, como por exemplo o tipo de pessoas de que gostavam e como seria o convívio social a dois, uma vez que estavam vivendo isolados do mundo. Nunca tinham viajado juntos ou enfrentado uma crise, e ela ainda não sabia como Leslie ficava quando estava cansado e estressado gravando um filme. Mas, quanto ao cotidiano da vida sob um mesmo teto, por enquanto todas as peças se encaixavam muito bem. Eram ambos gentis, respeitavam um ao outro e se divertiam juntos. Os dois tinham senso de humor. Tudo que ainda restava descobrir era como resistiriam ao teste do tempo. Coco se preocupava com o fato de ele morar em Los Angeles e ter uma vida lá, mas quanto a isso ele parecia bem flexível. Ele sugerira São Francisco e Santa Barbara como opções, e se oferecera para ir a Bolinas sempre que possível. Estava até mesmo cogitando a ideia de morar em Nova York. Era um homem razoável e sensível e queria algo sério com Coco. Parecia o candidato ideal a marido e tinha certeza de que Coco seria a esposa perfeita. Ela só desejava um pouco mais de tempo para pensar no assunto. Três meses não lhe pareciam o bastante para tomar uma decisão que afetaria a vida dos dois para sempre. E o fato de ele ser um astro do cinema impunha desafios inevitáveis que eles teriam de enfrentar.

— Não acho que o mais importante seja o lugar onde vamos morar — disse Leslie, num tom tranquilo. Ele não queria pressioná-la, mas já estava convencido. Precisava discutir a questão com Coco. — Você não vai deixar de amar um homem ou abandoná-lo por causa do lugar onde ele vive, vai? — continuou, com tato.

— Não se trata do lugar, e sim do estilo de vida associado ao seu trabalho — disse ela, parecendo preocupada. Coco estava obcecada com isso. — Eu não sei como seria viver com um astro do cinema e tudo o que isso implica. É assustador, Leslie. A imprensa, os paparazzi, toda essa exposição que arruína a vida das pessoas. Preciso primeiro ter uma ideia de como isso é. Não quero destruir a sua carreira, ou a minha vida. Adoro o que estamos vivendo aqui, mas isso é uma ilha da fantasia — continuou ela, sendo bastante sincera com ele. — Estamos vivendo escondidos. E, quando aparecermos em público juntos, o mundo inteiro vai saber. Isso é uma coisa que me assusta pra caramba. Não quero perder você por causa da maldade de outras pessoas, e isso pode muito bem acontecer.

— Então vamos começar a contar às pessoas e ver o que acontece. Por que você não vai comigo pra Itália? Vou ficar em Veneza pelo menos um mês, talvez dois. Você podia ficar lá comigo, se conseguir encontrar alguém pra passear com os cachorros. Promete que vai pensar no assunto? E talvez devêssemos dar uma passada em Los Angeles antes disso, pra ver como as coisas se desenrolam. — Ele estava pronto para anunciar ao mundo que estava apaixonado por ela. Na verdade, estava morrendo de vontade de ser visto com Coco e dividir sua felicidade com o mundo todo. — Eu te amo, Coco — disse ele, gentilmente. — E, independentemente do que aconteça, ou do que quer que a imprensa diga, vou estar do seu lado.

Ela sorriu para ele, com lágrimas nos olhos.

— Acho que estou assustada, só isso. E se eles me odiarem, ou se eu fizer alguma coisa idiota, se estragar tudo? Nunca estive exposta à opinião pública. Sei o que eles faziam com os clientes do meu pai e não quero que isso aconteça com a gente. Tudo está muito bem agora, só que não será assim quando descobrirem sobre nós.

Ela sabia que restavam apenas duas semanas da vida idílica que estavam levando. Em duas semanas ele voltaria a Los Angeles para começar a gravar um filme novo. Tinham apenas mais alguns dias. Depois disso, não haveria mais como se esconder, e Leslie sabia disso, era algo que não dava para negar. Ele se preocupava por Coco. Ela era uma mulher muito reservada, prezava sua privacidade, e ele vivia num mundo onde nada era particular, onde era difícil ter privacidade ou viver no anonimato. Nos últimos três meses, haviam sido extremamente cuidadosos e sortudos. Mas, assim que ele estivesse em Los Angeles ou em Veneza, seus passos seriam acompanhados de perto pelos tabloides e por toda a imprensa. Coco precisava pelo menos ver como era isso antes de concordar em viver nesses termos para sempre.

— Vamos viver um dia de cada vez — disse ele, ao mesmo tempo que o celular dela tocou.

Era Jane querendo saber como estavam as coisas. Desde que descobrira o namoro da mãe, andava ligando com mais frequência. De alguma maneira, aquilo melhorara a relação entre as duas. Leslie se levantou, deu a volta na mesa e beijou Coco antes de sair da cozinha. Não obtivera uma resposta satisfatória quanto à questão do casamento, mas sabia que levaria algum tempo para que Coco se ajustasse à realidade de vida dele. Ela parecia menos preocupada do que estava no início, mas Leslie ainda não a tinha convencido. Porém não desistiria de maneira alguma. Resolveu deixá-la a sós para conversar com a irmã. Traria o assunto à tona novamente mais tarde. Coco ficava grata por ele não pressioná-la. Já não bastava o fato de que em breve ele iria embora de São Francisco.

Coco perguntou a Jane como ela estava, e a irmã disse que tudo ia bem, que ela e Liz estavam animadas com a gravidez e que ainda era difícil acreditar que dali a cinco meses teriam um bebê em casa. Coco também mal podia acreditar nisso, a ideia era muito estranha. Nunca na vida imaginara Jane como mãe. Conhecia a irmã muito bem, ou talvez nem tanto... quem sabe?

— Bom, posso dizer é que a sua casa serviu perfeitamente pra uma menina de 6 anos. A filha do Leslie passou duas semanas aqui e adorou. — Jane ouvia em silêncio do outro lado da linha.

— Como foi isso, aliás? — perguntou ela, calmamente.

— Correu tudo bem. Ela é a criança mais fofa que eu já conheci. Espero que você tenha uma menina igual a ela.

— Parece que ela foi a sensação da casa — disse Jane, cautelosa. — Espero que não tenha quebrado nada.

— Claro que não. Ela é muito educada. — O tom de voz da irmã deixou Coco ligeiramente nervosa, sobretudo após a conversa que havia acabado de ter com Leslie. Já estava falando mais do que deveria. — Passeamos com ela em todos os lugares, no zoológico, no bondinho, fomos a Chinatown, a Sausalito, ao museu de cera. Nós nos divertimos muito com ela.

— "Nós"? Tem alguma coisa que você se esqueceu de me contar, Coco? — Ainda não conseguia acreditar que as suspeitas de Liz estivessem corretas, mas o que estava ouvindo a deixara subitamente preocupada. — Tem alguma coisa acontecendo entre você e Leslie? — perguntou sem rodeios e, do outro lado da linha, fez-se silêncio.

Coco poderia ter mentido para a irmã. Afinal, já havia feito isso antes. Mas estivera conversando com Leslie justamente sobre esse assunto. Era hora de colocar tudo em pratos limpos, e era bem sensato que sua família fosse a primeira a saber. Decidiu confessar tudo. Respondeu com uma simples palavra.

— Sim.

Não tinha ideia do que aconteceria em seguida. Sua irmã provavelmente ficaria espantada, mas talvez aprovasse o relacionamento, já que Leslie era seu amigo. Pelo menos uma vez na vida ela não poderia lhe dizer que ele era uma pessoa inapropriada e de um mundo diferente, como havia feito com Ian e com todos os outros. Porém Coco, mais uma vez, estava enganada.

— Você ficou louca? Tem alguma ideia de quem ele é no mundo real? Ele é a maior celebridade do planeta. A imprensa vai comer você viva. Você passeia com cães em Bolinas, pelo amor de Deus. Já pensou no que vão dizer sobre isso?

— Eu também sou filha do Buzz Barrington e da Florence Flowers, e sou sua irmã. Cresci nesse mundo.

— E caiu fora dele pra viver como uma hippie, enquanto a imagem do seu namoradinho está associada às mulheres e às estrelas do cinema mais famosas do mundo. Você vai ser engolida pela imprensa e cuspida viva. Vai se tornar um estorvo na vida dele. Como é que pôde fazer uma coisa tão idiota dessas? Eu peço a você pra ficar na minha casa e tomar conta do meu cachorro e você trepa com o meu convidado que por acaso é um ator famoso. No que vocês estavam pensando? — Jane foi cruel e insensível, como sempre. Coco ouvia a irmã com lágrimas nos olhos.

— Na verdade, estamos apaixonados — disse Coco tranquilamente, odiando a irmã e tudo o que ela dissera e, ainda pior, receando que ela estivesse certa.

— Como você pôde ser tão idiota? Essa é a coisa mais tola que eu já ouvi na vida. Assim que ele voltar a filmar, vai esquecer você. Vai começar a sair com a primeira atriz famosa que encontrar e você vai ser apenas uma piada, mais um nome no caderninho dele. Pode acreditar nisso, conheço o Leslie muito bem.

Naquele exato momento, ele entrou na cozinha e viu o semblante devastado de Coco. Soube imediatamente que Jane atacara a irmã mais uma vez. Leslie era amigo de Jane, mas sabia que ela podia ser uma verdadeira cretina, especialmente com a irmã caçula. Pôs as mãos nos ombros de Coco e ela o afastou, o que o deixou preocupado. Ela nunca havia feito isso.

— É o que nós vamos ver — disse Coco enquanto Leslie saía novamente da cozinha.

Ele não queria se intrometer naquele assunto. Era sempre educado, respeitoso e discreto.

— Não vamos ver coisa nenhuma — emendou Jane cruelmente. — Acredite, no dia em que ele for embora, estará tudo acabado. Na verdade, já acabou. Você que ainda não descobriu. Não há futuro nisso. Tenho certeza de que o sexo com o Leslie é ótimo, mas isso é tudo o que você vai ter dele. Você apenas o constrangeria na vida real.

Coco queria dizer à irmã que eles dois já estavam falando em casamento, mas não tinha coragem. Ficara chateada com as palavras dela. Jane tinha razão. Ela estava se iludindo se realmente achava que teria espaço no mundo de Leslie.

— Espero que você pare de sonhar e acorde, Coco. Não se humilhe por causa dele. Quando ele estiver indo embora, não faça cena. Você não deveria ter se envolvido com ele. Pensei que fosse mais esperta, que não fosse se prestar a esse papel de puta.

O que Jane dizia era cruel, mas sempre que podia agia dessa maneira. Pelo menos com Coco. Grávida ou não, nada mudara.

— Muito obrigada — disse Coco, engasgando de tristeza. Tudo o que ela queria fazer era desligar. — Até logo — encerrou a ligação, apertando o botão vermelho do celular, enquanto as lágrimas lhe escorriam pelo rosto. Não queria que Jane tivesse o prazer de ouvi-la chorando.

Ao voltar à cozinha, Leslie olhou para ela e perguntou:

— O que aconteceu? O que ela fez agora? Eu sempre gostei dela, mas juro que passei a odiá-la depois de ver o que ela faz com você. Jane sempre foi uma ótima amiga pra mim, mas ela te trata como se você não fosse nada, e eu odeio isso.

— Coisa de irmãs — defendeu-a Coco.

Jane passava por cima de Coco em um minuto. E isso fazia Leslie ter vontade de lhe dar um pouco do mesmo veneno. Talvez ela devesse medir forças com alguém que estivesse à sua altura.

Coco soluçava, estava aflita quando ele a tomou nos braços tentando consolá-la.

— Ela tem razão — disse Coco, deixando o suéter dele encharcado com suas lágrimas. — Ela disse que sou uma puta, uma louca e que só iria constranger você, que sou só mais um nome no seu caderninho, que você já saiu com as mulheres mais lindas do universo, que a imprensa me engoliria viva e que estará tudo terminado no dia em que você for embora. — Coco falou tudo isso quase sem respirar, cheia de mágoa. Estava inconsolável e com o coração partido. Leslie ficou furioso.

— Juro por Deus, eu vou matar essa mulher. Quem é ela pra dizer o que a imprensa vai falar ou não? E quem se importa com isso? Você é uma mulher maravilhosa, linda, inteligente, digna, graciosa. Estar ao seu lado é um orgulho pra mim. Eu devia estar ajoelhado aos seus pés. Já a sua irmã não está à altura nem de limpar os seus sapatos, ela é uma vaca escrota e venenosa. Está com inveja de você. Você sempre será mais jovem que ela. Eu não ligo a mínima pro que ela falou, Coco. Nada disso é verdade. E nada vai estar terminado depois que eu for embora. Será apenas o início de tudo. Eu quero que você venha comigo, e vou mostrar ao mundo todo a sorte que tenho por estar ao seu lado. E eles vão se apaixonar por você também. Quem não se apaixona por você só pode ser idiota. Pergunte a Chloe — disse ele, sorrindo para ela e abraçando-a. — Ela sabe muito bem disso. E não se pode enganar uma criança, certamente não a minha filha.

Ele tinha razão em tudo o que dizia e era justamente o que ela precisava ouvir, mas a crueldade das palavras de Jane havia ferido sua alma profundamente.

— Você está errado — insistiu Coco, mas sem muita convicção desta vez. — Vou prejudicar a sua carreira. — Parecia uma criança machucada, o que sempre acontecia quando estava perto de Jane.

— Não. Perder você é que prejudicaria a minha carreira. Eu viraria um alcoólatra sem chance de salvação.

Ela riu por entre as lágrimas, mas Jane a deixara realmente preocupada ao dizer as palavras que mais temia e não queria ouvir.

— Ela é um monstro — continuou Leslie. — Não fale mais com ela. Jane nos deve desculpas, a nós dois. Eu te amo, e isso é tudo.

Logo depois, ele a levou para o andar de cima e deitou-a na cama.

Apenas uma hora mais tarde foi que Coco conseguiu se acalmar, mas pelo menos havia desabafado. Ele agora estava um pouco menos furioso. Pensou em ligar para Jane e dizer a ela o que pensava daquele comentário maldoso, insensível e desrespeitoso, mas decidiu que não valia a pena e preferiu ficar com Coco. Não ligava a mínima para o que Jane pensava sobre eles.

E, finalmente, depois de muitos beijos e palavras carinhosas, ela começou a relaxar. Leslie sorriu para ela e tirou suas roupas com delicadeza. Neste momento, Coco se lembrou de Jane dizendo que ela era uma puta.

— O que você está fazendo? — perguntou com brandura, enquanto ele beijava seu pescoço e lhe provocava um arrepio na espinha.

— Pensei que podíamos fazer um pouco daquela coisa nojenta. Quero ter certeza de que estou fazendo direito. É preciso muita prática pra fazer algo assim — disse ele, e Coco riu.

E, no momento em que ele tirou sua última peça de roupa, já não se importava mais com o que Jane havia dito. Leslie era o amor da sua vida.

Capítulo 11

Depois que Chloe foi embora, as últimas duas semanas de Leslie em São Francisco passaram voando. Eles tentaram aproveitar cada momento e ficaram juntos o tempo todo. Leslie tinha muitas coisas a organizar antes de começar seu próximo filme e ficou com Coco até o último minuto. Ele ficaria apenas dez dias em Los Angeles antes de embarcar para Veneza e queria que Coco fosse até lá visitá-lo. Ela prometeu que passaria uns dias com ele.

Coco não falou com Jane por alguns dias. Ela até tentara entrar em contato, mas Coco não atendeu o telefone. Já tinha ouvido o suficiente, não precisava de mais escândalo. Antes de seguir para o set de filmagem, um dia depois de seu ataque de fúria, Jane contou a novidade a Liz, que não ficou surpresa ao saber sobre o romance entre Leslie e Coco, mas ficou espantada com a reação da companheira.

— Por que você ficou tão chateada com isso? — perguntou enquanto lhe servia uma xícara de café.

— Ele é meu amigo, não dela — disse Jane, fazendo beiço. Parecia uma mulher abandonada, ou fora de controle.

— Ele pode ser seu amigo — disse Liz —, mas agora é namorado dela. É uma relação completamente diferente e um laço especial. Ele é um cara legal e sério, não acho que seja tão galinha quanto você pensa. E ele não seria irresponsável com Coco, Leslie é um homem digno.

— Ele sempre foi galinha — insistiu Jane.

— Todo mundo já foi galinha, em algum momento — argumentou Liz, olhando com preocupação para a companheira. Podia imaginar as coisas que Jane havia dito e o quanto aquilo tudo havia magoado Coco. — É com isso que você está preocupada? Que ele esteja enganando a sua irmã? Você está querendo protegê-la ou só não quer que ela se envolva com um amigo seu? Porque, se for esse o caso, você está sendo injusta. Ela nos fez um favor e, se nós o convidamos para ficar em nossa casa, o que aconteceu depois entre eles não é da nossa conta.

— Ele vai fazer a minha irmã de idiota — insistiu Jane, olhando para Liz com raiva.

— Discordo. Não é justo que você presuma isso. Eles são adultos, sabem o que estão fazendo e o que querem. Assim como nós.

— Por que você está sempre do lado dos outros? Toma as dores da minha mãe, da Coco. Toda vez que elas fazem alguma coisa idiota você sai em defesa delas — continuou Jane, petulante.

— Eu te amo, mas nem sempre concordo com você. E, nesse caso, acho que você está errada.

— O que ele quer com ela? Ela é só uma passeadora de cães, pelo amor de Deus.

— Não seja tão esnobe. Ela é muito mais do que isso, e você sabe muito bem disso. E, mesmo se ela não fosse, ele tem todo o direito de se apaixonar por quem quiser. Acho que ele pode ser um bom companheiro, se ela conseguir lidar com o fato de ele ser famoso.

— Impossível — disse Jane, convencida. — Ela não tem estômago pra isso. Ela deixou Los Angeles e abandonou a faculdade de direito. Fugir é a especialidade dela.

— Não é verdade! — rebateu Liz, firme. — E o que quer que eles decidam fazer é problema deles.

— Ele vai dar um pé na bunda dela assim que começar o filme novo, o que imagino que seja daqui a umas duas semanas. Quanto tempo você acha que isso vai durar depois que ele voltar à rotina? Ele vai se envolver com alguma atriz famosa e vai esquecer a Coco no minuto seguinte.

— Talvez não. Talvez dessa vez seja pra valer — insistiu Liz. Por alguma razão, sentia que aquilo significava alguma coisa. Eles haviam preservado tanto aquele segredo que ela só conseguia imaginar que se tratava de algo sério. — Coco tem todo o direito de descobrir sozinha o que isso significa. Se a coisa não for séria, ela vai descobrir a tempo.

— Assim como meio mundo, quando a notícia estiver em todos os jornais. Eles não precisam ter essa dor de cabeça, muito menos a gente. Eu adoro o Leslie, mas não gostaria nada de ler por aí que a minha irmã é a mais nova conquista dele.

— Acho que ela deve ser mais do que isso pra ele. Ele gosta de você também, não se aproveitaria da sua irmã, pelo amor de Deus.

— Acho que eles estão malucos se pensam que isso vai dar certo. Acredite em mim, isso não vai pra frente, mesmo que eles estejam falando sério. Coco não vai aguentar a pressão, ela vai desmoronar.

— Acho que você deveria dar um pouco mais de crédito pra sua irmã. Ela não desmoronou quando o Ian morreu.

— Não, só ficou isolada nos últimos dois anos. E o que vai acontecer quando os tabloides começarem a fazer plantão na nossa casa e na dela? Quem precisa disso? Ela vive no mundo da fantasia, Liz, e ele também, se pensa que ela pode fazer parte da vida dele. A imprensa vai rir da cara dela.

— Talvez não. Se ela quiser, vai aprender a lidar com isso.

— Ela nunca vai aceitar morar em Los Angeles de novo, e ele não pode viver naquele barraco em Bolinas. Ele é famoso demais, muito mais do que a gente.

— Vamos ver o que acontece — disse Liz, de forma tranquila. — Além do mais, não é essa a questão. Se ela está disposta a tentar fazer tudo dar certo, vai precisar do nosso apoio, e não das suas críticas.

— Eu não estou criticando ninguém — resmungou Jane, mas ambas sabiam que isso não era verdade. Dava para ver nos olhos dela. A culpa estava transbordando no rosto de Jane. — Eu só disse a ela o que pensava.

— Acho que às vezes você não se dá conta de como as suas palavras magoam. Você pode ser muito cruel quando quer.

— Tá bem, tá bem, vou ligar pra ela — prometeu Jane enquanto elas se preparavam para sair para o trabalho.

O filme que estavam gravando ia bem, e as duas voltariam para casa antes do previsto. No fim das contas, Coco tomara conta da casa para elas o tempo todo, e tudo correra da melhor maneira possível. E agora elas sabiam por quê.

Mas quando Jane ligou para a irmã naquela manhã, e depois novamente à tarde, Coco não atendeu. Dois dias depois, Jane entendeu que a irmã não queria falar com ela. Sentia-se mal por causa disso. Decidiu então ligar para Leslie e ver o que ele tinha a dizer.

Sua voz estava fria como gelo quando ele atendeu o telefone.

— O que foi? — perguntou simplesmente.

Jane percebeu pelo tom dele o quanto havia magoado a irmã, e isso a pôs na defensiva.

— Coco me contou que vocês estão vivendo um romance de verão — disse Jane, tratando o assunto com leveza. Achava mesmo que era um casinho de verão, a despeito do que Liz havia lhe dito.

— Eu não chamaria assim — retrucou ele, sem rodeios. — Eu me apaixonei pela sua irmã. Ela é uma mulher extraordinária. Tem três meses que ela está te fazendo um favor, e acabei sendo o maior beneficiário, graças à hospitalidade dela. Não havia necessidade de você falar aquilo tudo. Acho isso imperdoável. Eu não sei que bicho te mordeu, Jane, mas sugiro que você se controle. Se falar assim com ela de novo, pode esquecer que um dia fui seu amigo. Não tenho serventia pra pessoas como você, que gostam de magoar os outros. Aliás, o que isso significa? É algum tipo de passatempo? Você vive com uma das melhores mulheres do mundo e tem uma irmã igualmente maravilhosa, então sugiro que aprenda algumas coisas com elas.

Ele havia ido direto ao ponto, e Jane sentia como se tivesse levado um tapa na cara, o que havia sido exatamente a intenção dele. Não queria mais ver Jane aborrecendo Coco, ou dizendo a ela que ele a abandonaria, que se esqueceria dela ou que a trairia tão logo partisse. Nunca na vida tinha ficado tão apaixonado.

— Eu não preciso que você me diga como devo falar com a minha irmã. Eu só falei o que pensava, o que ainda penso. Não venha com esse papo furado pra cima de mim, Leslie. Você vai levar alguma outra atriz pra cama assim que começar seu filme novo, e na semana que vem nem vai mais se lembrar da Coco.

— Obrigado pelo voto de confiança — respondeu ele, furioso. — Não há necessidade de ser grosseira comigo, ou com a Coco. Não tenho nada a dizer pra você enquanto não começar a se comportar de forma decente, ou até que faça um transplante de coração. Talvez Liz possa te emprestar o dela, já que tem um coração enorme. Mas você, Jane, só tem duas coisas grandes: o talento e a boca. Respeito muito o primeiro, mas não quero ter nada a ver com seus comentários. Apenas deixe a Coco em paz.

— Por quê? Porque eu disse a verdade pra ela? Você não estaria tão zangado comigo se eu não tivesse razão. Parece que estraguei o seu joguinho.

— Isso não é um joguinho — garantiu ele. — Estou apaixonado pela sua irmã. E com alguma sorte pretendo convencê-la a morar comigo em Los Angeles.

— Ah, não conte com isso. Coco tem fobia de Los Angeles e de tudo o que aquela cidade representa. É uma espécie de trauma de infância por ter nascido em meio a gente famosa e bem-sucedida. Ela odeia todos nós, e isso vai acabar se voltando contra você também. Coco simplesmente não consegue lidar com isso. E, se eu bem conheço minha irmã, ela não vai querer nem tentar.

— Acho que dou mais crédito a ela do que a você — disse calmamente, rezando para que Jane estivesse errada. Ela sabia mesmo como magoar uma pessoa.

— Ela vai te decepcionar, Leslie — disse Jane, agora também mais calma. Os dois eram páreo duro, ao contrário de Coco, como ambos sabiam. Coco não era páreo para Jane, porque não sabia ser cruel ou rude. — Ela decepciona todo mundo. Minha irmã pode até ter começado isso, mas não vai levar esse caso adiante, vai acabar caindo fora. Ela não saberia viver uma vida como a sua. É por isso que ela é passeadora de cães, e não advogada, é por isso que ela mora onde mora, no meio de surfistas que abandonaram a vida real há quarenta anos. É esse o futuro dela.

— Havia amargura em sua voz.

— Por que incomoda tanto o fato de ela ser passeadora de cães e ter abandonado a faculdade de direito? — perguntou ele, tocando num ponto sensível. Jane se preocupava tanto em conquistar sempre mais, era tão obcecada pelo próprio desempenho e sucesso que não conseguia lidar com as escolhas de vida da irmã. — Isso não me incomoda nem um pouco. Eu a respeito por ter a coragem de não querer competir com você e com a sua mãe. Porque, afinal de contas, não seria uma competição justa, ela não é grosseira como vocês. Nem cruel, graças a Deus. É uma mulher gentil que encontrou o próprio caminho.

— Obrigada pela análise. Acredite em mim, conheço a minha irmã melhor que você. Eu a amo, mas ela é assim. E esteve perdida a vida toda.

— Acho que agora eu a conheço melhor que você. Ela é uma pessoa muito melhor que nós dois. E não se vende. Ela segue aquilo em que acredita e vive isso.

— Se você acha mesmo que ela pode lidar com o tipo de vida que você leva, está muito enganado. Ela vai desmoronar como um pudim mole na primeira vez que uma câmera focar no rosto dela, ou quando vir você nos braços de outra atriz. Ela vai sair correndo.

— Vou fazer tudo o que estiver ao meu alcance pra que isso não aconteça — garantiu ele, mas, no fundo, Leslie também tinha essa preocupação. Assim como Coco. A vida de uma estrela do cinema não era fácil. E Coco sabia disso muito bem.

— Boa sorte — disse Jane, sendo sarcástica.

Ao encerrarem a ligação, estavam os dois chateados. Ele odiava a maneira como Jane tratava a irmã e as coisas que dizia sobre ela, sempre severas e impiedosas. Jane não poupava ninguém e detestava que Leslie estivesse defendendo Coco. Quem ele pensava que era? Ainda estava irritada quando conversou sobre o assunto com Liz à noite. Mas pelo menos sua companheira sabia que Leslie conseguia lidar com a situação, ao contrário de Coco, que sempre se deixava ferir pela língua afiada da irmã.

Leslie contou a Coco sobre a conversa com Jane quando saíram para caminhar em Crissy Field naquela tarde com Sallie e Jack. Ela o ouviu sem dizer nada, embora ele tivesse omitido certas partes da discussão para não magoá-la ainda mais. Mas queria que ela soubesse que ele a defendera. Ele achava que já era hora de alguém fazer isso. Caminhavam de mãos dadas.

— Você não precisava ter feito isso — disse Coco, tranquilamente. — Eu sei me defender.

Mas não tão bem quanto eu consegui defender você, pensou Leslie, lembrando-se do que Jane havia dito. Era impossível sobreviver àqueles ataques. Concluiu que era uma bênção Jane já ter saído de casa quando Coco ainda era criança.

— Você não deveria precisar se defender da sua irmã. Esse tipo de coisa não acontece em uma família. Ou pelo menos não deveria acontecer.

— Sempre foi assim — disse Coco, pensando nos pais e na irmã. — Eu mal podia esperar pra sair de casa.

— Dá pra entender por quê. Detesto o fato de ela jogar essas coisas na sua cara, todas as suposições que ela faz. Odeio que ela ache que estou apenas me divertindo com você, que isso é só um casinho passageiro. Você é a mulher dos meus sonhos — disse ele e curvou-se para beijá-la.

Ficaram ali por um bom tempo, se beijando, enquanto as

pessoas passavam por eles, caminhando ou correndo, sorrindo para aquele jovem e belo casal. Nos braços de Coco, ninguém o reconhecia.

Liz telefonou aquela noite e se desculpou por Jane. Disse que a companheira andava muito estressada nas gravações, e que o fato de estar grávida era uma grande mudança. Mas lamentava que ela tivesse sido dura com eles. Leslie garantiu que estava sendo muito sincero em relação aos seus sentimentos por Coco, e Liz disse que entendia e desejou felicidade aos dois. Era apenas mais uma coisa com que tinham de lidar naqueles últimos dias juntos em São Francisco.

Leslie levou Coco para jantar na noite anterior à sua partida. Pediu uma mesa tranquila num restaurante e fez a reserva no nome da namorada. Estavam ambos tristes. Haviam vivido três meses e meio de pura magia e sabiam que as coisas nunca mais seriam as mesmas. A vida real estava prestes a se intrometer na vida mágica deles, e o impacto provavelmente seria enorme. Isso deixava Coco muito assustada, e Leslie também estava preocupado. Não só com relação a Coco mas com a reação dela à nova vida. Além disso, eles ficariam longe por vários meses, o que seria duro para os dois. Odiava a ideia de terem de se separar e de ele ter de pegar um avião para Veneza em dez dias.

— Quando você poderá ir a Los Angeles? — perguntou Leslie pela centésima vez.

— Erin, a amiga de Liz, pode me substituir durante três dias no fim da semana. — Ele a olhou com alívio. Jane havia deixado Leslie preocupado. Tinha medo de que Coco não fosse visitá-lo. — Ela vai passear com Sallie e Jack também. Jane não quer que ela fique hospedada na casa.

— Vou tentar manter minha agenda o mais livre possível, mas vou ter que ir ao set em algum momento. Você pode ir até lá comigo se quiser.

Leslie não queria ficar longe dela um minuto sequer e esperava que tanto o produtor quanto o diretor não exigissem muito dele.

Tentaria adiantar as coisas o máximo possível antes de Coco chegar.

— Vamos ver como as coisas vão ficar. Posso esperar no hotel. — Eles ficariam hospedados no Bel Air, onde já haviam passado uma noite. — Pretendo visitar a minha mãe, se ela não estiver ocupada demais ou trabalhando num livro. — Coco sabia que, se estivesse escrevendo, Florence não iria querer ver ninguém. — Vou ligar pra ela assim que você estiver com tudo planejado. Minha prioridade é você, não a minha mãe — disse ela, sorrindo, e o coração dele se derreteu.

A última noite dos dois em São Francisco antes da partida de Leslie foi delicada e doce. Fizeram amor várias vezes, e Coco ficou acordada na cama para ver o sol nascer, enquanto ele dormia em seus braços. Não conseguia mais se imaginar sem o namorado. Seria tudo muito solitário; nem mesmo a casa em Bolinas seria a mesma. Agora Leslie era parte de tudo, estava irremediavelmente entrelaçado à sua vida. Mas ela sabia que ele tinha muitos compromissos. O tempo que haviam passado na casa de Jane fora um presente precioso. Ela seria eternamente grata à irmã por isso, ainda que esta não levasse fé na relação dos dois.

Jane havia mandado uma mensagem se desculpando pelos comentários maldosos, como sempre fazia. Coco respondeu agradecendo a mensagem, mas desde então as duas não se falaram mais. Depois da conversa que Leslie tivera com a amiga, ela havia recuado um pouco, e isso tornava as coisas um pouco mais fáceis.

Leslie não se importava com o que Jane pensava, apenas com o que ela dizia a Coco. Não queria que Jane deixasse Coco ainda mais triste. Liz também havia sugerido à companheira que desse um tempo. Além do mais, Jane estava bastante ocupada em Nova York.

Na noite anterior à partida de Leslie, Coco o ajudara a fazer as malas. O motorista que veio buscá-lo chegou bem cedo no dia seguinte. Ele tinha compromissos no set aquele dia e ficou com Coco até o último minuto. Seu voo era às nove da manhã, então só saiu de casa às sete e meia. Antes de partir, beijou-a pela última vez.

— Se cuide — disse ele, sorrindo. — Nos vemos em breve. Ligo pra você mais tarde, quando tiver um intervalo. E te espero em Los Angeles daqui a alguns dias. — Disse isso apenas para se certificar mais uma vez. Odiava ter que deixá-la.

— Eu te amo, Leslie — disse Coco simplesmente, consciente agora de que ele não era mais só dela. Estava voltando para seu próprio mundo, onde pertencia também a outras pessoas. Produtores, diretores, estúdios, fãs, agentes, amigos. Gostasse ou não, agora teria de dividi-lo.

— Eu também te amo — disse ele.

Leslie beijou-a uma última vez e seguiu apressado para o carro. Não podia perder o voo. O produtor havia lhe oferecido um avião particular, mas isso não parecia necessário e ele disse que pegaria um voo comercial. E, uma vez que Coco não estaria com ele, não precisava se preocupar em protegê-la de olhares curiosos.

Ela acenou enquanto o carro se afastava, e ele mandou beijos para a namorada até o veículo fazer uma curva e desaparecer na estrada.

Coco voltou então para casa com vontade de chorar. Subiu para o quarto e deitou-se na cama deles, que em breve seria novamente a cama de Jane e Liz. Tudo seria diferente sem Leslie. Depois de um tempo, ela se levantou e vestiu uma blusa e uma calça jeans. Precisava trabalhar, mas só conseguia pensar nele. Parecia que alguém havia arrancado metade do seu coração.

Ele ligou do aeroporto quando ela estava passeando com os cachorros maiores. Estava sem fôlego de tanto correr, e ele estava prestes a decolar.

— Não se esqueça de que eu te amo.

— Eu também — disse ela, sorrindo. Conversaram por alguns minutos até ele tomar seu lugar na primeira classe e a comissária de bordo pedir-lhe que desligasse o telefone.

Lembrou-se de sua vida sem ele, que agora parecia um vazio. Apenas quatro meses antes, achava que aquilo era o suficiente.

Não mais.

Deu o expediente por encerrado às quatro da tarde e foi até a cidade fazer compras. Como ia encontrar Leslie em Los Angeles, precisava estar apresentável. Há muito tempo não comprava roupas mais sofisticadas. Ficou na cidade até que as lojas fechassem e voltou para casa com a van cheia de bolsas. Comprara até mesmo duas malas para levar tudo aquilo. Leslie ficaria orgulhoso quando a visse em Los Angeles.

Capítulo 12

O avião decolou do aeroporto de São Francisco às dez da manhã, e ela estava em Los Angeles uma hora depois. Leslie a encontraria ao meio-dia no Bel Air. Havia mandado um motorista ao aeroporto para buscá-la e planejava passar duas horas com ela no horário de almoço, entre uma reunião e outra. À noite, ficariam no hotel, mas no dia seguinte ele teria de ir a um jantar organizado pelo produtor para o elenco do filme. Leslie levaria Coco com ele. O evento seria na casa do próprio produtor e estaria repleto de celebridades, mas Leslie era o maior astro entre todos. E seria também a estreia de Coco na vida social dele. Para a ocasião, ela havia comprado um vestido preto sexy e lindos sapatos de salto alto.

Ao desembarcar no aeroporto, tanto o carro quanto o motorista estavam esperando por ela, como combinado. Enquanto seguia para o Bel Air, tentava não pensar no que poderia acontecer no dia seguinte, preferia se concentrar em ver Leslie. Ficou imaginando se ali ele seria uma pessoa diferente. Nos últimos dias, talvez tudo tivesse mudado. E se Jane estivesse certa? Esse era o maior medo de Coco.

Dessa vez, a suíte reservada para eles era ainda maior, e os cisnes ainda estavam ali. O hotel era tranquilo, e o quarto, espetacular. Coco ainda estava avaliando o ambiente quando ouviu a porta se abrir e viu Leslie sorrindo para ela. Ele estava preocupado com a possibilidade de ela mudar de ideia e cancelar a viagem no último minuto, então tomou-a nos braços com tanta força que ela ficou sem fôlego. Pareciam duas crianças que se reencontravam depois da guerra. Os últimos quatro dias haviam sido de agonia para ambos.

— Pensei que você não viria — disse ele, apertando-a com força e depois afastando-a para poder observá-la melhor.

Coco parecia uma mulher madura. Estava usando calça jeans e um suéter delicado que ressaltava suas formas, jaqueta de camurça e sapatos de salto alto sensuais. Seu cabelo estava escovado, e ela usava brincos de diamantes. Ele nunca a vira vestida dessa forma e ficou impressionado ao constatar seu bom gosto. Mesmo quando haviam saído para jantar em São Francisco, ambos se vestiram de maneira casual.

— Uau — disse Leslie, admirado. — Você está um arraso!

— Estou me sentindo a Cinderela. Posso virar abóbora a qualquer minuto.

— Bem, se isso for verdade, então você é a minha princesa, e vou te caçar por todo o reino com o sapatinho de cristal. — Ela usava sapatos Louboutin dignos de uma grande estrela do cinema. Como ele estava acostumado a mulheres estilosas, reconheceu as solas vermelhas, marca registrada da grife. — Gosto muito do modelo que você está usando, por falar nisso. — Estava admirado e cheio de elogios para ela.

Leslie também estava deslumbrante. Usava uma camisa inglesa de alfaiataria, calça jeans e sapatos de couro de jacaré, além de um suéter de caxemira. Havia cortado o cabelo e tingido suas mechas grisalhas, e agora os fios pareciam ainda mais negros. Lembrava o Leslie Baxter que vira centenas de vezes nas telas de cinema. Mas seus olhos diziam que ele pertencia a ela, e isso era tudo o que ela desejava saber.

Ela elogiou a suíte sofisticada, que ele disse ser uma cortesia do produtor.

— Ele falou que podemos ficar na casa dele em Malibu no fim de semana. Assim teremos mais privacidade. Fica numa área bem isolada. — Ele havia pensado em tudo para deixá-la feliz e mantê-los a salvo dos olhos curiosos. Encheu duas taças de champanhe. — Ao nosso futuro — disse alegremente e beijou-a.

Ela comeu um morango gigante e ofereceu outro a ele. Dez minutos depois estavam na cama. Parecia que séculos haviam se passado desde a última vez que estivera nos braços dele, e ambos queriam compensar os dias que ficaram separados. Não tiveram tempo de pedir o almoço, e Leslie precisou correr para ao estúdio novamente para uma reunião com o diretor. Assim que ele saiu, prometendo voltar às seis, Coco entrou no banho.

Ela ligou para a mãe naquela tarde, a secretária atendeu e disse que Florence estava trabalhando num livro novo. Coco não contou que estava em Los Angeles e aproveitou o resto da tarde para passear e ler um livro que havia levado. Fazia calor e Leslie voltou às sete, uma hora depois do prometido. Pediram o jantar e ficaram na suíte aquela noite, assistindo à TV e conversando sobre a reunião dele. Leslie gostava do elenco e do produtor, conhecia o diretor, que tinha fama de difícil mas de muito competente. Os dois já haviam trabalhado juntos antes. Leslie também contou a Coco que as gravações só começariam mesmo lá em Veneza, reclamou de um dos atores e comentou que Madison Allbright — a atriz principal, que Coco sabia ser uma grande estrela — era uma mulher muito bonita.

— Devo ficar preocupada com isso? — perguntou, quando estavam no sofá da sala, Leslie com a cabeça no colo dela. Coco afagava seus cabelos, e ele parecia um gato sonolento, quase ronronando de prazer. Sentira imensamente a falta da amada nos últimos quatro dias.

— Você não precisa se preocupar com nada, nem com ninguém. Eu é que deveria ficar preocupado, a julgar pela sua aparência quando chegou.

Ela pendurara suas roupas novas no closet do quarto e mandara passar o vestido para a festa do dia seguinte, assim estaria impecável. Leslie ainda não havia lhe dito que a imprensa estaria presente, pois não queria assustá-la. Mas não havia motivos para preocupação. Para os jornalistas, Coco seria vista apenas como uma acompanhante. A imprensa só ficaria interessada nela quando se desse conta de que ela estaria sempre com Leslie. Sua ex-namorada psicótica estava noiva, então aquilo era notícia velha e desinteressante. A relação entre os dois era típica de Hollywood, embora tenha sido mais conflituosa que o normal. Pelo menos ele conseguira se esquivar da imprensa. Ninguém mais se lembrava daquilo.

Foram cedo para a cama porque ele tinha uma reunião no dia seguinte pela manhã, e Chloe telefonou antes que caíssem no sono. A menina ficou acordada até tarde com a babá, pois a mãe tinha saído. Suas aulas na escola haviam começado naquele dia e ela contou a eles sobre isso. Estava na primeira série e já havia feito muitos amigos. Contou a Coco que a ursinha cor-de-rosa batizada em sua homenagem ia muito bem. Para Coco, falar com a filha de Leslie era como ter novamente um gostinho daquele idílio de verão.

Dormiram como crianças cansadas naquela cama confortável e, às sete da manhã, foram acordados pelo despertador. Leslie precisava estar no estúdio no máximo às oito e tinha um longo dia pela frente. Com pesar, disse a Coco que não poderia almoçar com ela naquele dia, pois a equipe trabalharia direto no roteiro até as seis ou sete da noite. A festa começaria às oito. Leslie voltaria ao hotel para se vestir e buscar Coco. Ela garantiu-lhe que já estaria pronta. Naquela tarde, planejava ir ao cabeleireiro.

— Você vai ficar bem hoje? — perguntou ele, terminando o café da manhã. Tomara uma xícara de café para acordar, ela preferira um pouco de chá.

— Não se preocupe. — Coco sorriu para ele. — Vou fazer compras e ir ao museu. — Ela já havia morado em Los Angeles e a conhecia bem a cidade. Poderia aproveitar para rever velhos amigos, mas não se sentia muito no clima de reencontros. Ia tão raramente a Los Angeles que acabara perdendo contato com a maioria deles. E levava uma vida muito diferente da de suas antigas colegas de classe, que haviam se tornado donas de casa em Beverly Hills ou ingressado na indústria do entretenimento como atrizes ou produtoras. Ela fora uma das poucas que haviam fugido de lá. A maioria adorava Los Angeles.

Leslie lhe deu um beijo ao sair e disse que providenciara um carro com motorista para ela. Coco tomou banho, se vestiu e saiu do hotel por volta das dez. Ninguém prestou atenção nela, pois ainda não havia nada que a relacionasse a Leslie. Era uma perfeita estranha ao entrar nas lojas em Melrose e visitar o museu de arte da cidade. Às quatro, estava de volta ao hotel para cortar o cabelo. Às seis, já estava no quarto. Tinha bastante tempo para tomar banho, se maquiar e se vestir antes de Leslie chegar, pontualmente às sete. Ele parecia exausto e carregava um roteiro repleto de anotações. No dia seguinte, a equipe do filme receberia uma nova versão, com todas as alterações que haviam feito, e Leslie tinha muitas falas complicadas para decorar.

— Como foi o seu dia? — perguntou ele ao beijá-la. Era muito excitante encontrá-la após um dia de trabalho. Ela era um oásis de paz, um verdadeiro refúgio para as pressões do dia a dia. Adorava que ela fizesse parte da sua rotina. Era exatamente assim que Leslie esperava que fosse quando conversavam sobre o assunto, mas ele preferia não sonhar muito com isso.

— Foi divertido — respondeu Coco, parecendo relaxada e feliz, enquanto ele olhava admirado para o que ela vestia, calcinha fio dental, sutiã preto de renda, brincos e sapatos de salto alto. Só colocaria o vestido na hora de sair, para não o amassar.

— Belo vestido — provocou-a, admirando suas pernas bem torneadas e o corpo perfeito. Estava fantástica. Além de ter cortado os cabelos, fizera as unhas das mãos e dos pés. Mesmo antes de pôr o vestido, parecia linda e sofisticada. A passeadora de cães pela qual ele se apaixonara em São Francisco havia se transformado num cisne. Ele adorava a versão original, mas tinha que admitir que também gostava muito dessa outra.

Correu até o banheiro para tomar banho e se barbear e voltou minutos depois, com o cabelo molhado e abotoando uma camisa impecavelmente branca. Vestiu calças confortáveis, blazer de caxemira e sapatos de couro de jacaré, tudo preto. Enquanto ele se aprontava, Coco colocou o vestido, que era ao mesmo tempo sexy e sério, no comprimento exato para deixar à mostra uma fenda mas mantendo a discrição. Estava tão linda que ele ficou sem fôlego. Ficaram admirando um ao outro com um olhar de satisfação. Era a primeira vez que saíam em público no mundo de Leslie.

— Você é a mulher mais linda que eu já vi na vida — elogiou ele, parecendo maravilhado enquanto saíam do quarto. Ela levava uma bolsinha de cetim debaixo do braço. Tudo que ela comprara era elegante e a tornava ainda mais perfeita. Ele pôs a mão dela em seu braço ao andarem até o carro que os esperava, e um fotógrafo registrou o momento. Coco pareceu brevemente assustada, mas logo se recompôs e não fez nenhum comentário enquanto foram conversando até a casa do produtor, que ficava bem perto do hotel.

Ao chegarem, depararam-se com um verdadeiro palácio. Havia até manobristas. Obviamente, era uma festa bem maior do que esperavam, mas havia muitos atores famosos no filme. Não havia paparazzi do lado de fora, o que os deixou aliviados. Em poucos minutos, estavam num saguão de mármore que tinha uma escada majestosa e uma coleção de arte digna do Louvre: havia dois Renoir, um Degas e um Picasso. Enquanto entravam na sala de estar, notaram uma multidão de pessoas em meio a belas antiguidades e obras de arte de valor inestimável. O produtor os recebeu calorosamente e beijou Coco no rosto.

— Ouvi falar muito sobre você — disse ele, sorrindo afetuosamente. — Conheci o seu pai. Ele foi meu agente durante muitos anos. Também conheço sua mãe e sua irmã. Você vem de uma família de lendas de Hollywood, querida. — Enquanto o produtor dizia essas palavras, Leslie sorria para uma mulher de aparência espetacular que se aproximava deles. Coco percebeu imediatamente que era Madison Allbright, a protagonista do filme.

— Maddie, é com muito prazer que apresento Coco a você — disse Leslie, enquanto o anfitrião desaparecia no meio da multidão e outros convidados continuavam chegando.

— Ele só falou de você a semana toda — disse Madison, sorrindo para ela. Estava usando calça jeans, sapatos de salto alto e um top folgado ornado com imitações de diamantes. Tinha um corpo perfeito e cabelos muito longos. Era da mesma idade de Coco, mas parecia ter 18 anos com seus olhos enormes e sua pele imaculada.

As duas conversaram por alguns minutos enquanto Coco tentava não se deixar impressionar demais pelas celebridades que estava conhecendo. Ficava se lembrando que já conhecera muitas pessoas importantes como aquelas na casa de seus pais, apesar de isso ter sido há muito tempo. Estava mais nervosa do que aparentava, mas Leslie nunca a deixava sozinha, apresentava sua acompanhante a todos e mantinha o braço em volta da cintura dela a maior parte do tempo. Queria que Coco soubesse que ele estava ali, que a apoiava. Sabia que aquilo não estava sendo fácil para ela.

Então, antes que o jantar fosse servido, o pessoal da imprensa emergiu da multidão, como se tivesse saído do nada, e começou a tirar fotos das grandes estrelas. Leslie era o mais badalado. Uma repórter olhou intrigada para Coco e ergueu uma sobrancelha. Em seguida, fitou Leslie e fez a pergunta que qualquer fã teria feito:

— Uma mulher nova na sua vida?

— Não tão nova assim — respondeu Leslie, rindo. — Já nos conhecemos há muito tempo. Sou amigo da família dela há anos — continuou, mantendo o braço firme em torno de Coco. Podia senti-la tremendo, então segurou a mão dela.

— Qual o nome dela? — perguntou a repórter.

— Colette Barrington — respondeu Coco por si mesma, usando seu nome completo.

— Você é filha da Florence Flowers? — indagou-a, rabiscando apressadamente em seu caderno.

— Sim.

— Li todos os livros dela e adoro os filmes da sua irmã — disse a jornalista, com um sorriso falso. Coco conhecia bem aquele tipo de gente. — De quem é o vestido que está usando?

Ela gostaria de ter dito "meu", mas sabia que tinha de entrar no jogo. Se concordara em acompanhar Leslie, precisava agir corretamente. Devia isso a ele.

— Oscar de la Renta.

— Muito bonito — comentou a mulher, anotando a informação, e então voltou-se para Leslie, enquanto um fotógrafo registrava o momento. — Mas então, Leslie, a coisa é séria?

— A senhorita Barrington teve a gentileza de me acompanhar essa noite, o que é uma imposição e tanto para qualquer pessoa civilizada — disse ele, dando à repórter seu mais belo sorriso. — Acho que ainda não devemos arruinar a reputação dela. — A repórter riu e por ora pareceu satisfeita com a resposta.

— Quando é a viagem pra Veneza? — perguntou, interessada.

— Na semana que vem. — Conhecia todas as respostas apropriadas e sabia como se desvencilhar de assuntos sobre os quais não queria conversar.

— Você está animado pra trabalhar com a Madison Allbright?

— Muito — respondeu, com um olhar exageradamente prazeroso, e a repórter riu novamente. — Quer dizer, veja bem a blusa que ela está usando. Aqueles diamantes deixariam qualquer homem cego ou atordoado. — Agora ele parecia sério. — Ela é uma atriz maravilhosa e vai ser uma honra trabalhar com ela. Tenho certeza de que fará um excelente trabalho.

— Boa sorte com o filme — disse a repórter e então dirigiu-se a outra pessoa. Fazia as mesmas perguntas a todo mundo, assim como todos os outros repórteres convidados pelo produtor. Haviam sido rigorosamente selecionados de acordo com as publicações que seriam mais favoráveis a eles. Leslie sussurrou para Coco que aquilo parecia uma feira de gado. Posaram para todos os jornalistas e alguns pediram fotos de Leslie e Madison juntos e de Leslie sozinho.

Cooperaram com a imprensa da melhor maneira possível, e então os jornalistas foram dispensados, e o jantar, finalmente servido em mesas à beira da piscina. Havia orquídeas em todas as mesas e centenas delas na água. Leslie olhou para Coco preocupado assim que se sentaram.

— Está tudo bem com você?

Coco se saíra fantasticamente bem com a imprensa, fora simpática e educada na medida certa, sorrira gentilmente e não falara sobre nada a não ser sobre seu vestido. Era um alívio estar com alguém que não rastejava diante dele ou se enrolava nele como uma cobra, algo comum entre as atrizes com quem ele saíra antes que só queriam impulsionar suas carreiras. Mas Coco não tinha nenhuma intenção de disputar os holofotes com Leslie nem pretendia simular um relacionamento que na verdade não existia, embora no caso dos dois ele existisse. Mas ela se mostrava tão elegante e equilibrada que não era possível saber se era apenas uma acompanhante para aquela noite ou algo mais. Ele ficava agradecido pela discrição da amada. Ao observá-la, era possível notar que aquilo não era uma experiência nova para Coco, que se saíra muito bem, melhor do que ela própria havia imaginado.

— Está tudo bem — respondeu ela, sorrindo. Teria sido uma noite perfeita se não fosse a imprensa, mas isso não podia ser evitado. Ela suspeitara que a mídia poderia estar presente, mas não ousara lhe perguntar isso. Não queria ficar ainda mais assustada do que já estava.

— Você foi maravilhosa — sussurrou ele, e em seguida apresentou-a às outras pessoas na mesa, quase todos atores e atrizes com seus acompanhantes.

Foi uma bela noite. Ao deixarem a festa, os dois agradeceram ao produtor e à sua esposa. Foram alguns dos primeiros a ir embora. Leslie se sentia exausto e podia notar que Coco também estava cansada.

Havia quatro fotógrafos na saída e eles pularam em cima de Leslie, que sorria sem vacilar, segurando a mão de Coco.

— Como ela se chama? — gritou um deles.

— Cinderela! — respondeu Leslie. — Cuidado ou vocês vão virar ratos! — brincou ele ao entrar no carro rapidamente com Coco. Fecharam a porta e começaram a se afastar. Um suspiro de alívio saiu dos lábios dele quando olhou para ela. — Talvez você fique contente em saber, minha querida, que também odeio essas noites. São apenas trabalho. Tenho a impressão de que meu rosto vai cair se eu der mais um sorriso.

— Você foi fantástico — disse ela, sorrindo com orgulho.

— Você também. Por acaso odiou cada minuto? — perguntou ele, parecendo preocupado.

— Não — respondeu Coco, sendo sincera. — O estranho é que foi até divertido. Madison é fantástica — comentou, tentando não parecer preocupada, apesar de estar. Lembrava-se do que a irmã havia dito sobre o namorado e as protagonistas de seus filmes. O próprio Leslie também pensou no comentário de Jane.

— Você é muito mais bonita que ela. Madison estava muito vulgar com aquela blusa. E os seios novos dela ficaram exagerados. Juro que estão com o dobro do tamanho desde a última vez que a vi. Você estava muito mais bela e elegante. Fiquei muito, muito orgulhoso de estar ao seu lado — disse ele, e era claro que estava falando sério. — Obrigado por me acompanhar essa noite.

— Adorei estar com você — disse Coco com sinceridade. Nem se importara tanto com a imprensa como tinha achado que se importaria. — Se não for nada muito diferente disso, acho que posso suportar.

Ele não gostaria de admitir, mas precisava ser honesto com ela.

— Infelizmente, pode ser muito pior do que isso. Hoje eles estavam supercomportados, do contrário seriam enxotados de lá.

Sorriu para ela de novo ao chegarem ao hotel e eles subiram para o quarto rapidamente, caso algum fotógrafo os tivesse seguido, o que não foi o caso. Às vezes ele andava com guarda-costas, mas não aquela noite. Tudo correra bem e com tranquilidade.

Leslie tirou a jaqueta e os sapatos e se esparramou no sofá, então se lembrou de algo que o produtor havia lhe entregado, que retirou do bolso para mostrar a Coco.

— As chaves da casa em Malibu. É toda nossa no fim de semana — disse ele, triunfante, jogando-as na mesa. Era sexta à noite, e ele pretendia partir de manhã, assim que acordassem, o que com sorte não seria tão cedo.

Coco tirou o vestido e pendurou-o, depois seguiu Leslie até o quarto. A noite fora um sucesso e ela sobrevivera. Era excitante estar com ele, e dava para notar o quanto ele se sentia orgulhoso dela. Coco também estava orgulhosa dele. Alguns minutos depois, estavam na cama. Por mais que tivesse corrido tudo bem, os dois se sentiam exaustos mas felizes pela noite ter terminado. Agora poderiam ficar a sós pelo resto do fim de semana. Leslie estava tão cansado que adormeceu antes que ela apagasse as luzes. Coco beijou seu rosto gentilmente e ele nem se moveu. Estava acabado. Tivera um longo dia.

Na manhã seguinte, quando acordaram, pediram café no quarto e Leslie folheou o jornal atentamente. Sem dizer nada, mostrou-o a ela. Lá estava, uma foto dos dois conversando com Madison Allbright. O nome de Coco aparecia na legenda, sem mais comentários. Parecia perfeito.

— Muito bem — elogiou Leslie, satisfeito.

Meia hora depois deixaram o hotel e seguiram para Malibu. Encontraram a casa do produtor com facilidade. A geladeira estava abastecida, e o imóvel era espetacular. Coco sentiu-se mais uma vez como a Cinderela. Estar com Leslie era como viver um conto de fadas.

— Não é exatamente como em Bolinas — comentou ela, sorrindo.

A casa era enorme, projetada e decorada por profissionais famosos, toda em branco e azul-claro, e havia uma cama gigante no quarto deles.

Foi um fim de semana perfeito. Caminharam na praia, tiraram cochilos em cadeiras confortáveis no deque, jogaram cartas, viram filmes, fizeram amor e conversaram sobre um milhão de assuntos. Era justamente a folga de que precisavam, e ele prometeu ir a Bolinas no fim de semana seguinte. Pretendia pegar o voo para Veneza em São Francisco. Era um pouco mais complicado, mas Leslie queria estar com ela até o momento da partida.

— O que você acha de ir me visitar assim que eu estiver instalado na Itália? — perguntou casualmente quando estavam no deque, após uma longa caminhada na praia.

— Preciso esperar Jane e Liz voltarem pra casa. E não tenho certeza se consigo alguém pra me substituir por tanto tempo, mas vou tentar. De qualquer maneira, você vai estar trabalhando muito — disse ela com delicadeza, e ele pareceu desapontado. Não queria ter de esperar voltar da Itália para vê-la de novo.

— Bom, preciso voltar pro hotel em algum momento. E você pode ficar comigo no set ou passear em Veneza. É uma cidade tão linda.

Mais importante que isso, pensava Coco, era o fato de ele ser um homem tão lindo.

— Vou tentar, prometo. Liz falou que elas devem estar de volta em duas semanas. — Uma semana depois da partida dele. — Vou ver se Erin pode me substituir.

Erin estava trabalhando no lugar de Coco naquele fim de semana e parecia gostar do dinheiro que ganhava e do trabalho, o que para eles era uma bênção. Coco tinha a impressão de que poderia contar com ela quando precisasse. Mas a jovem tinha outro trabalho de meio expediente, então Coco ia ver com ela se era possível.

— Vou ficar louco sem você — disse Leslie, triste. — Detesto ficar longe de você — confessou. Ela também não gostava nem um pouco disso. Aqueles quatro dias em São Francisco sem ele haviam sido agonizantes, e isso era apenas o começo. Ele estaria sempre filmando em algum lugar, às vezes por vários meses.

— Também vou sentir sua falta — disse ela, tentando não pensar no assunto. Pelo menos ele estaria em Bolinas no fim de semana seguinte, antes de viajar para a Itália.

Ele queria perguntar a Coco se a ideia de se mudar para Los Angeles e ir morar com ele parecia mais aceitável agora, mas não tinha coragem. Sabia que ainda era cedo demais. E as coisas nem sempre seriam tão tranquilas como na noite anterior. Aquilo fora rigorosamente orquestrado. Porém, em outras ocasiões, era comum que a imprensa saísse do controle e tudo virasse motivo para frenesi. Ele sabia o quanto Coco odiaria aquilo, pois nem ele suportava quando isso acontecia. Mas aquilo fazia parte da sua vida, e ele tinha de enfrentar essas situações. Já Coco, não. As coisas podiam piorar, e nenhuma pessoa sã gostaria de viver daquela maneira.

Voltaram ao hotel no domingo à tarde. Havia um único fotógrafo esperando do lado de fora, e ele tirou uma foto dos dois quando saíram do carro. Coco percebeu que Leslie estava chateado, mas mesmo assim ele sorrira para a câmera. O lema dele era: se acontecer de pegarem você, pelo menos apareça bem na foto, e não como um assassino prestes a esfaquear alguém. Era por isso que ela sempre o via sorrindo nos jornais e nas revistas.

Caminharam apressadamente até o quarto sem ser seguidos. Fotógrafos não eram permitidos no Bel Air. Permaneceram no quarto com as cortinas fechadas até que ele fosse embora. Fizeram amor e dormiram um pouco. Logo depois, ele teve de acordá-la para que ela fizesse as malas. Os dois tomaram banho juntos, e Coco se vestiu. Pegaria o último voo para São Francisco, pois Erin não poderia substituí-la por mais tempo. Coco e Leslie haviam passado três dias juntos. Agora ele precisaria trabalhar muito durante a semana.

Leslie levou as malas da namorada até o carro e, ao voltar para dizer alguma coisa a ela, uma série de flashes pipocou. Coco ficou temporariamente cega com as luzes e sentiu um empurrão. Em seguida, estava dentro do carro, sem saber o que a acertara. Leslie apareceu segundos depois e gritou para o motorista sair dali imediatamente. Quando olhou para o namorado no banco de trás, Coco estava sem fôlego.

— O que foi *aquilo*? — perguntou, estupefata.

— Paparazzi. Uma multidão deles. Minha querida, lá se vai a sua reputação. Ninguém mais vai considerar você companhia apenas pra uma noite. Agora é que começa a diversão. — Ele parecia resignado. Já passara por essa situação um milhão de vezes, mas esse era o primeiro gostinho que ela tinha do que teria pela frente. — Machuquei você quando te empurrei? — perguntou, olhando para ela preocupado, e Coco balançou a cabeça.

— Foi tudo tão rápido que nem consegui ver o que me acertou.

— Eu não queria que eles ficassem em cima de você. Havia uns dez. Acho que a notícia se espalhou, ou eles estavam apenas checando. Conseguiram o que queriam e agora vão ficar na nossa cola. Estou feliz por você viajar hoje à noite. Seria muito chato pra você.

A imprensa não teria ideia de onde procurar Coco em São Francisco, o que era uma bênção. Leslie parecia tranquilo, então Coco seguiu seu exemplo e tentou não deixar que aquilo a aborrecesse. Porém não havia dúvidas de que agora o segredo deles tinha sido revelado. Ela estava definitivamente no mundo de Leslie. E ele tinha razão: nem sempre as coisas eram tão tranquilas como na noite anterior. Isso agora fora mais intenso, embora ele tenha agido rápido, protegendo-a, guiado pelos instintos adquiridos com a experiência.

Levou-a até o portão de embarque e deu-lhe um beijo. Não havia fotógrafos ali. Apenas pessoas que olhavam para ele, reconheciam-no e sussurravam umas para as outras. Foi somente depois que Leslie a beijou e começou a se afastar que alguém o parou e pediu um autógrafo. Ele acenou para a namorada, que sorriu e seguiu seu caminho. Já sentia falta dele e, ao passar sozinha pelo portão, começava sentir a carruagem se transformando em abóbora.

Capítulo 13

Para surpresa de Coco, sua mãe lhe telefonou no dia seguinte às oito da manhã, pouco antes de ela sair para o trabalho.

— Meu Deus, o que você está fazendo?

Coco não tinha ideia do que a mãe queria dizer com aquilo. Chegara tarde na noite anterior e acabara perdendo a hora. Estava atrasada para pegar os primeiros cães do dia.

— Estou indo trabalhar. Por quê?

— Bem, acho que nos últimos dias aconteceram muito mais coisas. Os jornais de hoje estão cheios de fofocas sobre você e Leslie Baxter. Dizem que você passou o fim de semana com ele no Bel Air e que é a mais nova conquista dele. Quando isso aconteceu? — perguntou Florence, interessada.

— Durante o verão — respondeu Coco, cautelosa. Não queria discutir o assunto com a mãe, nem ouvir o tipo de comentários que Jane fizera. Florence andava um pouco mais compreensiva após seu namoro com um homem mais novo ser revelado, mas ainda era a mesma pessoa de sempre, e nunca aprovara nenhum dos relacionamentos de Coco. Se agisse de forma diferente agora, seria a primeira vez que aprovaria um romance da filha, mas Coco não achava isso muito provável. Algumas coisas nunca mudam.

— Você não acha o Leslie um pouco saidinho demais pra você, não?

— Ele é um homem bastante normal quando não está em Los Angeles.

— Eles sempre são, pelo menos a maioria deles, quando estão fora de casa. Mas, Coco, ele é um astro mundialmente famoso, e você não. No fim das contas, ele vai acabar voltando pra turma dele. Você provavelmente é só uma diversão. Isso não vai durar — disse Florence, prevenindo a filha de uma forma um pouco mais educada do que Jane havia feito.

— Obrigada pelo incentivo — disse Coco sucintamente. — Não posso conversar sobre isso agora, estou atrasada pro trabalho.

— Muito bem, divirta-se com ele, mas não leve isso a sério.

— É assim que você encara a sua relação com o Gabriel? — perguntou Coco.

— Claro que não. Por que está me perguntando uma coisa dessas? Estamos juntos há um ano e temos muito respeito um pelo outro. Não se trata de um namorinho de verão.

— Bem, talvez esse também não seja o nosso caso. Vamos ver o que acontece.

— Você vai ficar com o coração partido quando ele te trocar por uma atriz famosa. Além disso, ele é velho demais pra você.

— Coco revirou os olhos ao ouvir aquilo.

— Não acredito que justamente você esteja me dizendo isso, mãe. Preciso ir.

— Bom, tome cuidado, e aproveite enquanto durar.

Quando desligaram o telefone, Coco entrou na van chateada. Por que todo mundo pensava que ele não a estava levando a sério e iria dispensá-la em pouco tempo? Por que um astro do cinema não poderia se apaixonar, não poderia se comportar como uma pessoa comum, não poderia querer mais do que um relacionamento passageiro com alguém? Por que todos estavam tão certos de que ela não significava nada para ele? Isso era um reflexo do que pensavam a seu respeito, e não dele. Ela era vista como uma pessoa tão insignificante pela mãe e pela irmã que dificilmente teria algum valor para Leslie, e tudo terminaria porque ela não o merecia. Ficou deprimida o dia todo por causa disso, e só poderia falar com o namorado no fim da tarde, porque ele estava muito ocupado com várias reuniões. Finalmente ligou para Leslie às seis, e ele parecia exausto.

— Olá, meu amor, como foi o seu dia? — perguntou ele, e Coco contou imediatamente sobre a ligação da mãe. Também havia recebido uma ligação de Jane, mas não tinha atendido.

— Não deixe que essas coisas atinjam você. Saiu muita coisa nos jornais de hoje. Inclusive uma excelente foto minha com as duas mãos na sua bunda, empurrando você pra dentro do carro. Acho que essa foi a minha favorita.

— E o que eles estão dizendo? — perguntou Coco, parecendo preocupada.

— Um deles disse que você é a minha "mais nova beldade". Outro falou que você é minha nova e misteriosa namorada. Tudo conforme o esperado... Não fizemos nada de errado. Você não estava caindo de bêbada, nem eu. Não fizemos sexo em público, embora pudéssemos tentar isso. Eles só falam que você é minha nova namorada, ou casinho ou o que quer que seja. Depois de um tempo, isso vai passar. Mas, por ora, a notícia é quente. Todo mundo está querendo saber quem você é e onde mora. Mas você não mora aqui, e eu estou indo pra Veneza, então está tudo bem.

Mas, e se ela morasse em Los Angeles, com ele? Provavelmente ficariam atrás dela todos os dias. E era justamente por isso que não queria se mudar para lá.

— Não se preocupe — continuou Leslie. — Isso iria acontecer mais cedo ou mais tarde. Agora já foi, estamos livres. É como perder a virgindade pra imprensa, só dói na primeira vez e, contanto que a gente se comporte com decência em público, vai ficar tudo bem.

Para Coco, Leslie estava sendo otimista demais, mas ela não queria discutir com ele por causa disso. Ainda pensava no assunto à noite, quando recebeu outro telefonema da mãe. Cogitou não atender, mas acabou cedendo. Florence ligara para lhe dizer que uma repórter tinha telefonado perguntando onde a filha morava. Coco imaginou que seria a mesma jornalista que lhe perguntara se era filha da famosa escritora. Um dos jornais mencionara isso, segundo Leslie. Florence pediu que sua secretária informasse à jornalista que Coco morava na Europa e que só estava em Los Angeles por alguns dias.

— Isso foi muito inteligente, mãe. Obrigada.

Estava agradecida por isso, mesmo que a mãe achasse que ela não seria capaz de atrair o interesse de Leslie por muito tempo.

— Vou despistá-los por um tempo. Quando você vai se encontrar com ele de novo? — Agora a mãe estava curiosa.

— No fim de semana. Em Bolinas. Na segunda-feira ele já viaja pra Veneza. Vai ficar lá um ou dois meses.

— Talvez esse seja o fim pra vocês. Ele vai estar ao lado de atrizes lindas o tempo todo, e você estará a milhares de quilômetros de distância. Os romances em Hollywood não costumam sobreviver a isso. A carência acaba aproximando as pessoas que trabalham juntas.

— Obrigada pelo apoio — rebateu Coco, melancólica.

Era apenas mais do mesmo comentário que tinha ouvido antes.

— Se pretende namorar alguém como ele, você precisa ser realista. — Coco teve vontade de lhe perguntar o quão realista era a relação dela com o namorado de 12 anos, mas se conteve. Tinha mais respeito pela mãe do que a mãe por ela. — Quem está no filme com ele? — perguntou Florence, interessada.

Coco contou quem eram os outros atores e que entre eles estava Madison Allbright.

— Provavelmente vai ser ela — disse a mãe. — Ela é linda, dificilmente algum homem resistiria a ela.

— Obrigada, mãe — disse Coco, mais uma vez deprimida, e desligou o telefone.

Ficou acordada na cama durante horas, pensando no que tinha ouvido. Pela manhã, estava completamente em pânico por causa de Madison. Ficou com vergonha de comentar isso com o namorado, mas estava realmente preocupada. Por causa disso, passou uma semana triste. Ao conversar com Leslie ao telefone, não mencionou Madison uma vez sequer e, quando ele chegou na sexta à noite, tudo o que conseguiu fazer foi não irromper em lágrimas. Leslie havia usado suas chaves e encontrou Coco na banheira, com os cabelos recém-lavados envoltos numa toalha. Olhou para ela, abriu um largo sorriso, tirou as roupas e entrou na banheira.

— Isso é o que eu chamo de boas-vindas — disse ele, obviamente deleitado enquanto a beijava.

Momentos depois, fizeram amor. E, apesar de todos os temores de Coco durante a semana, a noite foi perfeita. Era como se ele nunca tivesse ido para Los Angeles. Tudo estava tão bem como sempre foi.

Na manhã seguinte, foram para Bolinas com os cachorros. O tempo estava maravilhoso, um dia bem típico do final de setembro e mais abafado que durante todo o verão. As noites eram quentes e balsâmicas, o que era raro, e eles nunca haviam se sentido tão apaixonados. Nada indicava que ele tivesse sido fisgado por Madison Allbright, mas ainda não haviam partido para Veneza. De qualquer maneira, Coco parecia um pouco menos preocupada. Não tinha dúvidas, ali abraçada a Leslie, sob o céu estrelado, de que estava tão apaixonada por ele quanto ele por ela. O namorado dizia isso o tempo todo, e ela acreditava nele. Não havia por que duvidar. Ele implorara mais uma vez que ela fosse a Veneza, e ela prometeu que iria.

Leslie havia levado recortes de jornais com notícias sobre eles publicadas ao longo daquela semana. Não havia dúvida de que estavam no encalço deles. Conversaram sobre o assunto no domingo, durante o café da manhã.

— A gente sabia que isso ia acontecer mais cedo ou mais tarde — disse Leslie, filosoficamente. — Qualquer rosto novo desperta o interesse deles. As pessoas não têm nada melhor pra fazer a não ser ler fofocas e histórias interessantes.

— Eu não sou tão interessante — disse Coco enquanto tomava chá e olhava novamente as fotos. — Espere só até descobrirem que sou passeadora de cães. Isso vai ser um escândalo.

Em vez disso, porém, a imprensa havia se prendido à figura da mãe dela, o que tornava Coco mais interessante. Florence já havia lhe contado que uma jornalista ligara perguntando sobre a filha.

— Você é muito interessante — garantiu ele e inclinou-se para beijá-la. — O que você acha que a Jane vai falar se ligarem pra ela?

— Que sou uma hippie, um fracasso, um zero à esquerda, qualquer coisa desse tipo — respondeu Coco, parecendo triste.

— Se ela fizer isso, eu vou enforcá-la — disse Leslie, furioso. — Sabe, acho que ela morre de inveja de você — continuou, pensativo, olhando alternadamente para o mar e para a namorada. — Deve ter raiva porque você é bonita, faz o que quer e será sempre 11 anos mais nova que ela. Do jeito que ela é narcisista, deve considerar isso um insulto. Talvez ela sempre tenha tido inveja de você, desde quando você era pequena, você só não sabia. Não acho que isso tenha nada a ver com o fato de você ter abandonado a faculdade de direito ou ter se mudado pra Bolinas. Essas coisas podem ser só a desculpa dela. Pra resumir, acho que ela fica irritada com você por tudo aquilo que você tem e ela não, começando pela juventude. Você é meiga, gentil, compassiva. As pessoas te adoram. Jane é exigente e difícil, e teve que ser assim pra chegar aonde chegou. A única coisa que a deixa um pouco mais calma e tolerável é a Liz. Sem ela, a Jane seria insuportável. Todo mundo gosta mais da Liz e de você. Isso deve ser difícil pra Jane. E, pra piorar as coisas, ela foi muito mimada quando criança e filha única até os 11 anos. Quando você nasceu, estragou tudo. Acho que é isso que motiva todos os ataques e acusações que ela faz contra você. No fundo, ela ainda não te perdoou. Sempre põe você pra baixo e te trata como uma menina de 5 anos.

Coco precisava admitir que a avaliação dele tinha um quê de verdade. Aquilo lançava uma nova luz sobre as atitudes negativas de Jane em relação a ela. Era uma boa teoria.

— Mas o pior de tudo é que, quando estou perto dela, me comporto mesmo como uma menina de 5 anos. Tinha muito medo dela quando era criança. Ela sempre ameaçava colocar a mamãe e o papai contra mim ou me tratava como uma empregada. O que ainda faz, a propósito. E a verdade é que eu deixo que ela aja dessa maneira. Não consigo entender por que ela está tão irritada com o nosso relacionamento. Ela sempre foi a favorita da mamãe, e o papai tinha um orgulho enorme dela, especialmente depois que começou a trabalhar como produtora. Mesmo antes disso, lembro que ele ficou animadíssimo quando ela foi estudar cinema. Não acho que ele tenha ficado tão animado comigo quando fui pra Princeton, ele achava aquilo entediante. Mas me redimi ao entrar na faculdade de direito em Stanford. Eu nem mesmo queria, foi mais uma coisa que fiz pra agradá-lo. Só que odiei cada minuto que passei lá. Fui responsável pelo meu próprio fracasso. O que eu realmente queria era fazer um mestrado em história da arte e trabalhar num museu. Ele falava que isso era uma estupidez, que não dava dinheiro.

— E por que você não faz isso agora? Ou isso ou um curso de veterinária — sugeriu Leslie, animado com a ideia.

Coco adorava cachorros e os tratava como crianças, mas Leslie também sabia de sua paixão pela arte. A casinha dela em Bolinas estava repleta de livros sobre o assunto.

— De que isso me serviria agora? Está um pouco tarde pra voltar à faculdade.

— Eu discordo. Se isso te faz feliz, por que não? Você pode estudar na Universidade da Califórnia, se for morar comigo. Ou em Stanford ou em Berkeley, se resolvermos ficar aqui.

Leslie ainda não tinha desistido de tentar convencê-la a morar com ele. Seria mais fácil para ele se Coco concordasse em ir para Los Angeles, mas também estava disposto a se mudar para São Francisco.

— Quem sabe — disse Coco, pensativa. — Sempre gostei de restauração, acho isso fascinante. — Era a primeira vez que admitia aquilo a alguém. Ian não se interessava por arte, apenas pela natureza e, naquela época, ela era muito jovem e também estava feliz em apreciar a natureza. Além disso, o pai dela, com exceção do curso de direito, considerava qualquer atividade acadêmica um desperdício de tempo.

— Por que você não estuda isso então? Pode decidir depois o que fazer com o que aprender. Talvez não faça nada, mas pode ser interessante.

Coco era uma criatura estranha dentro da própria família, e estava óbvio para ela que Leslie respeitava isso. Ele a fazia se sentir bem consigo mesma. E a teoria dele sobre Jane mexera com sua cabeça.

— Se você se interessa por restauração, Veneza pode ser um lugar especialmente divertido. Há anos eles estão tentando evitar que a cidade desabe. É um lugar muito precioso — continuou Leslie, tentando convencê-la.

Ele já conhecia Veneza, mas ela não. Coco só havia estado em Florença, Roma, Pompeia e em Capri uma vez, durante uma viagem de navio com os pais.

— Não pretendo ir lá pra ver arte — disse ela, sorrindo para ele. — Vou lá pra ver você.

— Você pode conciliar as duas coisas. Vou estar trabalhando a maior parte do tempo. Se você gosta de igrejas, tem inúmeras lindas lá, uma mais bonita que a outra.

A ideia parecia animadora, e Coco prometera ao namorado que iria visitá-lo quando Liz e Jane voltassem. Ainda não tinham resolvido onde iriam morar, se é que chegariam a morar juntos, mas, aos poucos começavam a fazer planos, e Coco achava que as coisas se resolveriam naturalmente. Se saísse de São Francisco, teria de abandonar o trabalho. Seu pai lhe deixara o suficiente para viver uma vida confortável, mas ela se sentia culpada de não ganhar o próprio dinheiro. E seu trabalho com os cachorros acabara sendo mais lucrativo do que esperava e cobria todas as suas despesas. E Coco ainda conseguia poupar alguma coisa para o futuro. Não queria depender do dinheiro de ninguém. A mãe e a irmã haviam feito fortunas em suas carreiras. Coco nunca ganhara tanto dinheiro assim, mas, por outro lado, tinha um estilo de vida bem mais modesto.

Naquela tarde, Leslie perguntou à namorada mais de uma vez quando ela iria a Veneza. "Em breve" era tudo que ela conseguia responder. Com sorte, dentro de poucas semanas, na verdade. Jane e Liz ainda não tinham lhe dado notícias sobre a data exata em que voltariam, mas ela já adiantara a Erin que precisaria de seus serviços. Queria muito ficar com o namorado na Itália por uma ou duas semanas, embora ele estivesse disposto a tentar convencê-la a passar mais tempo lá.

Voltaram para a cidade logo após o pôr do sol. Leslie estava dirigindo, então Coco podia apreciar o mar e as paisagens que tanto adorava. Tinha mesmo sorte de morar ali, refletiu. Ainda não se sentia preparada para deixar tudo aquilo para trás. Seus últimos três anos em Bolinas haviam sido muito felizes. Seria um sacrifício abandonar seu refúgio seguro e confortável na praia. Ninguém ali a incomodava ou se intrometia em sua vida. Quando estava em seu cantinho com Leslie, eles não precisavam se preocupar com a imprensa. Era um lugar completamente tranquilo. Mas ela sabia que, agora, se sentiria um pouco solitária em Bolinas. Leslie acabara se tornando parte de tudo que ela fazia. E o mundo dele ficava a anos-luz do dela. Coco se perguntava se, no futuro, entre um filme e outro, poderiam passar algum tempo ali. Ele havia adorado ficar o verão com ela na praia, mas estava acostumado à vida nas grandes cidades, a um ritmo intenso. Ela sabia que, em certa medida, teria de ajustar sua vida à dele. Isso era inevitável, uma vez que a carreira de Leslie exigia mais do que tudo. E ela, por enquanto, não tinha uma carreira, apenas um emprego.

Eles passaram a noite assistindo a um filme antigo que ela nunca tinha visto, e que os dois amaram. Leslie dissera que era um clássico e estava certo. Ele conhecia praticamente todos os filmes que existiam, e Coco adorava aprender sobre cinema com ele. Leslie não era apenas um ator bonito que estrelava grandes produções, ele se interessava mesmo pela profissão e estudara muitos filmes pouco conhecidos e importantes. Chegou a contar à namorada que queria ser Sir Laurence Olivier quando crescesse, mas sabia que isso não iria acontecer. Bom, mas pelo menos ele se esforçava para atuar da melhor maneira possível. Leslie normalmente era escalado para filmes que ressaltavam seu charme e sua beleza, mas, apesar disso, era um bom ator e estava sempre de olho em papéis mais sérios. Embora no geral fizesse filmes mais leves, desempenhava seus papéis com excelência. Jane sempre o elogiava e tinha profundo respeito por ele. Leslie adorava fazer comédias e levava jeito para a coisa. Ele tinha um estilo muito próprio de fazer humor, e o público adorava. Mas seu coração sempre desejava algo mais profundo. Naturalmente, era atraído pelos filmes comerciais, que lhe rendiam fortunas. Era difícil resistir à tentação.

Naquela noite, ficaram acordados até tarde, tomando sorvete na cozinha e conversando sobre o papel dele no filme que começaria a gravar. Ele estava tentando acrescentar algumas características ao personagem e havia testado várias ideias com Coco, algumas muito boas. Ela estava impressionada em ver como ele se preparava para os papéis. Imaginava se todos os atores agiam assim, e Leslie riu quando ela externou esse pensamento.

— Não. Apenas os bons.

Ele admitiu que estava preocupado com o fato de ter de trabalhar com Madison. Ouvira dizer que ela nunca decorava suas falas. Isso tornaria as gravações mais complicadas, e ele e o diretor já haviam discutido bastante sobre a maneira como Leslie via seu personagem. O entendimento da equipe quanto às motivações daquele personagem diferia bastante e, até aquele momento, o roteirista estava do lado de Leslie, o que deixava o diretor irritado, porque ele era egocêntrico e queria que todos concordassem com ele. As filmagens em Veneza seriam um desafio para Leslie, e ele estava ansioso em poder contar com a ajuda da namorada.

Eram duas da manhã quando foram para a cama, e Leslie precisava acordar às sete para sair às oito. Ao despertarem, fizeram amor rapidamente e tomaram banho juntos. Ele tomou o café da manhã bem depressa, beijou Coco desesperadamente antes de partir e prometeu telefonar assim que desembarcasse no aeroporto. Ela lhe desejou boa sorte com o filme. Assim que ele saiu, a casa pareceu assustadoramente silenciosa, e ainda mais vazia quando ela voltou para almoçar. Coco odiava saber que ele estava longe, mas sabia também que, para fazer parte da vida de Leslie, precisaria se acostumar com a situação. Era isso ou viajar com ele, o que significava ter de abrir mão de uma vida própria. Tinha medo de deixar tudo para trás por causa de um homem e acabar vivendo à sombra dele, e Leslie lhe garantira que não desejava isso. Ele só esperava que ela fosse sua companheira, não uma fã, empregada ou escrava. Ao contrário de Jane, que pensava que o maior propósito da vida da irmã era cuidar de todas as suas preocupações menores, como se ela fosse uma pessoa menos importante. Para Coco, Leslie tinha razão quando dizia que a chegada dela à família havia irritado Jane, e que esta ainda não perdoara a irmã caçula, e talvez nunca perdoasse.

Naquela noite, a casa ficou agonizantemente tranquila. Coco assistiu a um dos filmes antigos de Leslie, um de seus favoritos, esperando se sentir menos solitária, mas isso só fez com que ficasse com mais saudade dele ainda. Sentada na cama da irmã, olhando para o rosto dele na tela, percebeu então o quanto estava apaixonada.

— Ah, meu Deus! — exclamou.

Estava perdidamente apaixonada por um dos atores mais bem-sucedidos do mundo. Ele podia não ser Laurence Olivier, mas, para seus fãs, era uma estrela ainda maior. De repente, Coco se lembrou dos comentários da irmã e se perguntou no que estava pensando quando decidiu ficar com ele, e no que ele estava fazendo com ela. Coco era apenas uma passeadora de cães que morava numa casinha em Bolinas. Talvez Jane tivesse razão. Tomada por uma onda repentina de terror, chorou muito antes de dormir. A única coisa que a consolou foi receber uma ligação de Leslie dizendo que havia chegado a Veneza. Ele parecia exausto após dois longos voos, um dos quais sofrera um grande atraso.

Coco tentou lhe explicar tudo o que estava sentindo quando foi dormir, o terror de se dar conta de quem ele era e de quem ela não era.

— Que bobagem — disse ele. — Você é a mulher que eu amo, não se esqueça disso.

Porém, assim que desligaram, ela só conseguia pensar na pergunta que não saía de sua cabeça após ter visto o filme dele. "Por quanto tempo?" E, se Jane estivesse certa, que maravilhosa atriz tomaria seu lugar? Aquele pensamento lhe provocava arrepios.

Capítulo 14

Jane e Liz voltaram uma semana após a partida de Leslie. Coco retornou a Bolinas na noite anterior à chegada delas e, na segunda-feira de manhã, a caminho do trabalho, passou na casa da irmã para devolver as chaves. Deixou tudo tão arrumado quanto possível e certificou-se de que a cozinha tinha sido lavada, e as toalhas e lençóis, trocados. Liz telefonou no domingo, assim que as duas chegaram, para lhe agradecer. E, na segunda-feira, quando foi devolver as chaves, Coco ficou espantada quando Jane abriu a porta. Ela usava uma legging preta, um suéter apertado e tinha uma enorme protuberância na região do abdome. Já estava com cinco meses de gestação. O resto do seu corpo continuava magro como sempre, mas ela parecia ter uma bola de basquete no ventre. Coco riu assim que viu a irmã.

— O que é tão engraçado? — perguntou Jane, enquanto Coco sorria para ela.

— Nada. Você está muito bonita — elogiou, apontando para seu sobrinho ou sua sobrinha enquanto Liz surgia atrás da companheira com um largo sorriso.

— Impressionante, não é? — perguntou Liz, orgulhosa, e em seguida abraçou Coco. As irmãs trocaram um beijo e um abraço por educação, e a barriga de Jane encostou em Coco nesse momento.

— Está linda — confirmou Coco ao entregar as chaves à irmã.

— Obrigada por cuidar de tudo para nós durante esses quatro meses e meio — disse Liz. Haviam voltado um mês antes do previsto. As filmagens tinham corrido bem.

— Acabou sendo bom pra mim — falou Coco, e seu rosto então ficou corado. — Quer dizer... bem... foi divertido.

— Aposto que foi mesmo — retrucou Jane. — Onde o Leslie está?

— Em Veneza. Vai ficar lá até o feriado de Ação de Graças. Talvez até o Natal.

— Isso vai dar tempo pra vocês reconsiderarem o que estão fazendo — disse Jane. — Mamãe me mostrou todos os recortes. Você mexeu num ninho de vespas quando foi a Los Angeles, e as coisas só vão piorar se continuarem juntos. Espero que estejam preparados pra isso — continuou, sem medir as palavras.

— Estamos vivendo um dia de cada vez — afirmou Coco, repetindo as palavras de Leslie.

— Quer vir jantar com a gente amanhã? — perguntou Jane.

— Não posso. Vou estar ocupada — respondeu Coco imediatamente, sem vacilar.

Não tinha nenhuma intenção de ouvir as ofensas da irmã. Já tinha muito com o que se preocupar.

— Outra hora, então. A propósito, precisamos que você fique aqui de novo no próximo fim de semana — disse Jane, sem cerimônia.

Não lhe ocorrera nem mesmo perguntar se Coco não tinha compromisso. Ela apenas presumira que a irmã não tinha nada programado. Coco sempre estava disponível.

— Não posso — disse Coco, saboreando as palavras nada familiares.

Fora difícil fazê-las sair de sua boca, mas finalmente conseguira. Para ela, Jane sempre seria sua irmã mais velha, dominadora e meio assustadora. A diferença de idade entre as duas era muito grande para que Coco se sentisse adulta perto dela.

— Mas você tem que poder. Nós vamos a Los Angeles cuidar da pós-produção do filme, temos que ver umas casas pra alugar, e quero conhecer o namoradinho da mamãe. Imagino que vocês ainda não tenham se conhecido. — Jane olhou para a irmã inquisitivamente, pronta para atacá-la caso ela o tivesse conhecido sem comentar nada com ela.

— Não, nós não nos conhecemos ainda — respondeu Coco. — Quando estive lá, a mamãe estava trabalhando num livro e não consegui encontrar com ela.

Ambas sabiam que Florence não atendia o telefone nem recebia ninguém quando estava escrevendo. Ficaram se perguntando se essas regras valiam para Gabriel também. Talvez sim. Em todo caso, valiam para elas. De qualquer forma, Jane esclareceu que a mãe tinha acabado de terminar o livro e que havia concordado em recebê-las.

— De qualquer maneira, preciso que você fique com o Jack no fim de semana. Pode levá-lo pra Bolinas, se precisar. Assim que alugarmos uma casa, levamos ele com a gente. — Coco sabia que os trabalhos de pós-produção em Los Angeles se estenderiam por meses. — Mas nosso voo é agora no fim de semana, então temos que deixá-lo aqui.

— Não vou estar aqui — disse Coco simplesmente, olhando a irmã nos olhos. E era verdade.

— Por que não? — Jane parecia surpresa.

Não conseguia se lembrar de Coco negando alguma coisa a ela. Aquela era a primeira vez. Fora preciso que Leslie surgisse em sua vida para libertá-la. Liz não disse nada, mas queria muito poder bater palmas para a cunhada, e sorriu para ela por sobre os ombros de Jane, para encorajá-la.

— Vou pra Veneza na sexta. Vou ficar lá algumas semanas. Tenho certeza de que Erin pode cuidar do Jack pra você. Ela está me substituindo no trabalho. Eu na verdade ia perguntar se Sallie podia ficar com vocês, mas pelo visto acho que não.

Liz respondeu prontamente:

— Claro que pode. — Queria ratificar o grande passo que Coco acabara de dar. — Erin pode passear com os dois, e assim o Jack não vai ficar tão sozinho se a Sallie estiver aqui com ele.

Os cães haviam convivido durante quatro meses e meio e se davam bem. Jane não disse uma palavra sequer, apenas encarou a irmã com um olhar de descrença e reprovação.

— Já pensou em como vai ser com os paparazzi em Veneza? — perguntou Jane. Era como se quisesse punir a irmã por seu grito de independência.

— Sim, já pensei nisso — respondeu Coco com muita calma. — Faremos o melhor possível. Vamos tentar aproveitar um intervalo e ir a Florença.

— Isso parece ótimo — disse Liz, entusiasmada, e Jane olhou para ela, perguntando-se o que acontecera com a irmã.

A mudança em Jane era mais óbvia, era física. Já a que acontecera com Coco era mais difícil de notar, e mais profunda. Até aquele momento, a gravidez não abrandara o coração de Jane. Ela estava mais durona do que nunca.

— Pegamos o resultado da amniocentese — disse Jane subitamente. — O bebê está bem. — Por um momento, pareceu levemente decepcionada. — É um menino. — Elas queriam que fosse menina, mas Liz disse que não se importava com o sexo da criança, contanto que nascesse com saúde. — Vai ser um pouco mais difícil lidar com um menino, já que não sou muito chegada a eles. — Ela sorriu ao dizer isso, e Coco riu.

— Acho que você vai se sair bem.

Secretamente, porém, Coco a achava exigente demais para ser mãe de uma menina. Na verdade, não conseguia ver a irmã no papel de mãe. Aquela gravidez fora uma surpresa para todos. Florence ainda não havia se recuperado da novidade. A perspectiva de se tornar avó não a deixava muito animada, apenas fazia com que se sentisse velha, e ela nunca fora fascinada por bebês, nem mesmo pelas próprias filhas quando mais novas. E agora menos ainda, especialmente porque estava saindo com um homem 24 anos mais novo.

— Já pensaram num nome? — perguntou Coco.

Jane e Liz haviam conversado bastante sobre o assunto e estavam pensando em batizá-lo com o mesmo nome do pai de Jane. O pai de Liz chamava-se Oscar e nenhuma das duas gostava dessa ideia.

— Provavelmente vamos dar a ele o mesmo nome do papai. Mas primeiro queremos olhar para a carinha dele.

— Mal posso esperar por isso — disse Coco, com sinceridade. Ainda era difícil acreditar que Jane e Liz teriam um filho, era uma reviravolta do destino. — Você está ótima, por sinal. A única coisa diferente é essa bola de basquete embaixo da sua roupa.

— O médico falou que ele é bem grande — explicou Jane, parecendo angustiada por um momento. Não estava muito ansiosa pelo nascimento. Pensar nisso a deixava horrorizada, mas Liz estaria com ela dando todo o apoio necessário. Mais de uma vez desejou que fosse sua companheira quem tivesse ficado grávida. — O doador do esperma tem mais de um metro e oitenta, então ele vai ser alto.

Jane também era alta, e Coco, na verdade, tinha a mesma altura da irmã. Mas, em sua cabeça, a irmã mais velha foi sempre maior.

Coco foi embora e seguiu para o trabalho. Na quinta à tarde, voltou para deixar Sallie na casa de Jane. No dia seguinte elas iriam para Los Angeles, e Coco pegaria um voo para Veneza, com escala em Paris. Já havia arrumado as malas e se sentia muito ansiosa. Falava com Leslie três vezes ao dia, e ele estava muito animado com a visita da namorada.

— Como estão as coisas com o Leslie? — perguntou Liz enquanto tomavam chá.

— Incrivelmente bem — respondeu Coco, sorrindo. — Ainda não consegui entender muito bem como nosso relacionamento começou, nem por que ele gosta de mim.

— Ele tem sorte de ter você — disse Liz, com convicção. Sempre detestara a maneira como Jane tratava Coco. A dinâmica entre as irmãs a afligia, e ela nunca perdera a esperança de que um dia Coco se libertasse de Jane. Mas isso ainda não havia acontecido completamente. A diferença de idade entre as irmãs e o seu histórico familiar sempre desfavorecera Coco.

— Acho que até agora demos muita sorte com a imprensa — disse Coco. — Isso me deixa um pouco assustada, mas espero que não caiam em cima de nós como uns loucos. Sei que a Jane pensa que eles vão me devorar viva, mas eu não acabei de sair da prisão, não sou uma viciada em drogas nem nada do tipo.

— Até onde eu sei, ter abandonado a faculdade, morar em Bolinas e trabalhar como passeadora de cães não são crimes — disse Liz com sabedoria —, mesmo sua irmã tendo essa impressão. Você é uma pessoa de respeito, trabalhadora, e uma mulher maravilhosa. Eles não podem fazer muita coisa com essas informações — afirmou Liz, e Coco suspirou.

— Jane acha que ele vai acabar me trocando por outra em algum momento. E eu me preocupo com isso também — admitiu. — Nesse meio, as tentações são muitas, e ele é um ser humano, afinal de contas.

— Ele parece ser um ser humano profundamente apaixonado por você — disse Liz. Jane havia contado à companheira sobre a conversa que tivera com Leslie, e Liz sabia que ele tinha sido duro com a companheira, o que era um sinal do amor dele por Coco. — Mas nesse meio, há muitas relações sólidas e casamentos felizes também. A gente não ouve nada sobre eles porque os tabloides preferem falar de outras coisas. Confie um pouco em você e no Leslie. Ele é um cara legal.

Coco deixou-se aquecer pelas palavras de Liz e ficou perceptivelmente mais relaxada.

— Mal posso esperar pra encontrar com ele em Veneza — disse Coco com um sorriso feliz.

— Você merece uma folga. Nem consigo lembrar quando foi a última vez que você tirou férias.

Tinha sido três anos atrás, com Ian, se Coco não estava enganada. Já havia passado da hora de Coco retomar sua vida, e era óbvio que estava fazendo isso. As duas conversaram sobre o bebê, e Liz disse que estava muito contente e animada e Jane também, mas ainda se acostumando à ideia de que teriam um menino. O quarto de hóspedes estava sendo transformado em um quarto de bebê, e elas entrevistariam algumas babás em Los Angeles. Coco também estava animada. Nunca imaginou que teria um sobrinho, e Chloe fez com que ela percebesse como era bom ter crianças em casa.

Já estava saindo quando Jane voltou, e dessa vez a irmã parecia alegre e tranquila, e usava uma roupa que deixava sua barriga bem aparente. Coco não conseguiu evitar um sorriso.

— Divirta-se em Veneza — disse Jane, sendo mais gentil do que de costume.

Tinha acabado de voltar do médico e estava de bom humor. O bebê estava muito bem, e o coração dele batia forte. Ela já havia começado a montar um álbum de fotos com as ultrassonografias, o que Coco achou engraçado. Aquele sentimentalismo não combinava com a irmã, mas talvez, no fim das contas, ela pudesse se revelar uma boa mãe. Nenhuma das duas irmãs tivera uma boa referência, já que Florence fora tudo menos maternal. Ela era competente e responsável, mas sempre foi muito mais preocupada com a carreira e o relacionamento com o marido do que com as filhas. Nos últimos tempos, forjara uma relação com Jane, mas nunca tentara algo semelhante com Coco. Tinham muito pouco em comum. Coco sempre fora a estranha da família. Nascera tarde demais e era muito diferente dos pais e da irmã para se sentir à vontade com eles.

— Ligue quando voltar! — continuou Jane enquanto Coco pegava o carro para voltar a Bolinas, pensando em Leslie, em Veneza e em tudo o que fariam juntos. Mal podia esperar para vê-lo em ação no set, e para viajar com ele pela Itália. Ele havia lhe prometido um passeio de gôndola sob a Ponte dos Suspiros, o que, dizia-se, garantiria que ficariam juntos para sempre. Isso lhe parecia ótimo.

Florence ligou para ela aquela noite convidando-a para uma visita no fim de semana, uma vez que Jane e Liz também estariam lá, e Coco explicou que estava indo para Veneza encontrar Leslie.

— Tem certeza de que é uma boa ideia? — perguntou-lhe a mãe, cheia de suspeitas. — Não é bom correr atrás dele, querida. Ele pode pensar que você está no pé dele.

— Eu não estou no pé de ninguém, mãe — disse Coco, revirando os olhos. — Ele *quer* que eu vá. Ele mesmo me pediu.

— Tudo bem, se você está tão certa disso... Mas, se ele está filmando, deve estar muito ocupado. Os homens não gostam de mulheres que ficam em cima o tempo todo. Isso os deixa sufocados.

Coco teve vontade de perguntar à mãe se Gabriel se sentia "sufocado" também, mas conteve-se. Não queria se aborrecer por causa disso. Além do mais, Florence e Jane sempre venciam essas disputas.

— Obrigada pelo conselho — disse Coco, depois de respirar fundo, imaginando o que teria feito para merecer aquilo.

Jane a considerava apenas mais um nome no caderninho de Leslie, uma mulher pouco atraente que logo seria substituída por alguma atriz mais bonita e glamorosa. Já Florence pensava que ela estava perseguindo um astro do cinema que não queria tê-la por perto. Por que elas não podiam considerar a ideia de que Coco o merecia e que ele realmente a amava?

— Como está Gabriel? — continuou Coco, mudando de assunto.

— Ótimo — respondeu Florence, parecendo radiante do outro lado da linha. Seu romance a interessava bem mais que o de Coco, e Florence não tinha nenhum problema em imaginar que Gabriel a adorava. Era bem mais difícil imaginar Leslie igualmente apaixonado pela filha. Vamos jantar com a Jane e a Liz nesse fim de semana.

Ainda estava um pouco apreensiva com a ideia, sabendo o quão ríspida e crítica a filha mais velha poderia ser, mas a ideia de compartilhar sua felicidade a animava. Coco achava que a mãe estava sendo ingênua, e que Jane aproveitaria cada oportunidade para anotar os defeitos de Gabriel e usá-los contra Florence depois.

— Divirta-se — disse ela para a mãe antes de desligarem.

Mais tarde, ficou aborrecida consigo mesma ao perceber que Florence marcara outro ponto. De repente, estava preocupada em estar forçando um pouco a barra com Leslie, ou que talvez ele não estivesse tão desesperado para vê-la quanto dizia.

— *Não* vou dar ouvidos a elas — disse a si mesma ao terminar de arrumar as malas, à meia-noite. — Mamãe e Jane são cheias de merda. Elas me odeiam, sempre me odiaram. E não importa o que elas digam, ele me ama e eu o amo, e isso é tudo o que preciso saber. Ele *quer* me ver e nós passaremos ótimos momentos em Veneza — proferiu todo esse discurso em voz alta e sentiu orgulho de si mesma.

Ao sair ao deque e olhar para o céu, rezou para que tudo corresse bem na Europa. Em seguida, voltou para dentro de casa e foi para a cama, lembrando a si mesma que dali a 24 horas estaria em Veneza, com o amor da sua vida. Não ligava se ele era ou não um astro de Hollywood. Não daria ouvidos à mãe. Iria para a Itália e seria feliz.

Capítulo 15

Coco fez a mesma viagem que Leslie havia feito quase duas semanas antes. A diferença é que ele fora na primeira classe, e ela, na classe econômica. Leslie lhe oferecera uma passagem na primeira classe, mas Coco gostava de pagar as próprias despesas e recusou. O voo de São Francisco para Paris durou 11 horas. Ela dormiu pouco durante a viagem e chegou sentindo-se amassada e suja. Na capital francesa, houve um atraso de três horas na conexão, e ela aproveitou para tomar banho no aeroporto e comer alguma coisa em um restaurante lá dentro. Estava começando a ficar com sono quando entrou no avião que ia para Veneza. Apagou imediatamente e caiu num sono profundo. Precisou ser acordada pela comissária de bordo quando aterrissou. Parecia ser de madrugada, e ela tinha a impressão de que estava havia dias viajando.

Já havia passado pela alfândega em Paris, então tudo que precisava fazer em Veneza era sair do avião, passar pela imigração e apresentar seu passaporte. Antes de desembarcar, escovou os dentes, lavou o rosto e penteou os cabelos. No voo para Paris, usara um suéter velho, mas trocou-o por um preto novo antes de desembarcar em Veneza. Ao descer do avião, viu Leslie esperando-a do outro lado dos portões. Era horário do almoço em Veneza, e o sol do fim de outubro brilhava intensamente. Mais brilhante ainda, porém, era o olhar de alegria nos olhos do namorado. Ele estava animadíssimo em vê-la e tomou-a nos braços imediatamente, pegou a mala pesada da mão dela conduzindo-a em seguida até uma limusine que os aguardava. O motorista pegou a mala de Coco e foi buscar o restante da bagagem dela enquanto Leslie a beijava apaixonadamente dentro do carro e lhe dizia que estava muito feliz em vê-la. Agiam como se não se vissem há meses, embora só fizesse duas semanas.

— Tive tanto medo de alguma coisa acontecer e você não vir — admitiu ele. — Ainda não acredito que você está aqui! — Leslie parecia em êxtase.

— Nem eu. Como está indo o filme?

— Temos dois dias de folga, e acho que vão nos liberar no próximo fim de semana também. — Aquilo era perfeito. — Reservei um hotel em Florença pra gente na semana que vem — disse ele, sorrindo.

Leslie não conseguia tirar as mãos de cima dela. O motorista voltou com todas as bagagens de Coco, colocou-as no porta-malas e entrou no carro. Eles estavam em um Mercedes que o produtor mandou trazer direto da Alemanha especialmente para Leslie. Contou que as gravações iam bem, tirando alguns problemas com Madison, mas não entrou em detalhes. Agora que Coco estava ali, queria dar atenção apenas a ela.

Foi um trajeto relativamente curto do aeroporto até o enorme estacionamento onde tiveram de deixar a limusine. Dali seguiram viagem até o Gritti Palace, onde ele estava hospedado, num enorme *motoscafo* — uma lancha — que Leslie havia alugado. O restante da equipe do filme e outros atores estavam acomodados em hotéis menores, mas ele e Madison haviam recebido suítes no Gritti, considerado o hotel mais luxuoso de Veneza. A atriz havia manifestado o desejo de se instalar no Cipriani, mas o produtor dissera que esse hotel ficava longe demais e que isso complicaria a locomoção diária. O diretor, por sua vez, se refugiara no Bauer Grunwald, que ele dizia preferir. Leslie estava adorando o Gritti.

O *motoscafo* levou-os rapidamente pelo Grande Canal, enquanto Coco olhava ao redor, maravilhada. Assim que saíram do estacionamento, a cidade começou a se revelar para eles. Sob o sol de outubro, igrejas, domos, basílicas e palácios antigos brilhavam. Leslie sorria ao ver o olhar de admiração no rosto da namorada.

— Lindo, não é? — perguntou, e então puxou-a para seus braços e a beijou.

Não conseguia pensar num lugar melhor para estarem juntos. Já alugara inclusive uma gôndola para passear com ela aquela noite, antes do jantar, sob a Ponte dos Suspiros, se ela ainda estivesse acordada. Havia um milhão de coisas que queria mostrar a Coco e fazer com ela. Isso era apenas o começo. E ficou grato por ter aquele fim de semana livre com a amada. Afinal de contas, a equipe toda estava trabalhando muito e merecia um descanso.

Ao chegarem ao Gritti Palace, seguiram apressados para o quarto. Ela esperava que ele tivesse uma suíte, mas, na verdade, tinha ficado com várias suítes, que, juntas, compunham um apartamento digno de um rei. Coco nunca vira nada tão elegante e luxuoso em toda a sua vida. E a vista das janelas era espetacular. Dava para ver o canal e outros palácios, muitos deles ainda habitados por nobres venezianos. Era uma cidade notável e única.

Vários funcionários do hotel tentavam agradar o famoso ator de todas as maneiras. Duas copeiras começaram a desfazer as malas de Coco e um garçom devidamente uniformizado surgia com uma enorme bandeja de prata cheia de comida e uma garrafa gelada de champanhe Louis Roederer.

— Nós somos supermimados durante as gravações — sussurrou Leslie com um sorriso inocente.

— Dá pra ver — disse Coco.

A todo momento, ela lembrava a si mesma que só ficaria ali por uma semana ou duas. E, quando ela fosse embora, a carruagem real em que viajava com ele mais uma vez se transformaria em abóbora. Precisava se lembrar disso a cada minuto. Estar com Leslie era como viver uma vida de Cinderela e, sem dúvida, ele era um lindo príncipe. Era difícil acreditar que, no fim das contas, o sapatinho de cristal ia encaixar perfeitamente em seus pés. Esse tipo de coisa só acontecia em contos de fadas, só que era exatamente isso que ela estava vivendo.

Sentaram-se num enorme sofá de cetim enquanto o garçom servia chá a Coco, bem como um prato com vários pequenos sanduíches deliciosos. Em seguida, ele se retirou discretamente. Coco estava encantada com tudo aquilo.

— Não consigo acreditar no que está acontecendo. Ontem mesmo eu estava em Bolinas. Como vim parar aqui?

Coco não esperava ser recebida daquela maneira. Só pensava em estar com Leslie de novo, não fazia a menor ideia de como era a vida dele durante as filmagens, até onde os produtores iam para agradá-lo e tornar sua vida confortável. Porém aquilo era mais do que apenas confortável; era ostensivo ao extremo.

— Não está tão ruim assim, está? — perguntou ele, sorrindo de forma brincalhona. — Mas até você chegar aqui estava tudo triste. Nada tem graça sem você — continuou e mostrou a ela o apartamento, composto por um quarto gigantesco, palaciano, decorado com antiguidades raras, duas salas de estar e uma sala de jantar privada que era grande o bastante para acomodar 24 pessoas.

Além disso, havia um pequeno escritório, uma biblioteca e tantos banheiros imensos de mármore que ela perdeu a conta de quantos eram. Flores recém-colhidas enfeitavam todos os ambientes, e Leslie havia escolhido para ela um banheiro de mármore cor-de-rosa, com uma vista espetacular de Veneza.

— Devo estar sonhando — disse ela enquanto o seguia.

E, então, sem mais cerimônias, ele a jogou na cama. Era digna de um rei, mas ali ela reencontrou o Leslie que conhecera e amara. A despeito de todo o luxo ao redor deles, ainda era o homem carinhoso e brincalhão que estivera com ela na casa de Jane em Bolinas. Uma das qualidades do namorado era que ele gostava da vida dela e de tudo que vinha com ela. Leslie não era uma pessoa cheia de si. E tudo que ele queria agora era ficar com Coco.

Fizeram amor e depois dormiram a tarde toda. Quando acordaram, tomaram banho no enorme banheiro de mármore cor-de-rosa. Ele pediu a ela que vestisse calças jeans. Queria levá-la para um passeio a pé e lhe mostrar algumas das maravilhas da cidade. Cruzaram rapidamente o saguão do hotel e o *motoscafo* particular de Leslie os levou até a Praça de São Marcos. Dali, passearam por ruas estreitas, visitaram igrejas, tomaram gelato na rua e caminharam sobre pequenas pontes que cobriam os canais menores. Passeando com ele, Coco perdeu inteiramente seu senso de direção, mas nenhum dos dois se importava. Ele ainda estava descobrindo a cidade e se perder em Veneza não era nada ruim. Aonde quer que eles fossem, havia beleza e, de alguma maneira, no final, eles sempre chegavam ao lugar certo. Naquela época do ano, por toda parte na cidade havia casais apaixonados, a maioria deles de venezianos. O dia estava fresco e ensolarado e, quando o sol se pôs, voltaram até o *motoscafo*, que os levou ao hotel.

De volta à suíte real, Coco ficou olhando a cidade pela janela. De repente virou-se para Leslie, revelando em seus olhos todo o amor que sentia por ele.

— Obrigada pelo convite — disse, com ternura.

Estar ali com ele era quase como uma lua de mel. Veneza era o lugar mais romântico que ela já havia conhecido.

— Eu não te convidei — disse ele, com um olhar que espelhava o dela. — Eu *implorei* a você que viesse. Queria dividir isso com você, Coco. Até você chegar, isso era apenas um trabalho.

Ela não conseguiu evitar um sorriso. Aquela cidade era um belo lugar para se trabalhar.

Então conversaram a respeito do filme e sobre o andamento das gravações. Ele serviu uma taça de champanhe para ela e, um pouco mais tarde, os dois se vestiram para ir jantar. Ele receara que Coco pudesse estar cansada demais para sair, mas ela havia dormido o suficiente durante a tarde para recobrar as energias. Não queria perder um minuto da companhia dele, especialmente agora, que ele não estava trabalhando.

Dessa vez, quando desceram, não havia sinal do *motoscafo*, mas uma gôndola enorme os aguardava. A noite estava fresca, e o gondoleiro usava uma camisa listrada, uma jaqueta azul-marinho curta e o tradicional chapéu dos gondoleiros. A embarcação era maravilhosa, preta com detalhes dourados. Como Leslie havia prometido, passaram sob a Ponte dos Suspiros a caminho do restaurante, e o gondoleiro entoou uma canção. Parecia um sonho.

— Prenda a respiração e feche os olhos — sussurrou Leslie, e ela obedeceu, enquanto ele a beijava suavemente, prendendo a respiração também. Assim que passaram pela ponte, ele lhe disse que podia respirar novamente. Coco abriu os olhos e sorriu para o namorado. — Certo, agora o trato está feito — disse ele, parecendo satisfeito. — Segundo a lenda, agora viveremos juntos pra sempre. Espero que você não tenha nenhuma objeção a isso.

Ela riu e perguntou-se como poderia ser contra uma coisa dessas? Ao homem mais romântico e adorável do planeta? À cidade mais linda que ela já vira? Isso era impossível.

— Quero voltar aqui pra nossa lua de mel, se algum dia tivermos uma — sussurrou Coco, enquanto passavam debaixo de outra ponte e ela era absorvida por aquela atmosfera. — Se chegarmos a nos casar, quero dizer.

— Agora sim, estou gostando de ver — disse ele, feliz, enquanto estacionavam diante de pequenos degraus de pedra que conduziam a um restaurante alegremente iluminado. O gondoleiro os deixou ali, e Leslie entrou no restaurante com o braço em volta da cintura de Coco. — O concierge me disse que esse restaurante é discreto e reservado. Muitos venezianos vêm aqui. Não é nada sofisticado, mas ele falou que é muito bom.

O restaurante era pequeno e apenas metade das mesas estava ocupada. O garçom conduziu-os até uma mesinha acolhedora aos fundos. Ninguém prestou atenção neles e conseguiram jantar tranquilamente, sem serem abordados ou interrompidos. Leslie comentou que até então a imprensa havia sido legal e que não tinha perturbado a vida deles. Madison causara certo alvoroço quando seu assessor de imprensa ligou para algumas revistas contando histórias absurdas, mas só tinham sido incomodados no set de filmagem, e desde então nada mais acontecera, para alívio de todos. Leslie não mencionou nada sobre o conteúdo dessas histórias absurdas, disse apenas que eram insignificantes e típicas de Madison. Ela gostava de ser a abelha rainha de seus filmes, o que não o incomodava em nada, contanto que ela decorasse suas falas, não se atrasasse ou atrapalhasse o andamento das gravações. Ele estava gostando de Veneza, mas não via a hora de voltar para casa e ficar com a namorada. Até agora, o cronograma de filmagens estava sendo cumprido. Naquela semana, gravariam algumas cenas na Praça de São Marcos, e dentro da basílica, o que exigira um monte de autorizações, mas o assistente de produção na Itália havia sido muito eficiente e conseguira tudo o que eles precisavam.

Conversaram durante todo o jantar e, de vez em quando, Coco sentia uma onda de letargia. Ainda estava se acostumando ao novo fuso horário, mas a noite fora ótima. Ao saírem do restaurante, passearam na Praça de São Marcos e voltaram para o hotel. Coco bocejava e mal conseguia manter os olhos abertos. Já era meia-noite, e ela estava acordada fazia muitas horas. Perdera muito tempo de sono, mas tinha sido por uma boa causa.

Antes que Leslie pudesse pensar em fazer amor com ela, Coco caíra em sono profundo. Ele ficou observando-a dormir, com um sorriso no rosto, e então se aninhou ao lado dela. Tê-la ali com ele era um sonho que havia se tornado realidade. Dormiram quase até o meio-dia do dia seguinte e acordaram com o sol invadindo o quarto. Então, depois de fazerem amor, finalmente se levantaram.

Ele levou-a para almoçar no Harry's Bar, um restaurante que já conhecia e que adorava. Coco pediu um risoto que só havia ali, repleto de açafrão, e ele optou por salada de lagosta, enquanto decidiam o que fazer naquela tarde. Mais uma vez, Leslie alugara uma gôndola, muito mais romântica que o veloz *motoscafo* no qual ia trabalhar todos os dias. Como não tinham pressa, passaram a tarde toda no Palácio Ducal e admiraram o campanário, a torre do sino da basílica. Passearam pelos Jardins Reais e, antes de voltarem ao hotel, conheceram várias e belas igrejas antigas. Fora mais um dia perfeito. Decidiram pedir comida no quarto, já que no dia seguinte Leslie precisaria estar no set às seis da manhã para fazer cabelo e maquiagem. Coco prometera acompanhá-lo, pelo menos no primeiro dia. Depois, faria um passeio sozinha pela cidade. Para um lugar tão pequeno, havia muito a ser visto, e ela não queria incomodá-lo quando estivesse trabalhando.

Leslie viajava de maneira simples e nunca levava equipe nenhuma consigo. Dizia não precisar de assistentes desde que o concierge do hotel fosse bom, e o Gritti Palace era famoso por seus excelentes funcionários. Fazia o cabelo e a maquiagem no próprio trailer, não gostava de tumulto. Ao contrário de Madison, que trouxera o próprio cabeleireiro, dois maquiadores, a irmã, dois assistentes e a melhor amiga. Os produtores a conheciam por suas longas listas de exigências. Viajava com um guarda-costas particular e um personal trainer e exigia que todos ficassem hospedados no mesmo hotel que ela. Isso não lhe angariava muitos amigos no set, mas, no momento, nenhuma outra atriz garantia tanta bilheteria quanto ela, então ninguém discutia. Aceitavam o que ela pedia e assim evitavam que fizesse estardalhaço — algo que ela não hesitava em fazer.

— Isso tudo é um pouco cansativo — admitiu Leslie assim que foram para o set, no dia seguinte. Coco usava uma jaqueta de pele de carneiro e um velho par de botas de caubói. Mesmo sem maquiagem, mostrava toda a sua juventude e seu vigor, que extravasavam pelos olhos verdes e pelos longos cabelos acobreados. Ela era tudo que Leslie admirava em uma mulher: sincera, simples, natural, pouco exigente, despretensiosa. Sua bondade e integridade resplandeciam de dentro dela, realçando suas qualidades. Os dois formavam um belo casal.

O cabeleireiro e o maquiador já estavam esperando por Leslie no trailer montado para ele perto da Praça de São Marcos. Os profissionais haviam sido recrutados ali mesmo em Veneza mas falavam inglês muito bem, e Leslie conversava com eles tranquilamente enquanto tomava uma xícara fumegante de café. Coco observava a cena sentada num canto.

As filmagens começaram apenas às nove. Haviam servido o café da manhã a todo mundo e, em certo momento, bateram à porta do trailer para dizer a Leslie que já estavam prontos. Ele estava usando um terno preto bem-talhado e uma blusa de gola, além de sapatos pretos de camurça. Ao sair do trailer, levemente maquiado, estava lindo e sexy. Nunca deixava que exagerassem na maquiagem, e seu cabelo havia sido perfeitamente arrumado.

Os outros atores começavam a chegar aos poucos e Coco observava tudo, admirada. O diretor foi até o cinegrafista e lhe passou todas as instruções. Sabia exatamente os ângulos que queria e conversou com os atores com tranquilidade. Coco já havia visitado sets de filmagem com a irmã, mas este era diferente, mais sério e intenso. Os atores que participavam do filme eram os maiores astros em atividade. Ninguém ali estava de brincadeira. Se o filme estourasse, poderiam fazer uma verdadeira fortuna e receber várias indicações ao Oscar. Aquele pensamento passava pela cabeça de todos.

Ela permaneceu quieta no lugar onde lhe indicaram para que não atrapalhasse ninguém e ficou observando Leslie com atenção enquanto filmavam a primeira tomada de uma cena, da qual Madison não participava. Ela só chegou uma hora depois, de salto alto e num vestido vermelho de festa muito sexy, com uma fenda que deixava entrever suas pernas espetaculares. Começaram a gravar uma cena em que alguém tentava sequestrá-la; ela corria pela praça e Leslie corria atrás dela, para salvá-la, embora ela não soubesse quem ele era. A história do filme era complicada, mas Coco a conhecia, pois lera o roteiro inteiro e ajudara Leslie a decorar suas falas. Ela se lembrava dessa cena, mas ali, ao vivo, era muito diferente, com os atores em desempenhos eletrizantes e uma tensão palpável no ar. Os *carabinieri* ajudavam a isolar aquele trecho da praça e alguém, sem fazer barulho, ofereceu a Coco uma cadeira dobrável, para que pudesse se sentar. Ela disse obrigada baixinho e, minutos depois, uma loura sentou-se numa cadeira ao lado dela. Coco não sabia quem era aquela mulher, apenas que fazia parte da comitiva de Madison.

— Ela é ótima, não é? — comentou a estranha, num dos intervalos. — Eu morreria se tivesse que correr naquele salto alto — disse ela, e Coco riu do comentário.

A mulher não perguntou quem ela era nem o que estava fazendo ali. Havia tantas pessoas no set que ninguém fazia esse tipo de questionamento. Como todos os envolvidos, Coco tinha uma credencial em volta do pescoço que indicava que pertencia ao elenco, à produção, ou então era da comitiva de alguém.

— Eles ficam muito bem juntos, você não acha? — perguntou a mulher, observando-os mais de perto, enquanto Coco fazia o mesmo.

Não tinha pensado nisso, mas era verdade o que aquela estranha dizia. Na cena que estavam filmando, Leslie tomava Madison nos braços. Ela estava sem fôlego depois da corrida da cena anterior e desmoronava lentamente em cima de Leslie, que havia alcançado-a. Coco ficava ligeiramente incomodada que os dois formassem um bom par, mas haviam sido escalados para aqueles papéis exatamente por isso.

— Você viu o que saiu sobre eles na semana passada? — perguntou novamente a mulher de forma casual, olhando novamente para Coco. — Coisa quente. E quem sabe o que pode acontecer quando as gravações terminarem? — A mulher sorriu. Coco deu um sorriso débil e pareceu confusa enquanto a outra sacava da bolsa uma revista de fofocas.

Coco engasgou ao ver a capa da revista. Ela mostrava uma foto de Leslie e Madison se beijando. A manchete logo acima dizia: "Quentes demais. Leslie e Madison iniciam romance na Itália."

Coco não queria ler a matéria, mas estava surpresa e abriu a revista na página que trazia a reportagem. Havia várias fotos dos dois. Em duas delas, eles estavam se beijando e, em outra, pareciam ter sido flagrados fazendo alguma coisa que desejavam manter em segredo. Ao começar a ler, seu estômago se revirou. O artigo dizia que Leslie terminara em maio com sua última namorada, que o havia acusado de ser gay, e continuava afirmando que ele havia mergulhado num tórrido romance com Madison Allbright em Veneza, no set do filme que estavam fazendo juntos. A matéria não mencionava Coco nem o episódio dos dois em Los Angeles. Coco devolveu a revista à mulher alguns minutos depois e agradeceu-lhe. Estava se sentindo péssima.

Era sobre isso que Jane havia falado. Quem mandou se apaixonar por um astro do cinema que dormia com todos os seus pares românticos? Leslie estava em Veneza fazia duas semanas e não tinha perdido tempo. E não havia como negar o que ela vira nas fotos da revista. Ele estava beijando Madison. Coco ficou sentada ali como uma estátua, olhando para os dois e pensando no mau gosto e na crueldade dele ao convidá-la para visitá-lo em Veneza. Tudo bem que ele lhe fizera o convite ainda nos Estados Unidos, mas, se tivesse o mínimo de vergonha na cara, podia ter impedido que ela viesse. E, além de tudo, os dois tinham feito amor nos últimos dias. Que tipo de homem agia dessa forma? Ao que parece, os astros de cinema. Era triste admitir, mas Jane estava certa.

Durante as três horas seguintes, Coco ficou se sentindo como um robô, vendo Leslie gravar suas cenas. Tudo o que desejava naquele momento era voltar ao hotel, arrumar suas malas e ir embora. Leslie Baxter que fosse para o inferno! Olhava para ele com lágrimas nos olhos. Queria voltar para Bolinas e chorar.

Quando terminaram as gravações da manhã, Leslie veio encontrá-la e os dois foram para o trailer dele, onde iriam almoçar. Notou que, pouco antes de saírem do set, ele falou alguma coisa a Madison que a fizera rir e lhe deu um abraço. Ao ver a cena, Coco teve vontade de vomitar, mas não disse nada enquanto caminhavam até o trailer, nem mesmo depois que haviam entrado.

— E então, o que você achou? — perguntou Leslie a Coco enquanto tirava a jaqueta e se esparramava numa cadeira, com um largo sorriso. — Eu particularmente acho que o início ficou uma porcaria, e as cenas de perseguição me parecem idiotas, mas o diretor não vai abrir mão disso. Gosto muito mais da cena sob os arcos. Ficaria ainda melhor se alguém conseguisse controlar os peitos da Madison — opinou Leslie, e Coco não acreditava no que ouvia. De repente, ele havia se tornado um estranho para ela. — Acho que você não gostou, não é? — constatou ele, preocupado, interpretando o silêncio dela como uma crítica ao seu desempenho, o que o deixava aborrecido. Era extremamente perfeccionista em relação ao trabalho.

— Achei as cenas ótimas — disse ela tranquilamente, sentando-se numa cadeira em frente a ele. Não sabia se falava com ele agora ou se esperava até estarem de volta ao hotel, no fim do dia.

— Então do que você não gostou?

Coco estava pálida e parecia cansada. Ele valorizava a opinião dela, por isso mesmo pedira a ela que lesse o roteiro com ele.

— Na verdade, vi uma coisa de que não gostei nem um pouco — começou ela, decidindo não esperar nem um minuto mais, assim poderia voltar ao hotel e deixar Veneza antes do fim do dia. — Uma reportagem que me mostraram no set.

— Que reportagem? — Leslie parecia surpreso, o que deixou Coco ainda mais perturbada. Ele sempre fora honesto com ela, ou pelo menos era o que lhe parecera, e agora estava se fazendo de idiota.

— Não lembro o nome da revista, não costumo ler essas porcarias. Mas era uma reportagem sobre o romance entre você e Madison. Você podia ter me contado isso antes. Teria me poupado a viagem.

— Entendo — disse ele, deixando a cabeça cair para a frente e olhando para os próprios pés, para em seguida se erguer com um semblante sério. — Posso imaginar como você está se sentindo. Se não se importar, gostaria que viesse comigo um minuto. Imagino que a pessoa que te mostrou a revista seja alguém do adorável grupo da senhorita Allbright, não é?

— Acho que sim. Ela não se apresentou, mas vi que ela estava com a Madison no set.

— Ótimo. Deve ser ou a irmã dela ou a melhor amiga da escola ou uma das suas 14 assistentes que vieram todas pra cá num jatinho particular.

Ele já havia aberto a porta do trailer e fazia sinal para que Coco o seguisse. Por um momento, Coco hesitou, mas de repente ele parecia tão infeliz que ela preferiu não discutir. Caminharam sob os arcos até um trailer parecido com o dele, porém muito maior.

Ele bateu à porta e, sem esperar a resposta, entrou. O trailer estava lotado de pessoas e cheirava a fumaça e a perfume barato. Algumas pessoas estavam rindo, e outras, falando ao celular em meio a perucas em seus suportes. Coco identificou a mulher que lhe mostrara a revista, e que lhe sorriu quando passaram por ela. Leslie continuou até chegar a uma porta nos fundos, onde sabia que encontraria Madison, separada dos outros. Bateu e, ao ouvir a voz dela, escancarou a porta e olhou para a colega de cena. Ela estava sentada no sofá ao lado de um homem tatuado que usava jeans e camiseta e ficou surpresa ao ver Leslie.

— Olá — disse ela, com um olhar inocente. — Algum problema? — Estava tudo bem durante as filmagens de manhã.

— Talvez você mesma possa me responder. Uma das suas amigas mostrou pra Coco uma matéria nojenta daquela revista de fofocas que você convidou para vir ao set na semana passada, apenas pra foder com a nossa vida.

— Eu não convidei ninguém pra vir aqui — disse ela, inocentemente. — Foi o meu assessor de imprensa. Não tenho como controlar os contatos que ele faz.

— Não me venha com essa — disse Leslie, voltando-se para Coco, lívido. — A senhorita Allbright, ou o assessor de imprensa dela, convidou a revista de fofocas mais desprezível da face da Terra pra vir até aqui e tirar fotos nossas. E, ao mesmo tempo, alguém que não sabemos quem foi, é claro, mencionou que eu e ela estávamos tendo um caso, só pra que eles ficassem mais interessados. Como você pode ver — disse ele, voltando seu olhar furioso de Coco para Madison —, não estou tendo um caso com ela, nunca tive, nem pretendo ter, mesmo que ela seja linda, tenha colocado implantes de silicone fabulosos e tenha pernas extraordinariamente belas — continuou, cuspindo as palavras. — E, como você também pode ver, Madison é casada com o próprio cabeleireiro, que vem a ser esse senhor aqui — continuou, apontando para o homem tatuado —, que trabalha em todos os filmes dela por força de contrato. Além do mais, embora isso seja o maior segredo de todos, Madison está grávida de cinco meses. Coincidentemente, outro segredo absoluto é que ela está casada e feliz. Agora que esclarecemos isso, Madison, talvez você possa confirmar a essa moça aqui que tudo que estou dizendo é verdade. Aliás — virou-se novamente para Coco —, as fotografias do beijo são de uma cena que gravamos na semana passada. Não consigo imaginar como elas chegaram à imprensa, a menos que tenham sido passadas por alguém da sua comitiva — disse, olhando com raiva para a atriz. — O fato é que eu não preciso desse tipo de publicidade no momento. Estou apaixonado por essa mulher e nenhum de nós quer que esses boatos virem uma dor de cabeça.

Ao terminar de falar, parecia estar cuspindo fogo.

Madison olhava para ele visivelmente incomodada, e seu marido-cabeleireiro pigarreou e deixou o recinto. Não parecia ter ciúme algum de Leslie e nada a acrescentar ao que ele havia dito. Sorriu para Coco quando saiu e foi se juntar aos parasitas no cômodo ao lado. Brigas envolvendo astros de Hollywood eram comuns, e Madison se envolvia em várias delas. Seu marido preferia ficar de fora daquilo e adotava uma postura discreta, já que o casamento deles era segredo. Era a própria Madison quem tinha de cuidar de seus problemas.

— Ah, Leslie. Você tem que admitir que esse tipo de fofoca sempre desperta o interesse do público por um filme. — Madison sorriu para Coco e viu o espanto em seus olhos. Coco nunca se envolvera em nada parecido com aquilo. — E, se você contar pra alguém que estou grávida, eu te mato — disse ela para Coco no mesmo tom.

Era por isso que, no dia anterior, estava usando um casaco por cima do vestido. A única pessoa que sabia daquele segredo era a figurinista. Madison assinara o contrato do filme antes de engravidar e não queria perder o papel. Por outro lado, Leslie quase perdera Coco.

— Faça-me um favor — disse ele, encarando a colega. — Vamos ter que trabalhar juntos pelos próximos meses. Isso aqui é um emprego tanto pra você quanto pra mim. Só tome cuidado pra não acabar com a minha vida pessoal enquanto isso. Eu não vou arruinar a sua vida, então não detone a minha.

— Tudo bem, tudo bem — respondeu ela, levantando-se do sofá, e Coco pôde perceber uma leve barriga sob o roupão dela. Quando estava em público, usava um espartilho apertado por baixo do vestido, mas tirava-o assim que entrava no trailer. — Só não conte pra ninguém que estou grávida e que sou casada. Não é bom pra minha imagem. Ninguém espera que símbolos sexuais se casem *ou* engravidem.

— E como você vai explicar o bebê, quando ele nascer? — perguntou Leslie, fascinado por todas aquelas mentiras, e Coco viu então que ele não gostava dela. Era fácil deduzir por quê.

— Tudo que o mundo precisa saber sobre o bebê é que ele é da minha irmã — respondeu Madison, tranquilamente.

— E onde você pretende ter essa criança?

— Está tudo arranjado — disse ela, olhando para Coco. Madison era linda, mas Coco agora percebia que ela não era uma pessoa nada legal, que só se importava com a própria carreira. Não ligava se precisasse passar por cima de alguém para conseguir o que queria. — Querida — disse, dirigindo-se a Coco —, leve seu namoradinho de volta pro trailer e pague um boquete pra ele. Ele precisa relaxar antes da nossa próxima cena.

Nesse momento, Leslie conduziu a namorada para fora dali antes que o clima piorasse. Coco foi com ele até o trailer e o encarou com os olhos cheios de remorso. Aquilo fora uma cena e tanto. Nada no mundo poderia deixar Madison Allbright constrangida.

— Leslie, me desculpe — disse Coco, com uma voz triste. — Eu pensei... Quando vi a revista...

— Eu sei. Não se preocupe — disse ele, sentando-se pesadamente numa cadeira. Ainda parecia chateado. — Você não tinha como saber que a matéria foi fabricada. Aquela piranha seria capaz de vender a própria mãe pra conseguir uns trocados. Mas você também precisa saber que essa não será a última vez que isso vai acontecer. Madison é uma puta sorrateira, vai aprontar de novo. Isso pode acontecer em qualquer filme, intencionalmente ou não. Tudo o que você tem que saber é que eu nunca seria capaz de fazer uma coisa dessas. Tenho muito respeito por você, e, acima de tudo, eu te amo. Se eu me envolver com outra mulher, ou tiver vontade de fazer isso, vou conversar com você e sair da sua vida. Não será algo que você vai descobrir por uma revista de fofocas. Por mais que eu tenha me comportado mal no passado, nunca fiz nada parecido com isso com ninguém, e certamente não pretendo começar a agir dessa maneira agora. Me desculpe se, de alguma forma, deixei você chateada — falou ele, puxando-a para o seu colo. Coco estava morrendo de vergonha.

— Me desculpe por toda essa confusão. Eu não queria causar nenhum problema entre vocês dois.

Depois daquela discussão, as coisas entre Leslie e Madison não ficariam nada bem, mas, de certa forma, ele estava satisfeito por ter deixado tudo bem claro com ela. Se Madison pretendia espalhar boatos sobre um romance no set, era melhor procurar outra pessoa. Ele não tinha nenhuma intenção de deixar que ela colocasse seu relacionamento com Coco em risco.

— Eu te amo, Coco. Por que eu me envolveria com uma vagabunda daquelas? — De repente Madison mostrara sua verdadeira face, em meio a seus assistentes e amigos deploráveis. Parecia uma puta barata. — Essas coisas acontecem o tempo todo na indústria do cinema. Os boatos nunca param, e a maioria das pessoas com quem você trabalha não hesita em apunhalar você pelas costas se por acaso acha que pode obter alguma vantagem com isso. É muito raro encontrar pessoas decentes que não vão trair você na primeira oportunidade. Acho que você vai ter que se acostumar com isso.

— Vou tentar.

Aquilo fora bom para abrir os olhos de Coco, e ela gostou de ver como Leslie lidava com a situação. Então, de repente, ele riu.

— Acho que exagerei em certo momento. — Ambos haviam notado a maneira furtiva como o marido de Madison deixara o quarto. — Mas não achei ruim a sugestão do boquete. O que você acha? — Olhou para o relógio e depois para Coco. — Será que temos tempo? — Era apenas uma provocação, e eles riram. Em seguida, ele olhou para ela mais sério. — Primeiro round. Primeiro teste de fogo. Seja bem-vinda ao show business.

— Acho que fui reprovada, e feio — concluiu Coco, ainda abalada pelo que havia acabado de acontecer.

Quase o abandonara ao pensar que ele estava tendo um caso com aquela mulher. O que aconteceria se tivesse ido embora sem falar com ele? Havia acabado de aprender uma valiosa lição.

— Pelo contrário — disse ele, olhando para a amada com orgulho. — Acho que você se saiu surpreendentemente bem. Sobrevivemos, e não acho que a bruxinha dos infernos vai se meter com a gente de novo. — Leslie falava de um jeito que fazia parecer que eles eram uma dupla lutando para salvar o mundo. Sabiam que Madison provavelmente não tentaria mais nada, porém outras pessoas, sim.

Coco estava começando a entender que aquela era a natureza do ramo em que ele trabalhava. As pessoas usavam umas às outras a cada oportunidade, da maneira que fosse possível.

Almoçaram juntos no trailer, conversaram sobre o filme e sobre os pontos turísticos que Coco queria visitar em Veneza e, de repente, ela se deu conta de que Jane estava errada. Ela acabara de enfrentar uma situação sobre a qual a irmã a alertara, mas, ao contrário do previsto, não desmoronara como um castelo de cartas, e Leslie ficara ao seu lado, íntegro. Aquele episódio a deixara abalada, mas não a destruíra. Melhor ainda: a revista de fofocas estava errada. Por enquanto, estava tudo bem.

Capítulo 16

Coco passou horas vendo Leslie trabalhar e percebeu certa tensão entre ele e Madison em vários momentos. Às vezes isso servia para intensificar a atmosfera elétrica do filme, mas, em outras ocasiões, tornava as cenas de amor entre os dois quase dolorosas, certamente difíceis para ele. Leslie não gostava de Madison e isso ficava bem claro para todos ali, mas eles tinham de trabalhar juntos, e nenhum dos dois queria prejudicar o filme. Mais uma vez ficou claro para Coco que aquilo era apenas atuação, e não amor. E Leslie era um ator incrivelmente bom, muito melhor do que seu par romântico em cena, que vivia esquecendo suas falas.

Quando cansou de ficar no set de filmagem, Coco foi passear pelas ruas de Veneza. Leslie a provocava dizendo que ela já havia visto todas as igrejas da cidade. Coco fora ao claustro de São Gregorio, à Basílica de Santa Maria della Salute e a de Santa Maria dei Miracoli. Passara horas explorando a Accademia di Belle Arti, o Teatro La Fenice e a Galeria Querini Stampalia. Ao final da semana, tinha visitado cada centímetro da cidade e, à noite, no hotel, conversava com o namorado sobre tudo o que havia conhecido. Após longos dias de filmagem, das discussões com o diretor e do estresse de trabalhar com Madison, Leslie sentia-se cansado. Mas, por mais exausto que se estivesse, sempre ficava animado ao voltar para o hotel e encontrar Coco à sua espera. Estavam muito ansiosos pelo fim de semana que passariam em Florença. Ele havia alugado um carro e pretendia ir dirigindo até lá.

Na noite anterior à partida deles, reclamou da presença de paparazzi no set. Alguns tinham vindo de Roma e de Milão. Ele suspeitava que Madison, ou o assessor de imprensa dela, tivesse alguma coisa a ver com isso — o que aliás não era de surpreender. Todos que passaram pela Praça de São Marcos aquela semana puderam assistir às gravações. Não era nenhuma surpresa que a imprensa tivesse aparecido devido à presença de dois grandes astros de Hollywood filmando na cidade.

— Fiquei feliz por você não estar lá hoje. Não quero que fiquem cercando você também. — Leslie contou a Coco que os *carabinieri* mantinham os paparazzi afastados do set, mas uma dezena deles o esperava perto do trailer. Se Coco estivesse lá, teriam assediado os dois. Segundo sua experiência, os paparazzi ingleses e italianos eram os piores e os mais persistentes. Sempre achara a imprensa francesa mais respeitosa quando filmava na França.

Naquela noite, comprou um mapa e, juntos, planejaram o roteiro até Florença. Queria levá-la também a Lido, uma ilha próxima à Veneza, mas ainda não haviam tido tempo de ir até lá, pois a viagem de barco levava vinte minutos. Estivera ocupado demais nas gravações, e Coco percorrera toda a cidade a pé.

A caminho de Florença, pretendiam parar em Pádua e Bolonha. Em Pádua, Coco queria ver a Capela Scrovegni, onde estavam os quadros de Giotto que havia estudado e sobre os quais comentara com Leslie; além da catedral e das muralhas dos séculos XIII e XVI que circundavam a cidade. Em Bolonha, se desse tempo, queria visitar a Basílica de San Petronio, de estilo gótico, e a Pinacoteca Nazionale.

Pretendiam chegar a Florença no final da tarde, e lá havia muita coisa que queriam ver. A Galeria Uffizi, o Palácio Pitti, o Palácio Vecchio, o Duomo. Não teriam tempo de ir a todos os lugares. Naquela manhã, quando deixaram Veneza, o dia estava maravilhoso.

O *motoscafo* de Leslie levou-os ao estacionamento onde o carro que ele alugara, um Maserati, já estava à espera. Ele sorriu quando os motores daquele poderoso veículo roncaram.

A estrada para Pádua e Bolonha era muito bonita, e eles pegaram a rodovia para chegar a Florença. Leslie reservara uma suíte no hotel Excelsior, e Coco insistiu para que fizessem uma parada na Galeria Uffizi antes. Mal podia esperar para vê-la. Estivera lá com os pais alguns anos antes, mas para Leslie tudo era novidade. Ao lado de Coco, ele descobria um mundo inteiramente novo. Estavam relaxados e felizes quando chegaram ao hotel.

À noite, jantaram num restaurante recomendado pelo staff do Excelsior e passearam pela praça. Tomaram gelato, ouviram os músicos de rua e depois voltaram para o hotel. Na cidade havia um conjunto de maravilhas bem diferentes das de Veneza. Coco se lamentava por não terem tempo de ir a Roma também.

— Fique aqui até eu terminar o filme — pediu ele. — Assim você poderá ver tudo.

Coco também queria visitar Perúgia e Assis, mas ambos sabiam que ela precisava voltar. Não podia simplesmente abandonar seus clientes e seu trabalho, e Erin só poderia substituí-la por duas semanas. Ficaram muito tristes diante da perspectiva de só se reencontrarem quando ele voltasse a Los Angeles. Isso só aconteceria dentro de um mês, ou dois, se Madison começasse a se esquecer de suas falas. Trabalhar com ela era muito estressante, e Leslie não queria que a colega arruinasse tudo. A atriz prometera ao diretor passar o fim de semana todo estudando o roteiro. Leslie esperava que realmente fizesse isso. Seus decotes não seriam suficientes para alavancar o filme.

Coco e Leslie passaram uma noite tranquila em sua elegante suíte. Quando estavam prontos para ir embora, no dia seguinte, foram surpreendidos pelo gerente do hotel, que apareceu à porta do quarto deles. Lamentava profundamente e não sabia como aquilo havia acontecido, mas alguém informara à imprensa que Leslie estava ali. Havia um grupo de paparazzi do lado de fora esperando por eles. Os seguranças tinham conseguido mantê-los longe do saguão, mas o casal não teria como sair sem ser importunado. A presença de Leslie Baxter na cidade era um grande acontecimento. Ao ouvir aquilo, ele olhou para Coco e franziu a testa. Por sorte, seu carro estava na garagem.

O gerente deu a única sugestão em que conseguiu pensar: que tentassem sair pela entrada de serviço, nos fundos, para que não fossem vistos. Se eles usassem óculos escuros, chapéus, ou o que quer que tivessem à mão, talvez conseguissem escapar ilesos dos paparazzi. O gerente curvou a cabeça, expressando suas desculpas. Pelo gesto, Leslie entendeu que alguém do hotel tinha revelado à imprensa que ele estava ali.

Um funcionário veio buscar as malas dos dois, e Coco pôs óculos escuros e amarrou um lenço na cabeça. Eles sabiam que os paparazzi não estavam atrás dela, e sim de Leslie, mas, se pegassem o ator, pegariam sua namorada também. E, após o episódio em Los Angeles, se Coco fosse vista novamente com Leslie na Itália, todos saberiam que se tratava de algo sério. Ele pretendia evitar esse tipo de exposição por enquanto. Se descobrissem quem ela era e de onde vinha, passariam a persegui-la em Bolinas também. Ele não queria que isso acontecesse. Já era ruim demais ele ter de conviver com aquela situação. Pelo menos por ora, queria proteger Coco da imprensa.

Pegaram o elevador até o andar subterrâneo e saíram pela garagem. Leslie estava usando óculos escuros e um boné de golfe que o gerente do hotel tinha arranjado em algum lugar. Rapidamente entraram em um carro que os levou à entrada dos fundos. Ficaram atrás do caminhão de uma lavanderia e da van de um florista local, que despistaram os fotógrafos. Já estavam longe quando os paparazzi se deram conta de que tinham feito o check-out no hotel. Então puderam ir dirigindo calmamente até Veneza, gabando-se de terem escapado ilesos da imprensa.

— Muito bem — disse Leslie, olhando para ela. Graças ao gerente, tinham conseguido sair sem dificuldades. Estavam aliviados.

Retornaram a Veneza cedo o suficiente para seguir de barco até Lido e tomar um drinque no Cipriani. Era um hotel espetacular, com uma vista incrível da cidade. Logo depois voltaram ao Gritti, para jantar em seu próprio quarto. Tiveram um fim de semana perfeito. Coco estava animadíssima por ainda ter mais cinco dias ao lado dele. Estava adorando viver com Leslie novamente. Antes de irem para a cama, ligaram para Chloe. A menina contou ao pai tudo que andava fazendo na escola e que ganhara o prêmio de melhor fantasia na festa de Halloween. Perguntou também quando o pai iria vê-la, e Leslie disse que iria visitá-la em Nova York no feriado de Ação de Graças, se as gravações terminassem antes. Quando desligou, olhou para Coco como que pedindo desculpas.

— Isso foi egoísmo da minha parte, não foi? Eu deveria ter te perguntado primeiro o que você pretende fazer. É que geralmente tento passar o dia de Ação de Graças com a Chloe.

Coco sabia que ele não via a filha havia dois meses, e que não iria ver a menina até o próximo feriado.

— Não se preocupe — disse Coco, sorrindo para ele. — Eu sempre passo o feriado com a minha mãe em Los Angeles. E o Natal também, embora esse ano vá ser na casa da Jane. Ela não vai poder viajar.

Era estranho dizer aquilo. A ideia de Jane estar grávida e de que teria um bebê ainda lhe parecia completamente estranha.

— Mas depois do feriado vou correndo encontrar com você — prometeu ele. — Com sorte, já teremos encerrado os trabalhos em Veneza. Acho que vamos ter uma folga no Natal também. Prometo passar cada minuto que puder com você.

Ao ouvir isso, Coco se recostou nos braços dele com um olhar de felicidade.

Durante aquela semana, tentaram ficar juntos o máximo de tempo possível. Coco passava horas no set vendo-o trabalhar e, em seu tempo livre, visitava novamente as igrejas de que mais tinha gostado, além de explorar construções novas. Àquela altura, já se sentia bem familiarizada com Veneza. Leslie estava impressionado. Ela conhecia a cidade melhor que ele, pelo fato de ele estar sempre ocupado, a não ser à noite.

Na última noite de Coco em Veneza, os dois foram jantar em um pequeno e charmoso restaurante numa rua afastada. Uma gôndola diferente da que haviam embarcado antes os levou. Desceram perto do restaurante e caminharam até lá. Coco não teve dificuldades em encontrá-lo, depois de tanto perambular pela cidade. Era um lugar charmoso, com um pequeno jardim, embora estivesse frio demais para se sentarem do lado de fora. Tinha uma comida deliciosa, a melhor que haviam experimentado até então. Dividiram uma garrafa de Chianti e estavam satisfeitos quando saíram, embora tristes com a partida dela no dia seguinte. Mas, com alguma sorte, em breve ele estaria novamente em casa. As filmagens naquela semana tinham corrido bem, melhores que na semana anterior. Madison por fim decorara as falas.

Leslie parou no meio da rua e beijou Coco. A estada dela em Veneza fora perfeita para os dois, quase como um sonho que tivesse se tornado realidade. Melhor do que isso, aquilo havia sido real.

— Você faz ideia do quanto eu te amo? — sussurrou Leslie, beijando-a mais uma vez.

— Quase tanto quanto eu amo você — respondeu ela após recobrar o fôlego e sorriu.

Nesse momento, flashes pipocaram por todos os lados, pessoas empurravam os dois e, antes que pudessem entender o que estava acontecendo, estavam cercados por paparazzi agressivos que haviam ficado à espreita e agora pulavam em cima deles. Alguém tinha avisado a imprensa. Havia uma verdadeira multidão ao redor deles. E, para chegar ao barco, os dois tinham de percorrer uma boa distância. Leslie queria protegê-la e tirá-la do meio daquela confusão, mas não tinha ideia de como fazer isso. Não sabia nem mesmo em que rua virar, e a única saída para ele era chegar até a gôndola. Havia pelo menos trinta fotógrafos entre os dois e a embarcação.

Coco observava tudo assustada, desorientada. Leslie gritou para ela, perguntando que caminho seguir. Estava totalmente perdido, e o fato de ter tomado metade de uma garrafa de vinho não ajudava em nada.

— Por ali! — gritou, apontando a direção.

Os fotógrafos os empurravam, e o que estava mais perto deles tinha um cigarro entre os lábios cujas cinzas caíram no casaco de Coco. Leslie o empurrou para que saísse do caminho.

— Ora, pessoal — disse Leslie, com firmeza. — Já chega! Não! — gritou para um deles, que puxava o casaco dos dois para impedi-los de seguir o mesmo caminho, e nesse momento a multidão avançou, como uma besta furiosa, espremendo-os contra uma parede.

Coco foi arremetida com força. Leslie começou a entrar em pânico. Já havia sido atacado dessa maneira por paparazzi antes, quase sempre na Inglaterra, e no final alguém sempre se machucava. Ele não queria que fosse Coco, mas não conseguia livrá-la daquele tumulto.

— Não! — gritou outra vez, empurrando os fotógrafos com força e, nesse momento, pegou Coco pelo braço e arrastou-a por entre aqueles homens que não haviam parado de tirar fotos desde que os encontraram.

A caminhada até a embarcação foi agonizante e pareceu durar uma eternidade. O gondoleiro esperava por eles e pareceu assustado quando os viu. Havia ali três *motoscafi*, que deviam ter trazido os paparazzi, e de repente Leslie ouviu conversas em inglês, francês e alemão. Um grupo internacional de fotógrafos havia unido forças para assediá-los. Estavam em número muito maior. Ele e Coco não tinham nenhuma chance. Não se importava que tirassem fotos, mas a confusão estava fora do controle, e isso era muito perigoso para eles.

Dois paparazzi pularam na gôndola antes deles e quase fizeram a embarcação virar. O gondoleiro reagiu aos intrusos como se fossem piratas. Bateu neles com os remos, derrubando-os no canal, o que provocou gritos furiosos. Leslie percebeu que não se importariam se fossem eles nessa situação. Coco abaixou-se no banco e ele a protegeu com seu corpo, enquanto o gondoleiro partia e a ralé da imprensa pulava para dentro de seus *motoscafi*, tentando ultrapassá-los para impedi-los de seguir viagem. O gondoleiro começou a gritar insultos para os pilotos das lanchas, que deram de ombros e fizeram gestos obscenos. Tinham sido pagos para fazer um trabalho, e o que acontecia depois não era problema deles. Não queriam nem saber.

— Você está bem? — perguntou Leslie a Coco, em meio à barulheira dos barcos e dos paparazzi.

Os flashes ainda espocavam, e a gôndola quase virou quando chegaram ao Grande Canal. Coco estava petrificada. Tinha a impressão de que seriam assassinados. E não havia muito o que Leslie e o gondoleiro pudessem fazer para se proteger. Ele estava rezando para que um barco da polícia passasse por ali, mas isso não aconteceu. Fizeram o caminho de volta até o Gritti Palace o mais rápido que conseguiram, ainda cercados pelos paparazzi, que chegaram ao cais mais próximo do hotel antes dos dois. Leslie entregou trezentos euros ao gondoleiro e se preparou para uma saída rápida. O caminho do cais até o hotel era bem curto, mas os fotógrafos alucinados não iriam facilitar. Ele chegou a pensar em parar e posar para eles, mas a essa altura de nada adiantaria isso. A confusão estava criada, o frenesi era grande. Leslie queria tirar Coco dali o mais rápido possível.

Ele saiu da gôndola primeiro e em seguida puxou-a, mas já havia um muro de fotógrafos entre eles e o hotel, e Leslie sabia que precisaria abrir caminho para chegarem novamente à segurança. Coco estava desembarcando quando um dos paparazzi conseguiu segurar seu tornozelo e puxá-la para trás. Ela caiu na gôndola e gritou. Por pouco não caíra na água. Leslie olhou para ela desesperado, voltou e levantou-a. Vários anos de rúgbi haviam feito dele um homem forte, e ele acabou vencendo a barreira de fotógrafos e correu para o hotel, com os perseguidores em seu encalço. O recepcionista e os seguranças tentaram impedir que os paparazzi os seguissem pelo saguão, e uma luta corporal então teve início. Enquanto isso, Leslie subia as escadas correndo, levando Coco nos braços. Um dos seguranças os havia seguido, preocupado.

— Senhor, vocês estão bem? — perguntou, enquanto Leslie olhava para Coco e a colocava novamente de pé, com delicadeza, em frente à porta da suíte.

Estavam sem fôlego e Coco tremia violentamente dos pés à cabeça. Havia sangue espalhado por todo o seu casaco, e também pela jaqueta de Leslie. Ela havia se cortado ao cair na gôndola.

— Chame um médico! — ordenou Leslie, mas o segurança já estava descendo à procura de um. Antes de sair correndo, disse que haveria guardas do lado de fora do quarto a noite toda, e que chamaria um médico e a polícia. Falou ainda que lamentava muito pelo que havia acontecido.

Leslie levou Coco até uma cadeira e correu ao banheiro para pegar uma toalha. Ela estava tremendo. Enquanto ajudava a tirar o casaco dela, percebeu que seu braço estava num ângulo estranho. Não disse nada, mas tinha certeza de que estava quebrado.

— Ah, meu Deus, querida... Sinto muito... Nunca pensei... Devíamos ter ido a algum outro lugar, ou ficado aqui... — Estava quase chorando, e ela já estava em prantos.

Tomou-a nos braços e lhe deu um abraço apertado. Coco continuava tremendo convulsivamente, sem dizer uma palavra. Pela expressão em seu rosto, podia-se ver que estava em choque. Leslie ficou ali embalando-a enquanto ela chorava, dizendo que a amava, até que o médico chegou. Leslie lhe explicou o que tinha acontecido e ele examinou-a com o máximo de delicadeza possível. Havia uma ferida nas costas de Coco, por causa do empurrão no muro, antes de eles saírem correndo para o barco. O corte na mão precisaria de sete pontos, e o pulso sofrera uma fratura. Leslie ficou aflito quando o médico lhe disse isso.

Ele aplicou uma injeção para anestesiar a mão de Coco antes de dar os pontos, uma segunda para sedá-la, e também uma vacina antitetânica. Ela estava grogue quando o ortopedista chegou e imobilizou seu pulso com uma tala de fibra de vidro. Nenhum dos médicos queria correr o risco de levá-la ao hospital e expô-la mais uma vez à multidão. O ortopedista disse ter visto vários paparazzi à espreita do lado de fora, embora não houvesse nenhum no saguão do hotel. Os seguranças os tinham expulsado de lá. Os médicos disseram que Coco sentiria dores por alguns dias, mas que ela estava liberada para viajar. Leslie queria que ela fosse embora imediatamente. Não queria correr o risco de que pagassem alguém para entrar em seu quarto. A temporada de caça estava aberta. De agora em diante, os tubarões poderiam sentir o cheiro de sangue na água e se recusariam a deixá-los em paz. O idílio em Veneza terminara em desastre. Era hora de Coco voltar para casa.

Leslie ficou acordado a noite toda observando Coco, fazendo carinho na namorada enquanto ela dormia. Apoiara o braço da amada num travesseiro, e ela acordou uma ou duas vezes enquanto ele aplicava compressas de gelo nela. Como os remédios tinham surtido efeito, Coco estava sedada demais para dizer qualquer coisa a não ser que o amava. Às seis da manhã, finalmente conseguiu conversar com ele, e então começou a chorar de novo.

— Tive tanto medo — disse ela, em pânico. — Pensei que iam nos matar.

— Eu também. É assim às vezes. Eles ficam alucinados de repente — disse ele tristemente. Nunca em toda sua vida se sentira tão indefeso. Quisera fazer um último passeio romântico de gôndola com Coco, mas não se precavera. Não tiveram como fugir. — Sinto muito. Não queria que isso tivesse acontecido. Alguém deve ter avisado à imprensa onde nós estávamos. As pessoas fazem isso por dinheiro, e é muito difícil descobrir quem foi. O pobre gondoleiro deve ter ficado chocado.

O homem acabara recebendo uma gorjeta gorda, mas Leslie duvidava que o bom sujeito achasse que tivesse valido a pena. Também ficara apavorado, embora certamente tivesse ganhado mais do que a pessoa que os vendera aos paparazzi.

— O que aconteceu com o meu pulso? — Ela não se lembrava de o médico tê-lo imobilizado na noite anterior. Estava fortemente sedada.

— Sofreu uma fratura — disse Leslie, pesaroso. Ele estava com olheiras e a barba começava a crescer. — Disseram pra você dar uma olhada nisso quando chegar a Bolinas. Não quiseram levar você pro hospital e correr o risco de provocar mais confusão. Você precisou levar sete pontos na mão — continuou, angustiado. — Também te deram uma vacina antitetânica. Eu não sabia se a sua estava em dia.

Leslie cuidara dela esplendidamente bem, mas não fora capaz de protegê-la do pesadelo dos paparazzi, e estava profundamente arrependido. Isso era o que mais assustava Coco, e a única razão pela qual hesitara em ir morar com ele. Ao decidir seguir a carreira de ator, Leslie aceitara aquele tipo vida. E Coco sempre fizera de tudo para escapar disso.

— Obrigada — disse ela gentilmente, e então olhou para o namorado, com o coração partido. — Como você aguenta essa vida? — Ela estava terrivelmente assustada.

— Não tenho escolha. Eles continuariam me perseguindo mesmo se eu parasse de trabalhar. É o lado ruim da minha profissão. — Para ela, aquele era um lado muito ruim.

— E se tivermos filhos? E se os perseguirem dessa maneira?

Todos os pensamentos dela transpareciam em seus olhos. Leslie via neles o mais profundo desespero, e não podia culpá-la por isso. A noite fora um completo pesadelo, um dos piores que já vivera, e ele odiava que tivesse acontecido justamente quando estava com a mulher que amava, e que ela tivesse se machucado. Sentia-se péssimo por tê-la colocado numa situação dessas.

— Sempre fui muito cuidadoso com a Chloe — disse, calmamente. Mas ele também tinha sido cuidadoso com ela. Fora um enorme azar que as coisas tivessem saído de controle daquele jeito, que eles estivessem num lugar tão vulnerável. — Não a levo comigo a lugares públicos — explicou. E eles tinham apenas ido jantar em uma rua mais afastada em Veneza. Sabiam que aquilo podia acontecer em qualquer lugar. — Sinto muito, Coco. De verdade. Não sei mais o que dizer.

Ela assentiu e ficou quieta na cama por um momento e, em seguida, tornou a falar. Não conseguia tirar da cabeça o momento em que um dos paparazzi a puxara pelo tornozelo e ela caíra na gôndola. Jamais se esqueceria disso.

— Eu te amo. Muito — disse ela, tristemente. — Amo tudo em você. Você é o homem mais gentil do mundo. Mas acho que não conseguiria viver dessa maneira. Eu teria medo de ir a qualquer lugar, ficaria preocupada com você e com os nossos filhos.

— Foi um começo muito ingrato — admitiu ele, pesaroso.

Aquela noite havia trazido à tona todos os medos de Coco, que irrompeu em lágrimas enquanto ele a tomava novamente nos braços.

— Eu te amo tanto, mas estou muito assustada — balbuciou, cheia de angústia. Não conseguia tirar aqueles homens descontrolados a cabeça.

— Eu sei, querida, eu sei — murmurou ele enquanto a abraçava. — Compreendo.

Leslie não queria compreender, mas compreendia. Queria convencê-la do contrário, mas isso não seria justo. Ela fora muito corajosa, mas aquilo era muito a se pedir de uma pessoa. Lidar com os paparazzi e sobreviver a eles fazia parte da vida de Leslie, mas não precisava fazer parte da vida dela. Coco tinha escolha. Ele, não. E agora Leslie apenas rezava para que, quando estivesse mais calma e recuperada, ela ainda assim escolhesse ficar com ele.

Leslie telefonou para o diretor e contou a ele o que tinha acontecido, pedindo dispensa das gravações daquela manhã. O diretor lamentou o ocorrido e perguntou se podia fazer alguma coisa para ajudar. Leslie pediu que ele mandasse um cabeleireiro e várias perucas ao hotel. Em seguida, telefonou para o gerente do Gritti e requisitou alguns seguranças para acompanharem Coco ao *motoscafo*, e até mesmo um policial, se preciso. Mas o gerente disse que aquilo não era necessário, garantindo que eles poderiam lidar com a situação sozinhos.

Leslie levou Coco para o chuveiro. A tala em seu braço podia ser molhada, contanto que não ficasse encharcada. Segurou os braços dela para garantir que ela não tropeçasse, escorregasse ou desmaiasse. Em seguida, ajudou-a a se vestir. Já havia tomado a decisão de não deixar o hotel com ela. Não queria fazer nada que chamasse mais atenção e a colocasse em perigo. Reconheceriam Coco agora, mas, acima de tudo, estavam procurando por ele, ou pelos dois juntos. Leslie não queria que ela passasse por aquilo de novo. Eles se despediriam no hotel pois Coco deixaria o Gritti acompanhada pelos seguranças. A viagem estava terminando de maneira triste. Enquanto ela se vestia, Leslie ficou imaginando se algum dia a veria novamente. Ela havia feito as malas no dia anterior, então agora só precisava vestir a calça jeans, o suéter e o casaco de pele de carneiro.

Quando o cabeleireiro chegou, Coco já estava vestida. Leslie colocou-a sentada à penteadeira e encontrou o olhar dela no espelho. Podia ver que ainda estava em estado de choque.

O cabeleireiro havia trazido várias perucas louras e uma menor, preta. Era estilosa e cobriria perfeitamente os longos cabelos ruivos dela. Era estranho vê-la de cabelos pretos e, sem se dar conta, Leslie sorriu. Ela parecia incrível e estava irreconhecível. Era exatamente o que ele queria.

— Você parece a Elizabeth Taylor quando jovem.

Coco apenas assentiu. Não se importava com sua aparência. Estava com o coração partido por ter de deixá-lo, e odiara ter testemunhado aquela parte ruim da vida dele. Haviam superado o episódio da revista de fofocas, mas era muito mais difícil esquecer o pesadelo que tinham vivido na noite anterior.

Leslie agradeceu ao cabeleireiro e ficou olhando para a namorada.

— O que posso dizer? Eu te amo, Coco, mas não quero arruinar a sua vida. Sei o quanto você odeia isso tudo.

Ela sorriu para ele com tristeza nos olhos.

— Um dia de cada vez — disse ela, repetindo para Leslie as palavras que certa vez ele havia lhe dito. Ele sorriu.

— Queria muito poder ir embora com você. Por favor, não me deixe nesse momento. Vamos encontrar uma maneira de lidar com isso juntos.

Ele sabia que ela teria todos os motivos do mundo para terminar com ele naquele momento, e não a culparia se fizesse isso, mas esperava desesperadamente que isso não acontecesse. Havia trocado a passagem dela para primeira classe, como um presente. Queria que ela voltasse para casa confortavelmente. Ficara surpreso que ela quase não tivesse dormido durante a viagem de ida. Agora, pelo menos, poderia dormir direito. Era o mínimo que podia fazer por ela.

— A única coisa que sei é que eu te amo. Preciso pensar sobre o resto — disse Coco, com tristeza no olhar, e ele assentiu, sabendo que aquilo era o melhor que poderiam fazer naquele momento.

Ela ainda parecia muito abalada, e Leslie sabia que seu braço devia estar doendo. Fora uma experiência terrível para os dois, especialmente para ela. Coco é quem tinha saído machucada. Leslie tinha calafrios só de lembrar disso.

Escutaram uma batida à porta. Eram os seguranças, que já estavam lá para escoltá-la — quatro grandalhões e um funcionário para carregar as malas. Desceram juntos e caminharam até a lancha que os esperava do lado de fora, perto da entrada de serviço. Sairiam pelos fundos, como haviam feito em Florença. Isso era bastante comum para Leslie.

Ele a tomou nos braços e ficou agarrado a ela por alguns instantes, sem dizer uma palavra. Queria apenas senti-la contra o seu peito, lembrar-se de cada detalhe em seu rosto.

— Lembre-se apenas de que eu te amo, e que vou entender qualquer decisão que você tomar. — Temia que sua história com ela tivesse chegado ao fim. Coco olhou para ele e assentiu.

— Eu também te amo. — E então acrescentou, um pouco desajeitada: — Nunca esquecerei Veneza... Sei que isso soa ridículo agora, depois de tudo o que aconteceu... mas nunca fui tão feliz na vida. Até ontem, foi tudo perfeito.

— Pense nisso, então — disse ele, ousando ter esperanças, apesar de seus temores. — Cuide do seu pulso e não se esqueça de ir ao médico assim que chegar. Ela assentiu e beijou os lábios dele com delicadeza.

— Eu te amo — disse ela uma última vez e então seguiu seu caminho.

Leslie sentia como se alguém tivesse arrancado seu coração e o partido em pedaços.

Capítulo 17

Coco sentiu-se entorpecida e confusa durante todo o caminho de volta para São Francisco. Pensou em ligar para Leslie de Paris, entre um voo e outro, mas sabia que ele estaria no set gravando, então desistiu. O voo de volta para São Francisco pareceu interminável. Seu pulso doía, e ela estava com dor de cabeça desde a noite anterior. Era como se seu corpo todo tivesse sido atingido. As costas estavam sensíveis por causa da ferida. E tudo que ela queria fazer era dormir. Não queria pensar em nada, nem falar com ninguém. Mas, sempre que caía no sono, tinha pesadelos. Não apenas com os paparazzi, mas com Leslie também. Ela sabia que não poderia viver ao lado dele. A vida das grandes celebridades era muito assustadora e opressora. Em duas ocasiões, acordou chorando. Sentia-se como se tivesse perdido não apenas o homem que amava, mas também seus sonhos. Era um sentimento terrível.

Por causa do fuso horário, quando chegou a São Francisco já eram duas da tarde. Em Veneza já eram onze da noite, mas seu celular estava descarregado e ela acabou não ligando para Leslie.

Chamou um carregador para ajudá-la a passar pela alfândega e entrou no terminal sem prestar atenção em nada. Pegaria um táxi até Bolinas. Sentia-se cansada demais para ir de ônibus. Mas, ao olhar para a calçada, viu Liz correndo em sua direção. Jamais esperava encontrá-la a sua espera. Estava confusa demais para raciocinar.

— Oi. Está indo pra algum lugar? — Coco olhou para ela inexpressivamente, enquanto Liz a observava, preocupada.

— O Leslie me ligou pra contar o que aconteceu. Sinto muito, Coco.

— É, eu também — disse Coco e começou a chorar de novo. — Jane estava certa. É uma vida muito assustadora.

— Para a maioria das pessoas — ressaltou Liz, compassiva. — Ele sabe disso. Ele ama você e não quer estragar a sua vida.

Liz não disse a Coco que, quando ligou para ela, Leslie estava chorando. Morria de medo de perder a namorada para sempre. E, pelo que Liz via nos olhos de Coco, a suspeita dele não era sem fundamento.

— Por que isso foi acontecer com a gente? — perguntou Coco, inconsolável. — Estava tudo tão perfeito até então. Tivemos ótimos momentos juntos. Nunca fui tão feliz em toda a minha vida. Leslie é um homem tão bom.

— Tenho certeza de que é. Mas isso faz parte da vida dele. Talvez tenha sido melhor você ter visto logo esse lado. Agora você sabe com o que está lidando.

Coco estava ciente disso e sabia que era o que a ajudaria a tomar a decisão certa, uma com a qual poderia conviver.

— É uma vida péssima — disse Coco, ao lembrar-se da noite anterior, do momento em que caíra na gôndola. Não conseguia tirar a cena da cabeça, estava profundamente abalada.

Liz pediu a ela que se sentasse num banco e esperasse um pouco, enquanto ia buscar o carro. Alguns minutos depois, estava de volta. Coco ainda parecia confusa enquanto o carregador guardava sua bagagem no porta-malas.

— O que a Jane disse? — perguntou, carrancuda, enquanto se afastavam do aeroporto.

Liz olhou para o banco do carona e então de volta para a estrada.

— Não contei nada pra ela. Você é quem vai decidir o que falar. Ela não precisa saber sobre isso, se você não quiser. — Coco balançou a cabeça, agradecida pela gentileza e discrição de Liz. — Ter medo de ataques de paparazzi não faz de você uma pessoa ruim. Qualquer pessoa em sã consciência odiaria viver dessa maneira. Tenho certeza de que Leslie detesta, mas simplesmente aconteceu. Ele não teve escolha.

Coco assentiu. Sabia que o que estava ouvindo era verdade.

— É um motivo horrível pra abandonar uma pessoa que você ama — disse Coco, sentindo-se culpada.

Ela amava Leslie, mas odiava a vida que ele era obrigado a levar e a exposição que isso implicava. Não queria ficar se escondendo, fugindo, colocando perucas e saindo pela porta dos fundos dos lugares para o resto da vida. Seria uma existência muito infeliz. E a fúria que detectara nos olhos dos paparazzi naquela fatídica noite fora a coisa mais assustadora que ela já vira.

— Tive medo de que eles fossem nos matar — explicou, e Liz assentiu. Quando Coco começou a chorar mais uma vez, Liz percebeu que ela estava traumatizada.

— Ao que parece, Leslie também. Ele está muito mal por causa disso.

— Eu sei. Ele foi maravilhoso comigo depois de tudo.

— A propósito, estamos indo ao médico.

— Não quero ir. Só quero ir pra casa — disse Coco, exausta.

— Leslie me disse que você tem que ir. Eles imobilizaram o seu pulso mas não fizeram uma radiografia. Estavam com medo de sair do hotel, havia muitos paparazzi do lado de fora. Você precisa dar uma olhada nisso.

Então Coco acabou concordando. Estava chateada e cansada demais para discutir. Liz marcara um horário com um ortopedista conhecido dela.

Quando chegaram ao consultório, o ortopedista confirmou que ela havia sofrido uma fratura e disse que os médicos italianos tinham feito um excelente trabalho. Trocou a tala por uma idêntica e, uma hora depois, elas já estavam a caminho da praia.

— Não precisa me levar em casa — disse Coco, infeliz, e Liz sorriu para ela.

— Acho que você poderia ir andando, ou pegar uma carona. Mas, ora, está um dia tão bonito, vou gostar de ir à praia. — Pela primeira vez em horas, Coco sorriu.

— Obrigada por ser tão legal comigo — disse, comovida, e então lembrou que Jane estava grávida: — Como está o bebê?

— Maior a cada dia. Jane está ótima, mas parece que vamos ter um menino enorme.

Ela estava de seis meses a essa altura, mas Coco não tinha pressa alguma em reencontrar a irmã. Ela com certeza perceberia imediatamente que algo terrível acontecera durante a viagem, e Coco não estava com a menor vontade de conversar sobre o assunto com a irmã. Apenas com Liz, que era muito mais parecida com a irmã mais velha que ela sempre desejou ter.

Coco adormeceu a caminho da praia, e a cunhada acordou-a delicadamente assim que chegaram a Bolinas. Ela sobressaltou-se, olhou em volta, confusa por um instante, e então encarou sua casa tristemente. Queria estar em Veneza com Leslie e desejava que as coisas tivessem terminado de forma diferente. Pela primeira vez na vida, não queria estar em Bolinas. E tinha medo de que nunca mais pudesse ficar com ele. Estava vivendo uma situação horrível.

— Vamos lá — disse Liz, carregando as malas de Coco, enquanto a dona da casa abria a porta. Não haviam parado no caminho para pegar Sallie, mas Liz dissera que não tinha problema se a cachorra ficasse em sua casa por mais alguns dias. Como estava com o pulso fraturado, Coco já tinha bastante com que se preocupar no momento. Liz havia dito a Jane apenas que ela havia sofrido um acidente na Itália e fraturara o pulso.

— Obrigada por ter me buscado no aeroporto — disse Coco, abraçando-a. — Eu estava um caco. Acho que ainda estou.

— Durma um pouco. Amanhã você vai acordar melhor. E não tente resolver tudo agora. No momento certo, você saberá o que fazer.

Coco assentiu, e Liz foi embora.

Ao entrar no quarto, Coco vestiu seu pijama velho e desbotado. Em Bolinas eram cinco da tarde e, em Veneza, duas da manhã. Tudo o que ela desejava agora era dormir. Não queria nem mesmo comer. Estava tarde demais para telefonar para Leslie, e, de qualquer forma, não tinha vontade de falar com ninguém. Não sabia nem o que dizer a ele. E talvez Liz tivesse razão, pensou consigo mesma, ao se aninhar debaixo do cobertor. Poderia deixar para resolver isso mais tarde. Agora, só precisava tentar esquecer o que tinha acontecido e dormir.

Capítulo 18

Leslie ligou para Coco no dia seguinte, para saber como ela estava e se seu pulso tinha melhorado. Não contou para ela mas havia ligado para Liz na noite anterior, às quatro da manhã em Veneza. Liz contou a ele que tinham ido ao médico e que Coco estava com uma nova tala no pulso. Disse também que sua namorada parecia abatida e cansada, mas que estava bem. Liz ainda sugeriu que ele esperasse a poeira baixar um pouco e desse tempo ao tempo. Mas ele queria que Coco soubesse que estava pensando nela, então telefonou no dia seguinte, do seu trailer. Falou que estava morrendo de saudades dela e se desculpou novamente pelo que tinha acontecido.

— Não foi culpa sua — disse Coco, tentando consolá-lo, e Leslie notou algo diferente em sua voz, como se ela estivesse mais distante. — Como estão as gravações? — perguntou, tentando mudar de assunto.

Estava se sentindo pior depois do voo, mas mesmo assim levantou-se da cama. Erin não poderia substituí-la naquele dia, e Coco não queria deixar seus clientes na mão. O médico havia lhe dito que estava liberada para trabalhar, embora não recomendasse que ela fizesse isso.

— Hoje correu tudo bem. A Madison errou todas as falas ontem, mas eu também errei, então acho que ficamos quites. — Depois que Coco foi embora, Leslie não conseguia raciocinar direito. Era como se seu coração tivesse partido junto com a amada. — Ainda tenho esperanças de terminar tudo aqui antes do feriado de Ação de Graças — disse ele, parecendo animado.

O problema era que, até lá, sete semanas já teriam se passado. Ele queria visitar Coco depois disso, mas não ousou dizer nada. Podia perceber que ela ainda estava muito abatida, assim como ele. Havia fotos dos dois estampadas em todos os jornais europeus. Ele parecia um louco tentando protegê-la, e, em todas as imagens, ela estava de olhos arregalados, petrificada. Havia até mesmo uma foto da queda de Coco na gôndola. Ele mal conseguia olhar para aquelas fotos, que o faziam sentir mais saudades dela ainda. Falar com ela tinha o mesmo efeito.

— Tente ficar de repouso nos próximos dias. Você sofreu um grande choque. — E ele suspeitava que isso ainda se estenderia por algum tempo, e que ela teria de lidar com o estresse pós-traumático.

— Estou bem — disse ela, sentindo-se como um robô. Também estava com o coração partido falando com ele pelo telefone. Depois da viagem à Itália, sentia-se ainda mais apaixonada por Leslie, mas o ataque dos paparazzi a convencera de que não era forte o bastante para lidar com o tipo de vida que o namorado levava. — Estou indo trabalhar — continuou Coco, enquanto atravessava uma ponte.

Os dois tinham a sensação de que o tempo que haviam ficado juntos em Veneza parecia fazer parte de um passado remoto.

— Me ligue sempre que quiser falar comigo — disse ele, com tristeza na voz. — Não quero pressionar você, Coco.

Ele desejava dar tempo a ela para que pudesse se recompor. Liz disse que isso era uma boa ideia. O trauma havia sido forte.

— Obrigada — respondeu ela, desejando poder voltar no tempo, para a casa de Jane. — Eu te amo — sussurrou Coco.

Ela não sabia o que fazer para que a relação desse certo, a menos que concordasse em ter aquela vida insana, o que não era o caso. Ao mesmo tempo, não conseguia deixar de pronunciar aquelas palavras. E ele a entendia perfeitamente bem.

— Eu também te amo. — Isso foi tudo que Leslie disse.

Então ela foi buscar Sallie, antes de ir pegar os outros cães. Jane surgiu à porta e lamentou pelo pulso dela quando viu a tala. Coco sorriu ao ver a irmã. Ela estava imensa.

— Você está enorme — comentou, e Jane passou as mãos pela barriga redonda. Estava usando calças justas e um suéter, e parecia mais bonita do que nunca. Algo em sua expressão aparentava estar mais amigável.

— Ainda faltam três meses — disse Jane, demonstrando apreensão. — É até difícil de acreditar.

Jane e a companheira estavam indo com frequência a Los Angeles para cuidar da pós-produção do filme. De acordo com Liz, até o feriado de Ação de Graças teriam terminado tudo, o que era ótimo. Isso daria a Jane dois meses de férias para relaxar e se preparar para a maternidade.

— Você e Leslie pretendem passar o feriado com a gente na casa da mamãe? — perguntou Jane casualmente, e Coco balançou a cabeça.

— Eu estarei lá, mas Leslie vai visitar a filha em Nova York. — Como Coco não queria entrar em detalhes, mudou rapidamente de assunto. — Aliás, como vai o Gabriel? — Acabara de lembrar que a irmã o conhecera em Los Angeles. Jane riu da pergunta.

— Meu Deus, ele é tão novo! E a mamãe está parecendo uma adolescente de 16 anos. Um pouco irritante, pra dizer o mínimo. Mas acho que ele é um cara decente, só não sei o que está fazendo com uma mulher da idade dela. Isso não deve durar muito, mas pelo menos ela está se divertindo.

Coco estava espantada ao ver que Jane havia relaxado sobre esse assunto. Pensou que a irmã iria estar fazendo de tudo para destruir o relacionamento da mãe, mas na verdade parecia não se importar muito com isso.

— Se ela está feliz assim, paciência. Acho que todos nós temos nossos momentos de loucura, e também o direito de decidir o que fazer das nossas vidas, independentemente do que os outros possam dizer. Aliás, como foi a viagem? — perguntou Jane.

— Foi tudo ótimo, exceto pelo meu pulso — respondeu, com um largo sorriso, esperando que a irmã observadora não percebesse nada por trás de suas palavras.

— Que azar. Mas pelo menos não foi o seu pulso direito. — Jane não disse uma palavra sobre Leslie, e Coco se perguntou se ela estaria mais relaxada também em relação a ele.

Durante todo o tempo em que conversaram, ela acariciara a barriga, como todas as grávidas normalmente fazem. Será que alguma coisa havia mudado? Jane e Liz estariam em Los Angeles até o feriado de Ação de Graças, e Coco esperava que, a essa altura, já estivesse se sentindo melhor, queria se livrar da sensação de que sua vida havia chegado ao fim. Conseguira sobreviver à morte de Ian. Conseguiria sobreviver sem Leslie também.

Primeiro saiu para buscar os cães maiores, em seguida os de menor porte. Fez seu percurso habitual e tudo o mais que era preciso. Ao final de cada tarde, voltava para Bolinas, mas com a impressão de que tudo dentro de si havia morrido. Nas três semanas seguintes, Leslie não telefonou, nem ela ligou para ele. Ele não queria pressioná-la, e Coco estava fazendo o possível para tentar esquecê-lo. O melhor a fazer era não falar com ele. Se ouvisse sua voz, tinha certeza de que cairia de amores por ele de novo. E as mesmas coisas voltariam a acontecer. Não podia permitir isso. Era assustador demais para ela.

Coco não falou com ninguém até viajar para Los Angeles no feriado de Ação de Graças, três semanas após Veneza. Deixou Sallie com Erin e planejava ficar fora por apenas dois dias. Liz a convidara para ficar hospedada com elas. E Gabriel apareceria para o jantar. Finalmente ela conheceria o namorado da mãe, embora o tivesse visto de relance no Bel Air.

Liz foi buscá-la no aeroporto e levou-a para casa, onde Jane as esperava. Era véspera do feriado, e o jantar seria tranquilo. Liz não perguntou nada à irmã sobre Leslie, e Coco também não tocou no assunto, mas perguntou-se se ele teria conseguido ir para Nova York passar o feriado com a filha. Como não haviam se falado, Coco não tinha ideia se ele ainda estava em Veneza. Ela achava melhor deixar as coisas assim. Os dados tinham sido lançados na última noite dos dois em Veneza, e a decisão dela já estava tomada. Pelo silêncio dela durante todos esses dias, Leslie havia entendido. Coco estava certa do que estava fazendo. Os dois ainda se amavam, mas agora não tinha mais dúvidas. Aquilo era impossível.

Jane estava esparramada no sofá quando ela e Liz chegaram do aeroporto e acenou para Coco assim que a irmã entrou. Parecia uma bola com braços, pernas e cabeça, e Coco sorriu quando Jane começou a caminhar em sua direção para lhe dar um abraço.

— Meu Deus, você está *enorme*! — A barriga de Jane parecia ter dobrado de tamanho em apenas três semanas.

— Se isso for um elogio, muito obrigada. — Jane sorriu para ela. — Se não for, vá à merda. Você devia experimentar isso pra ver como é. — Coco quase estremeceu ao ouvir o comentário da irmã. Havia deixado para trás a ideia de se casar e ter filhos, mas agora a irmã a fizera pensar em Leslie. — Não quero nem pensar no tamanho da minha barriga daqui a dois meses. Fico apavorada só de imaginar.

Durante o jantar, conversaram e riram. Liz e Jane haviam terminado o filme e voltariam de vez para São Francisco na semana seguinte. Quando Liz e Coco já haviam tomado metade de uma garrafa de vinho, Jane virou-se subitamente para a irmã e perguntou como estava Leslie. Percebera que ela não falara do namorado a noite toda.

— Acho que ele está bem — disse Coco, tentando permanecer forte para o que viria em seguida. Olhou rapidamente para Liz, que com certeza não havia comentado sobre o assunto com a companheira, e ficou grata por isso. As três últimas semanas foram fundamentais para sua recuperação. Agora estava pronta para falar com a irmã.

— Está tudo bem com vocês? — perguntou Jane, franzindo a testa.

— Na verdade, não — respondeu Coco tranquilamente. — Está tudo acabado. Você estava certa. Tivemos alguns probleminhas com os paparazzi e, na minha última noite em Veneza, eles armaram uma emboscada pra gente. E, como você tinha previsto, eu desmoronei como um castelo de cartas. Foi assustador, de verdade. Terminei a noite com sete pontos e um pulso fraturado, então achei que já tinha tido o suficiente. Não posso viver assim. Por isso estou aqui, novamente sozinha. Apenas eu.

Houve um longo silêncio após o breve discurso, e Coco agora esperava que Jane dissesse o seu tradicional "eu te avisei", mas, em vez disso, ela apenas se inclinou e tocou a tala no pulso da irmã. Coco já havia tirado os pontos, e a ferida na mão estava curada. Restara apenas uma pequena cicatriz, que não era nada se comparada ao estado de seu coração, que parecia ter sido estraçalhado.

— Os paparazzi fizeram você fraturar o pulso? — perguntou Jane, incrédula. Parecia chocada e compassiva ao mesmo tempo.

— Não de propósito. Eu estava saindo da gôndola quando um deles puxou meu tornozelo e eu caí pra trás. Tentei amortecer a queda com as mãos e acabei me cortando e fraturando o pulso. Eles nos cercaram assim que saímos de um restaurante e me empurraram contra um muro. Quando conseguimos chegar à gôndola, eles pularam nela e quase fizeram a embarcação virar. Devia ter pelo menos uns trinta, e eles nos perseguiram em três *motoscafi* e tentaram nos impedir de desembarcar. Foi horrível.

— Você está brincando? — falou Jane, atordoada. — Eles seguiriam vocês e invadiriam a sua privacidade... E, como você é muito reservada, sabia que odiaria isso. Eu nunca imaginei que eles pudessem fazer algo desse tipo. Leslie estava com você nesse momento? — Ela queria saber se ele abandonara a irmã aos lobos, pois, se fosse esse o caso, arrancaria a cabeça dele.

— Ele estava comigo e fez o que pôde, mas a verdade era que não havia muito a ser feito. Estávamos num beco em Veneza, e eles eram trinta contra dois. Foi horrível.

— Meu Deus, até eu teria desabado numa situação dessas. Vocês terminaram depois disso?

— Mais ou menos. Ele sabe o que eu penso disso. Não é assim que eu quero viver — desabafou Coco, tentando parecer resoluta, mas algo em sua voz dizia a Jane e a Liz que continuava apaixonada por Leslie, embora sua decisão já estivesse tomada e ela parecesse determinada a mantê-la, por mais difícil que fosse. Coco achava que ficar com ele e viver daquela maneira seria pior. Mas perdê-lo era terrível. Abandonar Leslie era a coisa mais difícil que ela tinha feito na vida.

— Ninguém gosta de viver assim. Ele deve ter se sentido muito mal por causa disso. — Jane estava horrorizada com tudo o que ouvira, e a expressão nos olhos de Coco partia seu coração, então ela se inclinou para abraçar a irmã.

— É verdade. Ele foi maravilhoso comigo depois. Quando caí no barco, ele me pegou no colo e abriu caminho em meio aos paparazzi. No dia seguinte, tive de sair do hotel pela entrada de serviço, de peruca preta e acompanhada por quatro guarda-costas.

— Meu Deus, que coisa horrível. Até já ouvi falar de alguns ataques assim, mas não muitos. Na maior parte das vezes eles apenas empurram as pessoas. Estou surpresa que Leslie não tenha matado alguém.

— Ele estava muito preocupado comigo. Nessa hora, eu sangrava muito.

— Por que você não me contou nada assim que voltou? — perguntou Jane, aflita. Lançou um olhar a Liz, que não havia dito nada.

— Eu estava muito chateada. — Coco suspirou e olhou para a irmã com toda sinceridade. — E tive medo do que você iria falar. Você me avisou no início, e estava certa.

— Não, não estava — disse Jane, parecendo encabulada. — Eu só disparei minha metralhadora, e Leslie me repreendeu por isso. Ele tinha razão e Liz também me censurou. Não sei o que aconteceu, fiquei preocupada que você estivesse deslumbrada ou que Leslie estivesse te usando. Sempre acho que você ainda é uma garotinha. Leslie tem uma vida tão hollywoodiana que eu simplesmente não conseguia imaginar você fazendo parte disso. Mas vocês se amam, Coco. O que aconteceu na Itália foi radical demais. Ele pode arrumar um guarda-costas pra você, se for preciso. Tenho certeza de que pode. Não se deve abandonar um amor só por causa de uma dificuldade.

Jane sentia-se péssima por conta de tudo que havia dito antes. Esperava não ter influenciado a decisão da irmã. Leslie a havia impressionado com seu telefonema repentino. Jane agora não tinha dúvidas de que ele estava profundamente apaixonado por sua irmã, e podia ver que o sentimento era recíproco.

— Não fui feita pra esse tipo de vida — disse Coco, simplesmente. — Eu ia ficar louca. Teria medo de ir a qualquer lugar e, se a gente tivesse filhos, eu ficaria assustada ao sair com eles. E se um filho nosso fosse ferido por um desses lunáticos? E se o seu filho corresse esse tipo de perigo todos os dias?

— Eu encontraria uma maneira de protegê-lo, mas não desistiria da Liz — declarou Jane, de forma clara e tranquila. — Você ama o Leslie, Coco, sabe que sente isso por ele. E isso é valioso demais.

— Mas a minha vida também é. Um de nós poderia ter morrido naquela noite. E depois fiquei pensando em todas aquelas histórias terríveis que o papai contava sobre os clientes dele. Eu nunca na vida quis viver assim, e não quero. — Ao dizer isso, lágrimas escorriam pelo seu rosto, e ela as limpava com a mão. — Leslie não tem escolha. Essa é a vida dele. Não a minha.

— Tenho certeza de que, depois do que aconteceu, ele daria um jeito de isso não se repetir nunca mais — tentou assegurá-la Jane.

Coco não respondeu, apenas olhou para o seu prato e então de novo para a irmã, balançando a cabeça.

— Estou muito assustada — disse ela, com tristeza na voz, enquanto Jane pegava sua mão.

Liz ficou orgulhosa da companheira nesse momento, e também por tudo o que ela havia dito. Jane tinha muitas dívidas a saldar com a irmã e finalmente começara a fazer isso. A maternidade iminente a abrandara bastante nos últimos tempos.

— Por que você não pensa mais um pouco? — sugeriu Jane, ainda segurando a mão de Coco. — Quando ele volta?

— Não sei. Faz três semanas que não falo com ele. Mas acho que já deve estar voltando, se o filme não estiver atrasado.

— Você não pode deixar aqueles desgraçados arruinarem a sua felicidade. Você não pode dar isso pra eles — reforçou Jane.

Mas Coco já havia desistido, sentia que aquilo não tinha volta. Não era assim que ela queria que tudo terminasse, mas, depois do ataque dos paparazzi, temia pela própria vida se continuasse com Leslie. Ele mesmo sabia disso, e fora por essa razão que não tentara convencê-la do contrário. Ele a amava muito e queria o melhor para ela, e por isso aceitaria o que ela decidisse.

Coco foi ajudar Liz a lavar os pratos enquanto Jane sentou-se no sofá para ver TV e descansar.

— O que você fez com ela? — perguntou Coco a Liz num sussurro. — Ela está *legal*.

Liz riu com o comentário da cunhada.

— Acho que os hormônios estão finalmente começando a falar. Esse bebê ainda vai transformar Jane num ser humano!

— Estou impressionada — afirmou Coco enquanto botavam o último prato no lava-louça e voltavam para a sala. Não falaram mais sobre o ataque dos paparazzi e, logo depois, foram para a cama. No dia seguinte almoçariam na casa da mãe, o que sempre era um compromisso formal. E, como Jane havia comentado, com um sorrisinho no rosto, desta vez o Menino Maravilha estaria lá.

Na manhã seguinte, acordaram tarde e, por volta de uma hora, as três foram de carro para a mansão de Florence em Bel Air. Jane usou a única peça decente que ainda cabia nela: um vestido de seda azul-claro que combinava muito bem com seus longos cabelos louros. Coco escolheu um vestido branco de lã que usara na Itália, e Liz optou por um terninho preto bem-talhado. Ao abrir a porta, Florence estava usando um Chanel cor-de-rosa que lhe caía espetacularmente bem. E, enquanto elas se abraçavam e se beijavam no hall de entrada, um belo homem de terno cinza e gravata Hermès se aproximou delas. Coco soube na hora quem ele era e o cumprimentou.

— Olá, Gabriel — disse, com um sorriso caloroso, e apertou a mão dele. A princípio ele parecia nervoso, mas, assim que se sentaram na sala de estar, frente a um enorme retrato de Florence usando um vestido de gala e várias joias, que fora pintado muitos anos antes, começaram a relaxar e a se divertir.

Liz e Gabriel conversaram sobre cinema. Ele começaria a gravar um filme novo em breve e disse que Florence o ajudara bastante com o roteiro. Ela acabara de terminar o livro novo também. Já Jane contou que estava animada com o filme que ela e Liz tinham acabado de fazer. Aquilo fazia Coco se lembrar dos velhos tempos, quando seu pai estava vivo e eles conversavam sobre livros, filmes, clientes novos e antigos, e estavam sempre recebendo a visita de artistas de cinema e autores famosos. Ela havia crescido naquele ambiente, e a atmosfera era familiar. Durante o almoço, ela surpreendeu a todos quando disse que estava pensando em voltar para a faculdade.

— De direito? — perguntou Florence, surpresa.

— Não, mãe. — Coco sorriu para ela. — Algo menos útil, talvez história da arte. Acho que eu gostaria de estudar restauração. Ainda não decidi. — A ideia não lhe saíra da cabeça desde que conversara com Leslie, dois meses antes. E o que ela vira em Florença e em Veneza a deixara bem animada. — Não posso passar o resto da vida passeando com cachorros — disse tranquilamente, arrancando um sorriso da mãe e da irmã.

— Você sempre quis fazer história da arte — comentou Florence, com delicadeza.

Para surpresa de Coco, ninguém dessa vez estava criticando sua decisão ou dizendo que ela estava errada e que seus planos eram sem propósito. Tudo começara na noite anterior, com Jane. Coco não tinha certeza de quem havia mudado, se fora ela ou sua família. Certamente, as mulheres Barringtons haviam escolhido caminhos diferentes. Liz e Jane teriam um filho. Florence estava apaixonada por um homem com quase metade da idade dela. Ao olhar para aquelas pessoas à sua frente, Coco se deu conta de que todas tinham uma vida, menos ela. Fazia quase quatro anos que estava afastada de tudo. Talvez fosse hora de seguir adiante. Sentia-se pronta para isso, mesmo sem Leslie ao seu lado. Precisava de uma vida mais plena, com ou sem ele. A ovelha negra estava de volta ao rebanho.

Durante o almoço, Coco se sentou ao lado de Gabriel e teve interessantes debates com ele sobre artes, política e literatura. Ele não era do tipo que a teria atraído. Um pouco hollywoodiano demais, de um jeito muito diferente de Leslie. Gabriel era mais perspicaz, entrava no jogo, mas era inteligente e atencioso com sua mãe. Florence parecia jovem e radiante. Na semana seguinte, ele a levaria a Miami para visitar uma exposição de arte. Depois do Natal, iriam para Aspen esquiar. Tinham visto todas as últimas exposições de arte e peças de teatro. Ele a levara a concertos e ao balé. Nos últimos seis meses, tinham ido para Nova York duas vezes e assistido a todas as peças da Broadway. Era óbvio que sua mãe estava se divertindo e, embora a diferença de idade entre os dois fosse um pouco chocante, Jane e Coco haviam concordado a caminho de casa que Gabriel não era um mau sujeito.

— É como ter um irmão — comentou Coco, e Jane riu.

Ele havia conversado com ela sobre bebês, já que tinha uma filha de 2 anos. Estava divorciado fazia um tempo e disse que seu casamento fora um grande erro, mas que estava feliz por ter uma filha, especialmente agora. Naturalmente, ele e Florence não teriam filhos.

— Você acha que ela vai se casar com ele? — perguntou Coco com um olhar preocupado.

— Coisas mais estranhas já aconteceram na nossa família — disse Jane, parecendo a velha Jane, mas com um pouco mais de humor. Estava definitivamente mais madura. — Mas, para ser sincera, espero que não. Nessa idade, ela não precisa se casar. Por que estragar o que eles já têm? E, se acabar não dando certo, ela não vai precisar passar pelo inferno do divórcio.

— Talvez ela precise se casar — disse Coco, pensativa. — Mas o que ela vai fazer com uma menina de 2 anos?

Gabriel parecia muito apegado à filha.

— O mesmo que ela fez com a gente — respondeu Jane com uma gargalhada. — Contratar uma babá.

As três riram daquilo e continuaram conversando amistosamente ao longo da noite. No dia seguinte, Coco voltou para São Francisco. Fora convidada a passar o fim de semana, mas queria voltar para casa. Ainda se sentia frágil.

Antes que a irmã fosse embora, Jane falou novamente com ela sobre Leslie.

— Não desista dele ainda — pediu, enquanto Coco terminava de arrumar a mala. Estava novamente de jeans e pulôver. Isso a fazia parecer uma criança, mas Jane enfim percebera que não era o caso. — Ele ama você e é um bom homem. Não é culpa dele que aquilo tenha acontecido, e ele certamente odiou o episódio. A última coisa que ele desejaria seria ver você ferida. Parece que foi um pesadelo pra vocês dois.

— E foi. Como alguém consegue viver assim?

— Ele vai dar um jeito pra que não aconteça de novo. Isso deve ter aberto os olhos dele. Em Los Angeles todo mundo é meio doido. Eu mesma mal vejo a hora de voltar pra São Francisco. As coisas aqui são mais animadas, mas não acho que seja um bom lugar pra criar uma criança. As pessoas são muito exibicionistas. Os valores parecem invertidos. Não me parece uma boa ideia criar um filho aqui.

— É, olha só o que acontece com eles — provocou Coco. — Eu sou uma hippie, e você é lésbica. — Jane riu e abraçou a irmã.

— Você não é mais hippie. Talvez nunca tenha sido, eu é que pensava isso. E acho ótimo que você esteja querendo voltar pra faculdade. Se você fosse morar com ele, podia estudar na Universidade da Califórnia — disse Jane, sendo prática, e Coco pareceu em pânico. Jane preferiu então recuar. Esperava apenas que que a irmã não desistisse completamente de seu amigo. Ficava triste por ambos. E ficou realmente melancólica quando Coco foi embora. O feriado de Ação de Graças havia sido maravilhoso, e Gabriel fora uma surpresa. Ele tinha prometido ir a São Francisco com Florence para comemorar o Natal. Ficariam hospedados no Ritz-Carlton e levariam a filha dele.

Durante o voo para São Francisco, Coco pensou em todas essas coisas. Havia deixado sua van no aeroporto e estava aliviada em poder dirigir de volta para Bolinas. Fora muito bom passar aqueles dois dias com a família, mas ainda precisava de um tempo para si. Estava triste demais para ficar muito tempo no convívio com outras pessoas. Precisava de tempo para eliminar a dor. O que Jane lhe dissera fora muito gentil, mas Coco sabia melhor do que ninguém que não teria como levar uma vida daquelas. Uma coisa era ser namorada de um astro do cinema, outra era ser atacada por trinta homens que poderiam ter matado os dois. Ela ainda se lembrava da sensação de desespero quando foram cercados na rua, e depois quando caiu na gôndola. Se amar Leslie significava ter de viver daquele jeito, esse amor não seria possível.

Entrou em casa e olhou ao redor. Era tudo familiar e confortável, como voltar ao ventre materno. Fazia frio, então ela se enrolou num cobertor e foi para o deque. Adorava a praia durante o inverno, e havia milhões de estrelas no céu. Ficou deitada na espreguiçadeira contemplando-as, lembrando-se de quando Leslie estava ali, e uma lágrima escorreu lentamente pelo seu rosto.

Neste momento, seu celular tocou, e ela o tirou do bolso. Era um número não identificado, e Coco perguntou-se quem seria.

— Alô?

— Alô — respondeu uma vozinha engraçada do outro lado da linha. — Aqui é a Chloe Baxter. Coco, é você?

— Sim, sou eu — respondeu ela, sorrindo. — Como você está?

— Ficou pensando se Leslie estaria com a filha, se as gravações teriam terminado. Talvez fosse uma armação dele para falar com ela. Mas, se fosse, ela não se importava. Adorava falar com a menina. — Como estão os ursinhos?

— Eles estão bem. E eu também. Como foi o almoço?

— Muito bom. Passei o feriado com a minha mãe e a minha irmã, em Los Angeles.

— Você está em Los Angeles agora? — A garotinha parecia muito interessada e, como sempre, muito adulta.

— Não, estou na praia, olhando para as estrelas. Mas já está tarde pra você, não? Se estivesse aqui comigo, poderíamos assar uns marshmallows.

— Humm — disse a menina, dando risinhos.

— Você passou o feriado com o seu pai? — Coco não pôde evitar a pergunta, embora não quisesse extrair informações de Chloe. Perguntava-se se Leslie estaria com ela, ou se sabia que a menina estava ligando. Chloe era muito independente, não precisava da ajuda de ninguém.

— Sim — disse Chloe com um suspiro. — Ele trouxe um vestido da Itália pra mim. É muito bonito. Mas hoje à noite ele voltou pra Los Angeles.

— Ah. — Coco não sabia o que dizer.

Houve uma pausa, e então Chloe prosseguiu.

— Ele disse que está com muitas saudades de você.

— Também estou com saudades dele. Ele pediu pra você me ligar?

— Não. Eu perdi o seu número. Peguei no computador dele, mas ele não sabe disso. — Coco sorriu ao ouvir isso. Era típico de Chloe. — Ele disse que você está zangada com ele porque uns homens muito maus atacaram vocês, e você se machucou. Ele disse que você fraturou o pulso quando te empurraram. Deve ter doído muito.

— Doeu — admitiu Coco. — Foi bem assustador.

— Ele me disse a mesma coisa e falou que devia ter impedido os homens maus, mas que não conseguiu fazer nada. E agora ele está muito triste porque você está zangada com ele. Eu também estou com saudades de você, Coco — disse a menina tristemente, e as lágrimas voltaram aos olhos de Coco.

Ouvir aquilo era muito difícil para Coco. Fazia com que ela se lembrasse daqueles dias maravilhosos que passaram com Chloe em agosto.

— Também estou com saudades, Chloe. E também estou muito triste.

— Por favor, não fique zangada com o meu pai — pediu a menina, triste. — Quero ver você no Natal. Vou passar com o papai em Los Angeles. Você vai estar lá?

— Não, vou ficar com a minha mãe e a minha irmã em São Francisco. Minha irmã vai ter um bebê em breve, então precisamos ficar aqui.

— E se a gente for lá? — perguntou a menina, sendo prática. — Se você convidar a gente, nós vamos encontrar você na praia. Eu ia gostar.

— Eu também. Mas agora é um pouco complicado, porque já faz um tempo que eu não vejo o seu pai.

— Talvez ele ligue pra você — disse ela, esperançosa. — Ele vai estar trabalhando no filme. Vai se mudar de volta pra casa dele em Los Angeles.

— Que bom — disse Coco sem prometer nada, mas estava comovida com a ligação de Chloe. Sentia falta dela também.

— Espero ver você aqui. Minha mãe está me dizendo pra ir dormir agora — disse, com um bocejo, e Coco sorriu.

— Obrigada por ter me ligado — disse Coco, sendo sincera. Aquilo era quase tão bom quanto ouvir a voz de Leslie.

— Meu pai disse que não pode te ligar porque você está muito zangada com ele. Então achei melhor eu ligar.

— Que bom que você ligou, Chloe. Eu te amo muito. Feliz Dia de Ação de Graças.

— Pra você também. Boa noite — disse a menina e, em seguida, desligou.

Coco ficou ali sentada, segurando o celular e admirando o céu, pensando se o telefonema de Chloe havia sido um sinal. Provavelmente não fora nada, mas o gesto tinha sido muito gentil. Ficou pensando nisso por um bom tempo.

Capítulo 19

Leslie não ligou para Coco quando chegou a Los Angeles. Assim como ela, ele ainda estava traumatizado pelos acontecimentos em Veneza. Amava-a muito para pedir que arriscasse a vida por ele. Sabia que o pai dela havia recebido ameaças no passado e que Coco odiava isso, tinha até pesadelos. Não podia lhe pedir que aceitasse a vida que levava. Mas seu coração não parava de doer. Leslie só conseguia pensar nela.

Coco também não o procurou. Repreendia-se a todo momento por sua covardia. Seu coração estava partido, e doía muito cada vez que ela imaginava passar o resto da vida sem Leslie. Mas viver daquele jeito, correndo todos aqueles riscos, parecia ainda pior. Ela queria ter uma vida normal, e não conviver naquela permanente insanidade que haviam experimentado em Veneza.

O silêncio entre os dois era ensurdecedor, mas não havia nada mais a dizer. O fato de os dois se amarem não era o bastante; isso não era suficiente para protegê-los dos perigos que o mundo dele e sua fama carregavam. Suas vidas eram incompatíveis, portanto não tinham motivo para se torturarem mantendo contato. E ela sabia que não precisava lhe explicar de novo as mesmas coisas. Tudo havia sido dito na última vez que os dois se falaram, um dia depois de ela chegar a Bolinas. E Coco sabia que ele entendia seus temores e respeitava sua opinião. Ela estava tentando deixar aquilo tudo passar, mas os sentimentos ainda eram muito recentes.

Esbarrou com Jeff certa manhã, e ele comentou que achou Leslie um cara muito legal, que agia como uma pessoa simples e não se gabava por ser uma grande celebridade. Disse também que gostava dele e sentia sua falta. Coco concordou com o vizinho, tentando não chorar. Tivera um dia ruim. Agora, todos os dias eram difíceis. Estava odiando o Natal aquele ano. As coisas seriam muito solitárias sem Leslie. Haviam planejado comemorar a data juntos. E agora ele ficaria com Chloe em Los Angeles; e ela, com a mãe, a irmã e seus companheiros.

Até mesmo a casa em Bolinas parecia triste. Para ela, tudo parecia sem graça. Coco finalmente jogara fora os trajes de mergulho de Ian — olhar para eles também a deprimia — e guardara as fotografias de Leslie no armário. Só deixou uma foto dele e de Chloe do dia em que construíram o primeiro castelo de areia na estante. A menina estava linda, e ela não tivera coragem de esconder esse registro.

Chloe não ligara novamente. Coco pensara em lhe comprar um presente de Natal, mas achava que era muito cruel para ambas se apegar à menina. Precisava deixar os dois seguirem o próprio caminho; não importava que a menina fosse encantadora, nem mesmo que ainda amasse Leslie. Coco precisava superar aquilo.

Na véspera de Natal, fazia sete semanas que Coco não falava com Leslie. Tentava não ficar contando os dias, mas sabia exatamente quanto tempo havia se passado. Haviam sido cinquenta dias, para ser precisa. Odiava-se por lembrar disso.

Planejara passar a noite na casa de Jane. O quarto de hóspedes já havia sido transformado em quarto de criança, e ela ficaria num quarto menor, no primeiro andar. Sabia que seria difícil ficar naquela casa novamente. Tudo ali a fazia se lembrar de Leslie e dos meses que moraram juntos.

Gabriel e Florence haviam chegado a São Francisco naquela tarde e foram direto para o Ritz-Carlton para se preparar. Não tinham trazido uma babá, era Gabriel mesmo quem cuidaria da filha. Florence admitira a Jane que estava um pouco nervosa por causa disso. Fazia muito tempo que não tinha uma criança daquela idade por perto.

— Bem, é nisso que dá namorar homens mais novos, mãe — provocou-a Jane, e depois riu disso com Coco assim que a irmã chegou.

Passariam a véspera de Natal juntas, como de costume, e também o dia seguinte, e à noite cada uma voltaria para sua casa. Florence e Gabriel retornariam a Los Angeles e, no dia seguinte, viajariam para Aspen. Coco voltaria para Bolinas. Mas, por 24 horas, seriam uma família, por mais diferente que ela pudesse ser. E, com o passar dos anos, a família Barrington parecia mesmo cada vez mais incomum. Agora Liz e Jane teriam um bebê, a matriarca tinha um namorado novo o suficiente para ser seu filho, e este, por sua vez, tinha uma filha de 2 anos que poderia ser neta dela.

— Não somos mais uma família-padrão — comentou Jane ao levar Coco para o seu quarto. — E acho que nunca fomos. — E então olhou para a irmã de maneira estranha, como se pensasse nos dias em que eram crianças, quando o pai ainda estava vivo. — Naquela época eu morria de inveja de você — confessou Jane. — Papai era louco por você. Quando você nasceu, eu me senti perdida, não podia competir com um bebê. Você era tão pequena e bonitinha. Até a mamãe ficou animada. Ela tinha tão pouco tempo pra gente que não dava pra dividir. Espero que os meus filhos nunca passem por isso.

— Eu sempre pensei que você era a estrela da família e que não havia lugar pra mim — disse Coco.

Confessara isso a seu terapeuta dois anos antes, e foi libertador. Falar isso com a irmã agora fora igualmente reconfortante.

— Talvez tenha sido por isso que eu sempre fui tão dura com você. — Jane olhou para a irmã, pesarosa. — Quando você nasceu, perdi o pouco espaço que tinha naquela casa. Nunca houve amor suficiente por lá.

— Nossos pais eram pessoas importantes e ocupadas — constatou Coco, pensativa. — Nunca tiveram muito tempo pra família.

— E nunca tivemos oportunidade de ser crianças. Tínhamos que ser estrelas. Eu entrei nesse jogo. Você, não. Você jogou a toalha e caiu fora. Durante toda a minha vida, tentei impressioná-los. E, no final das contas, quem se importa? Quem se interessa em saber quantos filmes eu produzo? Esse bebê é mais importante que tudo isso — disse Jane, acariciando a barriga, que estava maior a cada dia. Agora ela parecia a caricatura de uma mulher grávida.

— Parece que você está no caminho certo — disse Coco, com delicadeza, e abraçou a irmã.

Mas a caçula não poderia dizer o mesmo de si própria. Todos ali tinham seus companheiros, menos ela. Abandonara o homem que amava.

— Você pensa em ter outros filhos? — perguntou Coco. Jane tinha falado em "filhos", no plural.

— Talvez — respondeu Jane, com um sorriso. — Depende de como vai ser com esse. Se ele for um pirralho chato como eu fui, talvez tenhamos que devolvê-lo. Mas você era fofa. O que sempre me fez te odiar ainda mais.

Leslie estava certo. Jane sentia ciúmes dela, e agora isso finalmente estava vindo à tona. Mas agora nenhuma das duas disputava a atenção da mãe, e seu pai estava morto.

Além disso, nos últimos dias, Florence parecia mais interessada em Gabriel do que nelas. Já havia avisado a Jane que estaria nas Bahamas com ele quando o neto nascesse. Viriam conhecê-lo assim que voltassem. Sua mãe sempre fora assim. Os homens na sua vida tinham mudado, mas ela não. E na idade em que estava isso dificilmente aconteceria. Já haviam aceitado esse fato.

— Liz e eu temos falado sobre ter outro filho — admitiu Jane. — Da próxima vez talvez eu doe o óvulo e deixe Liz engravidar. Estou muito feliz por estar grávida, mas, pra ser sincera, detesto estar gorda. Faço 40 anos daqui a dois meses. Não vou aguentar ficar enorme de novo. Talvez eu seja igual à mamãe — disse, rindo.

Florence era a mulher mais vaidosa do mundo. Jane virou-se para Coco com um olhar hesitante e então se sentou na cama do quarto de hóspedes. Não conseguia mais ficar em pé por muito tempo; a barriga pesava demais. Mal podia andar.

— Será que você pode ficar comigo quando o bebê estiver pra nascer? Estava querendo te pedir isso há muito tempo. É claro que a Liz vai estar lá comigo, mas eu adoraria que você também estivesse.

Jane estava com lágrimas nos olhos ao fazer a pergunta, e Coco se sentou ao seu lado na cama e a abraçou, meio chorosa também.

— Eu adoraria — respondeu Coco e ficou abraçada por um bom tempo com a irmã. Sentia-se lisonjeada que Jane desejasse sua presença. Limpou as lágrimas dos olhos e em seguida sorriu. — Ora, talvez seja a minha única chance de ver o nascimento de um bebê, agora que estou comprometida com uma vida de donzela.

— Acho que você não precisa se preocupar com isso por enquanto — disse Jane, sorrindo. — Imagino que ainda não tenha falado com Leslie — continuou, cautelosa, e Coco balançou a cabeça.

— Não. Chloe, a filha dele, foi quem me ligou no feriado. Ela me contou que ele sente a minha falta. Eu também sinto falta dele.

— Então ligue pra ele, pelo amor de Deus. Não perca tanto tempo.

— Talvez eu ligue qualquer dia. — Coco suspirou, mas Jane sabia que isso não iria acontecer.

A irmã estava muito assustada e era bem teimosa. Tinha vontade de ligar ela mesma, embora Liz achasse que ela não deveria se intrometer. Aquilo era assunto dos dois. Mas Jane estava doida para dar uma ajudinha.

Coco ficou animada com a ideia de assistir ao parto. Assim que entraram na cozinha, Jane contou a novidade a Liz. Ela estava terminando de preparar o jantar daquela noite.

— Graças a Deus que você vai estar lá — disse Liz, parecendo aliviada. — Não tenho ideia do que fazer. Fizemos um curso pra gestantes, mas já esqueci tudo.

— Sim, é claro que estarei lá!

Coco estava impressionada com as mudanças na irmã. Nos últimos dois meses, a relação entre elas era outra. Após anos de ressentimentos, que só faziam mal às duas, eram finalmente amigas. Coco havia esperado por isso a vida toda.

Sentaram-se à mesa e conversaram um pouco. Coco contou sobre a bagunça com o xarope de bordo no dia em que ela e Leslie se conheceram. Liz riu histericamente, e Jane quase desmaiou.

— Ainda bem que eu não estava aqui. Teria matado você!

— Eu sei. Foi por isso que nunca contei. Ficamos nadando no xarope de bordo até que Leslie limpasse tudo.

— Me lembre de nunca te pedir para cuidar da casa de novo.

Elas finalmente subiram para se arrumar, e Coco foi para o seu quarto, aliviada por não precisar ver o cômodo que havia dividido com Leslie. Mais tarde ela veria o quarto do bebê, porém não entraria na suíte principal. Seria doloroso demais. Esquecê-lo estava sendo muito difícil, e Jane e Liz sabiam disso. Florence não sabia de nada e também nunca perguntou.

Ela e Gabriel chegaram pontualmente às sete, com a adorável filhinha dele, que estava usando um vestido vermelho de veludo com tiaras combinando e sapatos pretos de couro. Fora Gabriel quem escolhera a roupa. E haviam trazido um cercadinho para que ela pudesse dormir quando ficasse com sono. Parecia uma menininha muito bem-comportada. Florence conversava com ela como se a criança fosse uma adulta, o que fazia com que Coco se lembrasse de Chloe.

A matriarca da família Barrington usava um vestido preto de gala, e Gabriel, um terno azul-escuro. Formavam um lindo casal. Coco pegou Alyson, a enteada da mãe, para brincar enquanto Liz preparava martínis para seus convidados. Jane sussurrou para Coco e para a companheira na cozinha que Gabriel se vestia como um homem de 50.

— Que bom, senão pareceriam ridículos juntos — sussurrou Coco para a cunhada, enquanto Liz finalizava as bebidas —, porque mamãe pensa que ainda tem 25 anos.

— O mundo está de cabeça pra baixo!

— É verdade. — Coco riu — Você está casada com uma mulher, e a mamãe está apaixonada por um garoto.

Ficaram as três rindo na cozinha, e então Florence e Gabriel apareceram para buscar seus drinques. Coco se sentia feliz em ficar de babá, Alyson era uma gracinha e estava encantada com a árvore de Natal que Liz havia montado na sala de estar. Jane não conseguia fazer muita coisa, então ficou sentada no sofá, só olhando a movimentação.

— Não acredito que ainda faltem cinco semanas, parece que ele vai nascer hoje à noite. Eu bem que gostaria que ele nascesse logo. Qualquer hora dessas, a minha barriga vai explodir — disse Jane.

— Você tem que me ligar assim que entrar em trabalho de parto — disse Coco, que agora fazia parte do time. Ela mal podia esperar por isso.

Liz havia preparado um maravilhoso jantar para aquela noite. De entrada, comeram caviar. Em seguida, carne assada, pãezinhos, purê de batatas, salada de ervilhas com hortelã e suflê de queijo. Era uma refeição sofisticada. Para coroá-la, Liz preparara o tradicional pudim de ameixa com calda doce. Quando sentaram-se para comer, Alyson já estava dormindo em seu cercadinho. Era uma filha perfeita. Passaria a noite com o pai e Florence no quarto do Ritz-Carlton. Florence disse que havia trazido protetores auriculares caso ela chorasse, e Gabriel apenas riu. Parecia ter uma tolerância inesgotável para as piadinhas dela e olhava para a namorada com uma expressão apaixonada.

Voltaram para o hotel por volta das dez. Havia uma limusine esperando por eles do lado de fora. Alyson dormia profundamente nos braços do pai. Depois que os convidados saíram, Coco, Jane e Liz foram para a cozinha arrumar as coisas. Liz prepararia um peru assado no dia seguinte. Jane mal comera aquela noite. A refeição estava deliciosa, mas ela disse que não tinha mais espaço em sua barriga, porque o bebê estava ocupando tudo. E, ainda por cima, ela estava com azia.

— Ficar grávida não é tão fácil quanto parece — reclamou Jane, coçando as próprias costas. Estava se sentindo cada vez mais desconfortável.

— Vou fazer uma massagem nas suas costas quando formos pra cama — prometeu Liz.

Liz era a companheira perfeita, e Coco disse a Jane que a irmã tinha muita sorte. Nunca achara estranho ter uma irmã lésbica. Jane sempre fora daquele jeito e, para Coco, isso não era nenhum problema. Sempre falara com seus amigos na escola que tinha uma irmã homossexual, achava isso muito normal.

— Naquela época você era muito engraçada — recordou Jane com um sorriso. — Uma vez você disse pra uma pessoa que eu era "clériga", e quando eu te corrigi você falou que clériga e lésbica eram a mesma coisa.

Já era meia-noite quando todas se retiraram para seus quartos, e Coco ficou na cama pensando nos meses que passara com Leslie naquela casa. Queria muito que ele e Chloe estivessem ali. O Natal teria sido perfeito na companhia deles. Como sempre, ela era a estranha no ninho. Ficou pensando no que ele e Chloe estariam fazendo agora. Será que teriam montado uma árvore de Natal, estariam com amigos? Que tipo de comemoração eles teriam, algo mais moderno ou tradicional? Adoraria ter compartilhado esse momento com os dois, mas isso não era possível. Os paparazzi haviam mudado seus planos. A vida era mais simples agora, porém incrivelmente mais triste também. No dia seguinte, voltaria para Bolinas, e Jane e Liz teriam uma à outra. Sua mãe e Gabriel iriam para Aspen. Naquele momento, a decisão que Coco havia tomado não lhe parecia a correta, só que agora tinha de arcar com isso.

Qualquer coisa que decidisse seria muito ruim. A questão não era se amava Leslie ou não. O problema era compartilhar da vida que ele levava, e isso ela não estava disposta a fazer.

No dia seguinte, Coco acordou cedo. Foi até a cozinha fazer uma xícara de chá e viu que Liz já havia começado a preparar o peru. Ela acordou às seis, iniciou os preparativos e voltou para a cama.

Coco ficou andando pela casa enquanto esperava Jane e Liz se levantarem. Era estranho estar ali de novo. Viu Jack e Sallie deitados lado a lado na cozinha, e até mesmo isso fazia com que ela se lembrasse de Leslie. Não sabia mais o que fazer para tirá-lo da cabeça. Provavelmente só com o tempo conseguiria esquecê-lo.

— Você acordou cedo, hein — disse Liz, às nove, quando levantou novamente para dar uma olhada no peru.

Coco já estava acordada havia muito tempo e, quando Liz a viu, ela estava sentada junto à árvore de Natal, inconsolável. A cunhada não disse uma palavra, mas sabia o que Coco estava pensando. Estava estampado em sua testa que sentia muita saudade de Leslie, e Liz ficou bem triste por ela. Sentaram-se na cozinha e conversaram, mas não tocaram nesse assunto. Por volta das dez, Jane desceu e juntou-se a elas. Ainda estava com azia.

— O próximo é você quem vai parir — disse, apontando para Liz.

— Será um prazer — retrucou ela, enquanto Coco se oferecia para preparar o café da manhã.

— Você é um perigo na cozinha — disse Jane para ela, e Coco riu.

— É verdade. Herdei isso da mamãe.

— Não herdou, não — discordou Jane. — O papai que era um péssimo cozinheiro. A mamãe nem sabe onde fica a cozinha.

— Acho que o Gabriel gosta de cozinhar — acrescentou Coco. — Pelo menos fome ela não vai passar.

— Você acha que isso vai dar certo? — perguntou Jane, com um olhar de incredulidade.

Não conseguia acreditar naquele relacionamento. Tinha certeza de que era um caso passageiro, de que Gabriel acabaria recobrando os sentidos e arrumaria alguém da idade dele. Mas, por enquanto, ele parecia feliz com Florence, Jane precisava admitir, e também não passava a impressão de estar muito preocupado com a enorme diferença de idade entre os dois.

— Acho que, se ela fosse homem, tudo seria visto com mais naturalidade — respondeu Coco. — Os homens da idade dela se casam com mulheres da idade do Gabriel o tempo todo, e ninguém questiona nada.

— Talvez você tenha razão — disse Jane. — O mais estranho é que eles realmente parecem formar um belo casal. Mas ele é bem desinteressante pra um homem tão jovem, não é?

— Eu não sairia com ele — comentou Coco, e elas riram.

Gabriel parecia bem mais velho que Leslie, e na verdade era dois anos mais novo.

— Bem, você sabe muito bem que nenhuma de nós sairia com ele — comentou Jane, e riram mais ainda. — Mas você entendeu o que eu quero dizer. Ele é meio antiquado. Ninguém hoje em dia usa terno o tempo todo, a não ser ele. A mamãe adora. Acho que ele tem fetiche por mulheres mais velhas.

— É o que parece — disse Coco. — Ou talvez use apenas pela mamãe. Ele venera o chão que ela pisa. E a verdade é que, se essa relação der certo, nossas vidas vão ser bem mais fáceis nos próximos anos. Ela vai ficar feliz.

Jane assentiu depois de pensar. Coco tinha razão.

— E quando ela ficar velha? Quer dizer, velha de verdade?

— Vai acontecer o que acontece com todo mundo — concluiu Liz. — Você não espera que o seu parceiro morra ou abandone você, mas, em algum momento, isso acontece — continuou, olhando com ternura para Jane.

— Eu nunca vou te deixar — sussurrou Jane, baixinho. — Prometo.

— Acho bom — Liz curvou-se e beijou a companheira.

— Bem, eu agora vou deixar vocês duas em paz — disse Coco com um bocejo e se levantou. — Preciso me arrumar. Mamãe vai chegar em menos de uma hora.

As três foram para seus respectivos quartos e então reapareceram já arrumadas para o almoço, pouco antes do meio-dia. Como de costume, Florence chegou pontualmente, usando um terninho Chanel branco, sapatos pretos de couro de jacaré e casaco de pele de zibelina. Usava joias de pérola e sua maquiagem estava impecável. Gabriel estava de calça cinza, blazer, camisa social azul-clara e uma gravata Hermès diferente da que usara na noite anterior. Coco e Liz estavam num estilo mais casual, de calças e suéter, mas Jane parecia extremamente desconfortável em seu vestido vermelho-claro durante todo o almoço.

Eles trocaram presentes antes do almoço e todos adoraram o que ganharam. Florence deu às filhas e à Liz o mesmo que lhes dava todos os anos: um cheque — o de Liz, com um valor ligeiramente menor. Dizia ter medo de escolher algo errado e preferia que elas mesmas comprassem seus presentes. Para Gabriel, dera o relógio Cartier que ele trazia no pulso; ela, por sua vez, usava um belo broche de diamantes que ele havia lhe dado de presente. Para Alyson, Florence comprara uma boneca enorme de vestido cor-de-rosa, quase do tamanho da menina.

Sentaram-se para almoçar às duas da tarde e permaneceram à mesa até as quatro. Em seguida, foram para a sala de estar, onde conversaram e tomaram café. Então, Florence, Gabriel e Alyson foram embora com seus presentes. Voltariam para Los Angeles naquela noite e deixariam Alyson com a mãe dela. Na manhã seguinte, embarcariam para Aspen.

Coco ficou até as seis para ajudar a arrumar a cozinha e depois se despediu de Liz e Jane, que queriam que ela passasse a noite lá. Mas, depois de dois dias convivendo com a família, Coco achava que a irmã e a companheira mereciam ficar sozinhas. Além disso, queria voltar para casa. Pegou Sallie e entrou na van para fazer o caminho até Bolinas. Quando entrou em casa, o lugar parecia vazio e frio. Acendeu a lareira e se sentou no sofá. Com o olhar perdido em pensamentos refletiu muito sobre os dois últimos dias. Não se permitiu pensar em Leslie, nem em Chloe. Estava grata pela vida que levava. O Natal fora muito bom e ela e Jane tinham se reaproximado, o que era uma bênção na vida das duas.

Coco foi dormir cedo e acordou às sete. Sentou-se no deque e ficou observando o sol nascer. Era um novo dia, uma nova vida, e ela mais uma vez se deu conta de como tinha sorte. De repente, ouviu a campainha do portão. Ninguém nunca tocava a campainha. A maioria das pessoas apenas entrava e batia à porta. Ainda estava com seu pijama de coraçõezinhos, então se enrolou num cobertor e deu a volta na casa para ver quem era.

Seus longos cabelos ruivos estavam esvoaçantes ao vento, e ela não os tinha penteado. Fazia frio lá fora, mas o céu estava límpido e azul. Quando olhou para o portão, ela os viu. Leslie estava ali, com a mão no ferrolho, e seus olhos encontraram os dela. Ele não tinha certeza se havia feito a coisa certa. Chloe estava ao seu lado, com um casaco azul-claro, suas longas tranças e um enorme sorriso no rosto. Segurava um presente. Assim que viu Coco, acenou e passou pelo portão.

— Ela queria ver você — explicou Leslie, enquanto Coco a abraçava e depois caminhava pela areia de pés descalços. Ficou olhando para ele como se estivesse vendo um fantasma.

— Eu também queria vê-la — disse Coco. — E também queria ver você. Senti muito a sua falta.

Então, antes que ela pudesse dizer mais alguma coisa, Leslie tomou-a nos braços. Não precisava ouvir mais nada, só queria abraçá-la, sentir o cheiro de seus cabelos e a sensação da sua pele na dele.

— Está frio aqui fora — reclamou Chloe, olhando para eles. — A gente pode entrar?

— É claro que sim — respondeu Coco, segurando as mãos da menina e sorrindo para Leslie.

Ele tinha feito a coisa certa.

A casa lhe parecia a mesma de antes, e ele viu a fotografia dele e de Chloe na estante. Deu um longo e demorado sorriso para ela, e Coco sussurrou para ele um "Eu te amo".

— Eu também te amo — disse ele em voz alta.

— O que temos pro café da manhã? — perguntou Chloe de repente e, em seguida, entregou a Coco seu presente.

Ela se sentou para desembrulhar o pacote. Era um ursinho de pelúcia marrom. Coco sorriu, deu um grande abraço na menina e disse que tinha adorado o presente.

— Que tal waffles? — sugeriu Coco. — E marshmallows com biscoito?

— Ótimo! — Chloe bateu palmas de alegria, então Coco foi para a cozinha e pôs a chaleira no fogo.

Coco continuava olhando para Leslie como se ele pudesse desaparecer a qualquer minuto. Aqueles dois meses sem ele tinham sido longos, e ela ainda não sabia o que significava aquilo que estava acontecendo agora. Só estava feliz que ele estivesse ali com ela.

Quando eles se sentaram para tomar café, Chloe contou a Coco tudo sobre o Natal deles. Tinham decorado uma árvore, jantado num hotel e, na noite passada, haviam decidido vir visitá-la. Pegaram um voo até São Francisco e ficaram hospedados num hotel muito bom, porque seu pai tinha dito na noite anterior que era tarde demais para dirigir até Bolinas. Além do mais, seria falta de educação chegar à casa dela uma hora daquela, embora Chloe não concordasse com ele. Então agora estavam ali. A encantadora menininha sorriu para os dois ao contar as novidades, e Coco deu um sorriso para ela e, depois, para Leslie.

— Foi uma ideia incrível — disse Coco.

Chloe olhou para o pai imediatamente.

— Viu? Eu disse que ela ia ficar feliz de ver a gente!

Os adultos acharam graça do comentário dela.

Depois do café da manhã, Coco se arrumou e os três saíram para fazer um passeio pela praia. Era o dia seguinte ao Natal, e havia muitas pessoas caminhando à beira-mar.

— Senti muito a sua falta. Insuportavelmente — disse Leslie, quando Chloe correu na frente para pegar conchinhas.

— Eu também.

— Não sabia como você ia nos receber. Achei que não quisesse me ver, mas a Chloe disse que você queria.

— Ela me ligou no feriado de Ação de Graças. Melhor do que isso, só mesmo falar com você diretamente. — Coco olhou para ele de novo, como se fosse um sonho.

— Coco, sobre Veneza...

Ela balançou a cabeça e pôs um dedo nos lábios dele. Pararam de andar e olharam um para o outro.

— Você não precisa dizer nada... Percebi que não me importo com os paparazzi, com as revistas de fofoca, com nada disso, mesmo que eles me deixem muito assustada... Eu só quero ficar com você. Amo você demais pra deixar que esse tipo de coisa nos separe.

Ela teve certeza disso no momento em que o viu no portão. E ele viera a Bolinas querendo ouvir justamente isso, embora não ousasse ter esperanças. E o que Jane lhe dissera antes, sobre não desistir dele ainda, ficara martelando em sua cabeça.

— Eu te amo. Juro que nunca mais vou deixar que nada assim aconteça com você. Se precisar, eu mato todos eles — disse, brincando.

— Não me importo... vamos dar um jeito... se encherem muito o saco, a gente se muda. A gente pode ir pra outro lugar. E nós podemos nos esconder aqui sempre que for preciso — disse ela, sorrindo para Leslie, e ele a abraçou.

— Eu estava definhando sem você — disse ele, com uma voz profundamente rouca.

— Eu também.

— Onde você quer morar? — Estava disposto a ir a qualquer lugar por ela.

— Com você.

Caminhavam bem devagar pela praia, atrás de Chloe. E, quando o vento ficou frio demais, voltaram para casa e acenderam a lareira.

Coco preparou o almoço e depois Leslie foi levar o lixo para fora. Ele encontrou com Jeff perto da lixeira e o vizinho lhe deu um largo sorriso e um tapinha no ombro.

— É bom ter você de volta — disse Jeff, apertando a mão de Leslie. — Fiquei sabendo que você estava gravando em Veneza. Sentimos sua falta aqui. Meu carro está uma porcaria de novo. Acho que é um problema na transmissão.

— Vou dar uma olhada nele depois — prometeu Leslie. — Eu também senti falta de todos vocês.

Leslie voltou para dentro e encontrou Coco jogando cartas com a filha. Depois disso, viram um filme na TV e ele deu uma olhada no carro de Jeff. Disse ao amigo que ele deveria vendê-lo. Mais tarde, Coco fez pizza para o jantar. Puseram Chloe na cama de Coco e ficaram deitados no sofá durante horas, conversando sobre seus novos planos. Leslie precisaria voltar para Los Angeles e ficar lá pelos próximos três meses para terminar o filme. Sua casa já havia sido desocupada pelos antigos inquilinos, e ele estava morando lá de novo.

— Não posso ir nesse mês, mas depois posso passar um tempo lá com você. Vamos ver como a coisa funciona, se vão ficar no nosso pé... Se ficarem, podemos pensar em alguma coisa. Mas podíamos tentar ficar lá primeiro, afinal, a sua casa é lá.

Coco relaxara sobre o assunto no momento em que vira o amado. A questão não era o lugar, e sim a pessoa. Jane estava certa mais uma vez. Se você ama uma pessoa, não a abandona ao primeiro sinal de dificuldade. Aquilo era verdade. Ficara assustada em Veneza e se perdera em seus próprios medos.

— Como está o seu pulso? — perguntou ele, parecendo preocupado, e teve vontade de chorar ao ver a pequena cicatriz na mão dela. Beijou-a, e em seguida Coco o beijou.

— Está tudo bem com o meu pulso, meu coração é que estava partido. Mas você acabou de consertá-lo. Estou muito melhor agora. — Ele sorriu e puxou-a para os seus braços.

— Chloe é bem mais esperta que a gente. Ela disse que eu tinha que vir aqui e acertar as coisas com você. Eu queria fazer isso, mas estava com medo. As coisas em Veneza terminaram tão mal que achei que não tinha o direito de fazer isso com você de novo, ou de te pedir mais uma chance.

— Você vale a pena — disse Coco, de forma tranquila. — Desculpe ter levado tanto tempo pra descobrir isso.

Ele assentiu e apenas abraçou-a. Não ligava que tivesse demorado, o importante era que agora ele estava de volta. Então Leslie pensou em outra coisa.

— Por que você não pode ir esse mês?

— O bebê da Jane — disse, sorrindo para ele. — Prometi que ficaria com ela. Ele deve nascer em cinco semanas. E, de qualquer maneira, preciso arrumar umas coisas aqui.

— O que você vai fazer com o seu negócio?

— Vou passá-lo pra Erin, eu acho. Preciso conversar com ela sobre isso, mas tenho quase certeza de que ela vai gostar da ideia. Ela detesta o outro trabalho e pode viver dignamente passeando com os cães. — Chloe deu um largo sorriso para ele. — Quero voltar pra faculdade. Posso tentar a Universidade da Califórnia.

— História da arte?

Ela assentiu.

— Preciso pensar num jeito de viajar com você.

— Eu gostaria muito que isso fosse possível. — Ele pareceu aliviado. — Meus próximos dois filmes vão ser rodados em Los Angeles.

Isso significava que Leslie ficaria em casa durante o ano seguinte todo. E ambos esperavam que os paparazzi os deixassem em paz. Ele já havia contratado um serviço de segurança para vigiar sua casa, não permitiria que um episódio como o de Veneza acontecesse de novo. E, assim que fossem morar juntos, provavelmente a imprensa perderia o interesse neles.

Ficaram abraçados por horas, e então ele finalmente foi para o quarto dormir com Chloe. Odiava deixar Coco no sofá, mas era necessário. Ele não queria que Chloe acordasse sozinha.

— Ela poderia pensar que estávamos fazendo aquela coisa nojenta que já mencionou antes — provocou Coco, e ele riu.

— Você vai precisar me lembrar de como fazer isso. Acho que esqueci.

— Vou lembrar quando for te visitar em Los Angeles.

— E quando vai ser isso? — perguntou ele, parecendo preocupado. Não queria passar mais um mês sem vê-la.

— Que tal na semana que vem? Ou você gostaria de vir pra cá? — Todas as peças do quebra-cabeça começavam a se encaixar novamente.

— Tanto faz — disse ele, então beijou-a novamente e foi para a cama. Tinham toda uma vida para pensar nesses detalhes.

Capítulo 20

Nas quatro semanas seguintes, ela e Leslie se revezaram nas viagens. Ora ele ia até Bolinas, ora ela ia a Los Angeles. A passagem de Coco por Los Angeles transcorreu sem grandes problemas. Paparazzi esperavam por eles do lado de fora dos restaurantes, às vezes na porta da casa dele, ávidos por fotos. Uma vez, um deles os seguiu até um supermercado, mas aquilo era tão sem importância comparado com o que tinham sofrido na Itália que nenhum dos dois se incomodou.

Foram juntos à Universidade da Califórnia para que Coco pudesse se inscrever no curso de história da arte. E Leslie foi a Bolinas duas vezes depois que Chloe voltou para Nova York. Ele ainda estava num intervalo entre as gravações e, quando veio a São Francisco, foram jantar com Jane e Liz. Ele ficou espantado ao ver o tamanho da barriga da amiga. A essa altura, ela mal conseguia se mexer.

— Não ria de mim — repreendeu-o Jane. — Não tem nada de engraçado. Você tinha que experimentar isso pra ver como é. Se os homens tivessem que engravidar, ninguém teria filhos. Nem eu sei se aguentaria passar por isso de novo.

— Da próxima vez eu vou carregar o bebê — disse Liz, esperançosa.

Tinha adorado a ideia de dar à luz um bebê formado a partir dos óvulos de Jane. Estavam pensando em fazer isso em seis meses. Liz mal podia esperar. Mas, primeiro, Jane precisava dar à luz. Ela havia admitido a Coco várias vezes que estava com medo, ainda mais porque o bebê era grande, e todo o processo lhe parecia assustador.

Liz e Jane estavam felizes em rever Leslie, sobretudo porque Coco estava em êxtase. Vê-la tão triste após o episódio em Veneza fora angustiante. Ela sofrera mais por Leslie do que quando Ian morreu.

Leslie falou com Jane sobre o filme que ele estava gravando. Reclamou de Madison, e Jane riu. Ela sabia com quem ele estava lidando. A atriz agora estava com sete meses de gravidez, e eles precisaram usar dublês em todas as cenas em que seu corpo aparecia. O diretor estava furioso por ela não ter falado nada sobre isso quando iniciaram as filmagens. Mas, com muito custo, estavam dando um jeito nisso.

Em seu último fim de semana em Bolinas, antes de voltar para o trabalho, Leslie ajudou Coco a arrumar algumas coisas. Ela pretendia mandar uma caminhonete carregada de pertences seus para Los Angeles, mas não iria se desfazer da casa na praia. Ainda não tinham certeza de onde iriam morar, mas isso deixara de ter importância. Estavam novamente juntos, e o relacionamento estava mais forte do que nunca.

Coco passara seus clientes para Erin, e isso lhe dava tempo de sobra para ficar com Jane. O bebê nasceria em poucos dias. A irmã estava tão entediada que Coco e Liz a levaram para jantar uma noite. Comeram pratos apimentados num restaurante mexicano, porque alguém dissera a Jane que isso aceleraria o trabalho de parto. Ela estava disposta a fazer qualquer coisa, mas tudo que conseguiu foi mais uma crise de azia. Coco levou a irmã para passear em Crissy Field. Tinham acabado de entrar em casa e estavam conversando na cozinha quando Jane olhou para a irmã, assustada.

— Você está bem? — perguntou Coco. Já estavam começando a achar que o bebê nunca nasceria. Florence, a essa altura, passava férias nas Bahamas. E elas haviam prometido lhe avisar assim que a criança nascesse.

— Acho que a minha bolsa acabou de estourar — disse Jane, nervosa, enquanto uma piscina de água se formava ao seu redor.

— Bem, isso é uma boa notícia — disse Coco, sorrindo. — Aí vamos nós. — Ela ajudou Jane a se sentar, deu a ela uma toalha e limpou o chão.

— Não sei por que você está tão feliz — rebateu Jane. — Sou eu quem vou passar por tudo isso. Você e Liz vão ficar só olhando.

— Vamos estar do seu lado — garantiu-lhe Coco, e ajudou a irmã a subir até o banheiro. As roupas dela estavam encharcadas. — Será que devemos ligar pro médico?

— Ainda não. As contrações ainda não começaram — disse Jane, que vestiu um robe, se enrolou em toalhas e se deitou na cama. — Quero ver quanto tempo isso vai durar.

— Com sorte, não muito — disse Coco, tentando soar convincente. — Por que você não tenta dormir um pouco?

Jane assentiu e fechou os olhos, enquanto Coco apagava as luzes e fechava a persiana. Coco então voltou para a cozinha e telefonou para Liz, que estava resolvendo alguns assuntos na cidade. Ela ficou animada com a notícia e falou que estaria em casa em meia hora. Coco lhe disse que não havia motivo para pressa, porque as contrações ainda não tinham começado.

— Talvez haja, já que a bolsa rompeu. — Ela havia lido de novo seus livros sobre gravidez e estava bem-informada. — Fique de olho nela. As contrações podem começar a qualquer momento.

Coco preparou uma xícara de chá e subiu as escadas tranquilamente. Ficou espantada ao ver a irmã se retorcendo na cama em agonia, em meio a uma contração que parecia não ter fim. Não conseguiu nem mesmo falar antes que a dor passasse.

— Quando foi que isso começou? — perguntou Coco, preocupada. Não queria que Jane tivesse o bebê em casa.

— Há uns cinco minutos. E é a terceira. Elas realmente são fortes, demoradas e estão vindo muito rápido.

Assim que parou de falar, Jane teve outra contração, e Coco a cronometrou. Durou um minuto e tinha acontecido três minutos depois da última.

— Vou ligar pro médico — disse Coco, e Jane assentiu, passando-lhe o número.

Quando a enfermeira atendeu, Coco lhe contou o que estava acontecendo. Ela queria saber se as contrações estavam regulares, mas ainda não estavam, porque fazia cinco minutos desde que Jane tivera a última, o que significava que estavam se espaçando. A enfermeira disse que elas poderiam cessar por um tempo, mas, se começassem a vir a cada cinco minutos, ou menos, deveriam levar Jane para a maternidade. Ela iria chamar o médico e ele estaria preparado para recebê-las imediatamente.

Durante dez minutos, nada aconteceu. Quando Liz chegou, Jane estava tendo outra contração. Sua companheira correu até a cama e segurou sua mão. A barriga de Jane estava dura como uma pedra.

— Isso dói mesmo — disse Jane a Liz.

— Eu sei, querida — respondeu a companheira, suavemente. — Isso logo vai acabar, e então teremos o nosso menininho.

Coco saiu do quarto para telefonar para Leslie e contar a ele o que estava acontecendo. Ele ficou em silêncio por alguns instantes e então disse:

— Queria que fosse o nosso. — Coco havia pensado naquilo também. — Como ela está? — perguntou ele, preocupado.

— Parece que dói muito.

— É verdade. — Ele assistira ao parto de Chloe, e a experiência lhe pareceu terrível. Mas Monica insistira que a filha valia a pena. — Mande um beijo pra ela.

Coco voltou para o quarto e viu Liz ajudando sua irmã a se sentar. Jane precisava ir ao banheiro a todo momento e suas dores pareciam ter duplicado em intensidade. Ela mal podia andar.

Liz virou-se para Coco parecendo ao mesmo tempo preocupada e animada. Tinham esperado muito por aquele momento, e agora ele havia finalmente chegado, mas detestava ver Jane sentindo tanta dor.

— Ainda estão irregulares — disse Liz a Coco —, mas são muitas, e muito fortes. Acho que é porque a bolsa estourou. Os livros dizem que, depois disso, elas começam a vir rápido. Talvez a gente deva levá-la pra maternidade.

Era difícil tomar uma decisão.

— Quero alguma coisa pra dor — pediu Jane de dentes cerrados, curvando-se sobre Liz. Tomaria uma anestesia peridural na maternidade, mas não podiam lhe dar nenhum remédio em casa.

Esperaram durante mais meia hora, quando então as contrações começaram a vir de quatro em quatro minutos. Era hora de ir. Liz ajudou Jane a se vestir e, com a assistência de Coco, levaram-na até o carro. Coco estava tranquila porque a maternidade ficava perto da casa delas. Quando chegaram, quase não conseguiram tirá-la do carro. Jane chorava de dor.

— É muito pior do que eu pensava — disse ela a Liz, com a voz rouca.

— Eu sei. Talvez eles possam te dar logo a anestesia.

— Peça pra me darem uma injeção assim que eu entrar.

Veio outra contração, e Jane apoiou-se em Liz enquanto Coco ia buscar uma cadeira de rodas. Um minuto depois estavam entrando na maternidade e sendo recebidas pela enfermeira com um sorriso.

— Como você está? — perguntou a enfermeira, levando Jane em direção ao elevador, sob os olhares levemente desesperados de Coco e Liz. Tudo acontecera bem mais rápido do que imaginavam.

— Nada bem — respondeu Jane. — Estou me sentindo péssima.

— Vamos preparar a sala imediatamente — avisou a enfermeira, com toda a calma. Poucos minutos depois de terem dado entrada no hospital, Jane estava em trabalho de parto.

— As contrações estão vindo de três em três minutos — explicou Liz enquanto Jane agarrava sua mão com força.

— Certo, vamos dar uma olhada nisso — disse a enfermeira encarregada, alegremente. — Assim que soubermos qual é a situação, vamos ligar pro seu médico.

A enfermeira não disse a Jane, mas, às vezes, mesmo com contrações fortes, o progresso era lento. Perguntou quem acompanharia o parto, e Coco e Liz se prontificaram a ficar com Jane.

— Vamos esperar o papai chegar? — perguntou a enfermeira.

— Não — disse Liz, tranquilamente. — Eu sou o papai.

A enfermeira nem piscou, apenas conduziu-as à sala. Estava acostumada a atender casais homossexuais. Nos últimos anos, aquilo era cada vez mais frequente. Pais eram pais, não importava o sexo. A enfermeira sorriu para Coco, e Liz e ajudou Jane a tirar as roupas. Colocaram um roupão nela e levaram-na para a cama onde o parto seria feito. E, desculpando-se por antecipação, a enfermeira vestiu luvas de borracha e começou a examinar Jane. No meio do exame, ela sentiu fortes dores, agarrou o braço de Liz e começou a chorar. Aquilo ainda levou muito tempo, e a enfermeira se desculpou mais uma vez.

— Sinto muito, sei que isso dói. Mas precisamos saber em que estágio você está. E já vi que está bem adiantado. Vou ligar pro seu médico e chamar o anestesista imediatamente.

— Vai doer? — perguntou Jane, sentindo-se exaurida, olhando da enfermeira para Liz e para Coco. Ainda estava com dores agonizantes por causa do exame que acabara de fazer. Ninguém havia lhe dito que seria assim. Era a pior dor que ela já sentira na vida.

— Não vai mais doer depois que você tomar a anestesia — disse a enfermeira, ligando um aparelho para monitorar as contrações e os batimentos cardíacos do bebê.

Agora era oficial. Jane estava em trabalho de parto. Liz sorria para a companheira, com um olhar amoroso.

— Sabemos se é menino ou menina? — perguntou a enfermeira, antes de sair da sala.

— É menino — respondeu Liz, com orgulho, e Jane fechou os olhos.

Coco odiava ver a irmã sentindo tanta dor, mas, ao mesmo tempo, estava feliz por ela. Ver tudo aquilo acontecendo era um pouco assustador. Nunca tinha visto um parto antes, nem mesmo no cinema.

— Bem, parece que vocês terão um menininho nos braços hoje à noite — disse a enfermeira. — As coisas estão indo muito bem.

Então, ao dizer isso, desapareceu, enquanto Jane tinha mais uma contração. Das grandes dessa vez.

Em seguida, a enfermeira voltou com um formulário numa prancheta e pediu que Liz o preenchesse e Jane o assinasse. Precisavam da assinatura dela caso algum procedimento de emergência fosse necessário.

Então o anestesista chegou e explicou os procedimentos da peridural enquanto a enfermeira fazia um novo exame e Jane explodia em lágrimas.

— Isso é horrível — disse ela a Liz, sem fôlego. — Não vou conseguir!

— Vai conseguir, sim — respondeu Liz tranquilamente, tentando manter os olhos fixos nos dela.

— Está quase na hora — disse a enfermeira ao médico, parecendo preocupada.

— Se a coisa continuar nesse ritmo, talvez eu não possa aplicar a anestesia — disse o anestesista a Jane, que soluçava.

— Vai ter que poder. Não vou conseguir sem ela.

O anestesista olhou para a enfermeira e assentiu.

— Vamos ver se eu consigo então.

O anestesista pediu a Jane que ficasse de lado, de costas para ele. Ela estava tendo outra contração e não conseguiu se virar. Parecia que todo o seu corpo estava fora de controle, e as pessoas lhe faziam coisas terríveis e lhe pediam coisas que ela era incapaz de fazer. Era a pior experiência de sua vida.

De qualquer maneira, o anestesista conseguiu introduzir um longo cateter em sua espinha e começou a administrar o medicamento. Jane estava de costas para ele, e a contração seguinte a atingiu como uma onda gigante. Logo em seguida teve mais uma, a medicação ainda não fizera efeito. Ele explicou que talvez ela estivesse dilatada demais para que a anestesia funcionasse, mas, então, de repente, as dores pararam. Em cinco minutos, nada aconteceu, o que representou um alívio para Jane.

— A peridural pode deixar o trabalho de parto mais lento — disse o anestesista.

E então, do mesmo jeito que tinham parado, as contrações recomeçaram. Jane disse que estavam piores que antes. Duraram mais dez minutos e, em seguida, a enfermeira examinou-a de novo, então Jane chorou de dor e gritou para a enfermeira.

— Pare com isso! Você está me machucando! — Então ela começou a soluçar. Até o momento, a anestesia não amenizara em nada sua dor.

— Vou aplicar uma nova dose e ver se as dores melhoram — disse o anestesista tranquilamente, enquanto a enfermeira lhe passava algumas informações.

— Está chegando a hora. Vou buscar o médico.

— Você ouviu isso, Jane? — perguntou Liz. — Isso significa que o bebê está quase nascendo.

Jane assentiu, parecendo confusa, e o monitor indicou que ela estava tendo mais uma contração, mas desta vez ela não reagiu. A anestesia começava a fazer efeito. Tudo acontecia muito rápido. Estavam lá havia apenas uma hora, mas para Jane parecia uma vida.

O obstetra chegou cinco minutos depois. Sorriu ao cumprimentar Jane e Liz, que o apresentaram a Coco.

— Isso aqui está uma festa — disse o médico, alegremente. — Tenho boas notícias pra você, Jane. — Inclinou-se para perto dela, para que ela pudesse ouvir. — Na próxima contração, você pode começar a empurrar. Esse garotinho estará nos seus braços o mais rápido possível.

— Não consigo mais sentir as contrações — disse Jane, parecendo aliviada. Seus olhos estavam vidrados, e Coco e Liz trocaram um olhar preocupado.

— Vamos diminuir um pouquinho a medicação pra que você possa empurrar o bebê — informou o médico, e Jane entrou em pânico.

— Não, por favor — pediu Jane, recomeçando a chorar. Ver a irmã se desintegrando diante dos seus olhos deixava Coco um pouco abatida.

— Ela está indo bem. — O médico sorriu para Liz e Coco, e a enfermeira pôs uma máscara de oxigênio em Jane, enquanto o anestesista deixava a sala. Tinha outra anestesia para aplicar, mas disse que voltaria em breve. O hospital estava cheio aquela noite. A enfermeira comentou que havia muitos partos em andamento.

O monitor indicou que Jane estava tendo uma nova contração. Eles levantaram as pernas dela e mandaram-na começar a empurrar. Outra enfermeira veio ajudar. Jane tinha uma de cada lado, e o médico na ponta, esperando para ver surgir a cabeça do bebê. Liz estava de pé, bem perto dela. Ela se sentia cercada, e todos lhe diziam para respirar e empurrar.

Por uma hora Jane tentou expulsar o bebê, mas nada acontecia. Coco observava, e todos estavam atentos. Uma terceira enfermeira entrou na sala, que já estava superlotada, com um berço de plástico.

— Não consigo — disse Jane, parecendo exausta. — Não aguento mais empurrar. Tirem esse bebê de dentro de mim.

— Não — disse o médico. — Você é quem tem que fazer isso. Você precisa nos ajudar.

Fizeram Jane empurrar mais forte e pediram a Liz que segurasse os ombros dela. As enfermeiras segurariam suas pernas. Nessa hora, o anestesista chegou, e o médico pediu que diminuíssem a medicação. Jane implorou para que não fizessem isso. Mais uma hora se passou. Ela estava fazendo força para expulsar o bebê havia duas horas e nada acontecia. O médico disse que já conseguia ver a cabeça do bebê, mas apenas isso.

Então, com um fórceps, fizeram uma episiotomia. Mais uma hora se passou e Jane não parava de gritar, com Coco e Liz ao seu lado.

Continuou fazendo força e, a certa altura, chegou a dizer que estava morrendo. Soltou então um grito horrível que Coco pensou que nunca poderia ouvir e, em seguida, devagar, bem devagar, a cabeça do bebê começou a aparecer, até que seu rostinho estava todo para fora, os olhos arregalados. Liz e Coco estavam chorando, enquanto Jane olhava para baixo, completamente roxa de tanto fazer força. Aos poucos o bebê foi saindo e ouviu-se então um choro, mas não era de Jane, e sim do bebê. Cortaram o cordão umbilical, enrolaram o recém--nascido num cobertor e em seguida o deitaram ao lado de Jane, que soluçava e olhava para Liz com um misto de alegria e agonia. Nunca fizera nada tão difícil na vida e esperava nunca mais passar por isso.

— Ele é tão lindo — disseram todas ao olhar para ele.

Em seguida, as enfermeiras o levaram para dar banho e pesar, enquanto o médico dava pontos em Jane.

— Ele pesa três quilos e oitocentos gramas — anunciou a enfermeira, orgulhosa, e então entregou o bebê a Liz.

— Você pariu um bebê de quase quatro quilos — disse Liz a Jane.

Haviam sido necessárias três horas para tirá-lo de dentro de Liz. Era fácil entender por quê. Ele era imenso, e Coco ficou olhando para o sobrinho, maravilhada. Deixaram que ela o segurasse um pouco, e logo depois ela o devolveu a Jane, que o levou ao seio. Ele ficou ali mamando tranquilamente, olhando para a mãe com seus grandes olhos azuis. Tinha belas mãos e pernas compridas, assim como Jane. Liz estava de pé ao lado da companheira, beijando-a, sorrindo e conversando com o filho, que, ao olhar para Liz e Jane, parecia reconhecer suas vozes.

Coco ficou com elas por mais uma hora, até que transferiram Jane para um quarto. Ela estava exausta. Liz passaria a noite com a companheira, então Coco voltou para casa, ainda maravilhada com o que tinha presenciado. Deu um beijo em Jane e em Liz antes de sair e parabenizou as duas, enquanto Liz pegava o telefone para avisar à sogra que Bernard Buzz Barrington II havia finalmente dado o ar da graça, e que elas estavam todas muito contentes.

Quando Coco entrou em casa, ligou para Leslie e contou tudo o que tinha acontecido e como o parto fora doloroso. Mas também que Jane parecia ter ficado imensamente feliz quando a criança nasceu.

— O próximo vai ser o nosso — disse Leslie, docemente. — Dê os parabéns a Jane e a Liz por mim. — Ele prometeu vir no fim de semana para ver o bebê, e, quando voltasse para Los Angeles, Coco iria com ele.

O nascimento da criança ocorrera dois dias antes do previsto. Agora era a hora de Coco iniciar uma vida nova. Os dois tinham se conhecido havia exatamente oito meses. Era quase uma gravidez.

Capítulo 21

Leslie chegou no sábado, como tinha prometido. Jane, a essa altura, já havia saído do hospital e voltara para casa. Sentia-se fraca, dolorida e em êxtase. Ela e Liz ficavam o tempo todo vendo se o filho estava bem. A babá que tinham contratado dava orientações e ensinava a elas tudo o que precisavam saber sobre os cuidados com o recém-nascido. Jane estava amamentando. Era o momento perfeito para Coco partir.

Naquela noite, Leslie e Coco jantaram com Jane e Liz, e ele segurou o bebê no colo. Parecia muito à vontade com a criança em seus braços. Coco despediu-se da irmã com lágrimas nos olhos. Sentia-se mais próxima dela depois de presenciar o parto do sobrinho.

Coco e Leslie pegaram um voo para Los Angeles no dia seguinte, e ele enchera a casa de flores antes de ir para São Francisco. Tudo estava imaculadamente limpo e perfeito. Leslie havia separado dois closets imensos para ela. Quando chegaram, não havia paparazzi do lado de fora. Uma equipe de segurança vigiava a casa.

Naquela noite, ele preparou o jantar.

— Como consegui ter tanta sorte? — perguntou Coco, maravilhada, enquanto o beijava.

— Eu é que sou o sortudo aqui — disse ele, olhando-a maravilhado também. Ainda não conseguia acreditar que Coco estava finalmente com ele. Tinham sobrevivido ao teste de Veneza e aos dois meses desesperadores que se seguiram. Não tinham dúvidas agora. Haviam sido feitos um para o outro.

Ligaram para Chloe aquela noite e contaram a ela que Coco tinha se mudado para lá. Já haviam adiantado à menina que isso iria acontecer, quando ela voltou para Nova York no Ano-Novo. A notícia a deixou muito animada. Ela mal podia esperar para ir visitá-los.

— Vocês vão ter um bebê? — perguntou Chloe indo direto ao ponto, e Coco imaginou se ela estaria preocupada com isso, como Jane devia ter ficado quando ela nasceu. Não queria que isso acontecesse com Chloe. Havia amor o bastante para todo mundo, e ela queria que a menina soubesse disso.

— Ainda não — respondeu Leslie solenemente, mas pensando o contrário.

— Vocês vão se casar? — perguntou a filha com a voz alegre.

— Ainda não conversamos sobre isso, mas, se decidirmos nos casar, você vai estar com a gente — disse ele.

— Quero ser a dama de honra.

— Já está contratada. Agora só precisamos do noivo e da noiva.

— Esses são você e a Coco, papai — disse ela, rindo. — Você é tão bobo!

— Você também. É por isso que eu te amo — disse ele, brincando com a filha.

Assim que desligou o telefone, Leslie voltou-se para Coco, que estava ouvindo a conversa na extensão.

— Ela tem razão, sabe... sobre a gente se casar. Sou um homem decente. Você não pode esperar que eu viva com você em pecado. Isso seria muito despudorado. Imagine o que os tabloides fariam com *isto*! "Astro de cinema e passeadora de cães vivendo juntos." Seria chocante demais — disse ele, beijando-a.

— Não sou mais uma passeadora de cães. Não precisa se preocupar com isso — retrucou ela, rolando sobre a cama com um olhar de prazer.

Coco continuava se sentindo uma Cinderela. Agora, mais ainda. O sapatinho de cristal era dela e cabia perfeitamente em seu pé.

— Bem, ainda que você não seja mais uma passeadora de cães, tenho que zelar pela minha reputação. O que você acha? Vamos fazer isso? Pra dar a Chloe o prazer de ser uma dama de honra? Acho que isso por si só já é um excelente motivo. O outro motivo, é claro, é que eu te amo muito e, antes que você fuja de novo de mim, gostaria de estabelecer certos laços. Aceita se casar comigo, Coco?

Leslie deslizara para fora da cama e estava ajoelhado no chão, fitando os olhos dela com uma expressão séria. Parecia prestes a chorar de emoção. E Coco estava a ponto de irromper em lágrimas.

— Sim, eu aceito — respondeu ela, serena. A vida dos dois acabava de começar. Ela seria Cinderela para sempre, pois havia encontrado seu príncipe encantado. — Você aceita se casar comigo? — perguntou a ele, com a mesma ternura.

— Com muito prazer. — Ele sorriu e pulou para a cama. Era a primeira noite dela na sua nova casa, aquela que compartilhariam na alegria e na tristeza, ou até que os paparazzi os obrigassem a sair dali.

Capítulo 22

Jane e Liz passaram a manhã toda examinando as flores. Os responsáveis pela ornamentação estavam na cozinha desde o final da noite passada. A casa estava esplendorosa com rosas brancas e arranjos por toda parte. Jane precisou interromper as instruções que dava aos homens para alimentar o bebê, mas logo voltou para mudar a disposição de tudo. Estavam esperando cem convidados para as seis da tarde, e ela queria que tudo estivesse perfeito. A babá prendia fitas brancas nas grinaldas que o florista ajeitava nas escadas. Buzz estava com 4 meses, mas era tão grande que já parecia ter 1 ano.

A atividade na casa estava intensa, e às quatro da tarde Jane e Liz subiram para se arrumar. A babá pôs o bebê para dormir um pouco. Ele era muito tranquilo, e a babá estava adorando trabalhar para elas. Disse às duas que eram o casal mais simpático que ela já havia conhecido. Jane ainda não tinha voltado a trabalhar, e Liz estava planejando fazer uma inseminação artificial em julho, com os óvulos da parceira. Jane acabara de fazer 40 anos, mas os exames tinham mostrado que seus óvulos estavam ótimos. E Liz queria gestar um filho com os óvulos de Jane. Buzz tinha sido um acontecimento incrível em suas vidas, e elas esperavam ter uma menina na próxima vez.

— Talvez devêssemos nos casar oficialmente — sugeriu Liz, no banheiro, enquanto se vestiam.

— Podemos fazer isso se você quiser, mas, pra mim, no meu coração, já estamos casadas há anos — disse Jane com um sorriso.

— Eu sinto o mesmo — concordou Liz, fechando o zíper do vestido de Jane, um vestido de festa azul-claro.

Liz estava usando um vestido de cetim cinza. Tinham se dedicado a todos os detalhes e estavam satisfeitas com os resultados. Achavam perfeito que a cerimônia fosse acontecer ali, onde tudo havia começado.

Desceram novamente às cinco e meia, bem a tempo de recepcionar Florence e Gabriel. Ela estava usando um terninho de cetim cor de champanhe, quase branco. Jane tinha apostado com Liz que ela escolheria algo assim para o casamento da filha, branco ou quase branco. Era bem a cara dela, e totalmente previsível.

— Ela não ousaria — dissera Liz. — Não faria isso com Coco.

— Quer apostar? — perguntara Jane, e Liz aceitara o desafio. E, assim que Florence passou pela porta, Jane virou-se para Liz com um largo sorriso. — Acho que você perdeu a aposta.

Ambas riram.

Elas cumprimentaram Gabriel, que usava um terno azul-escuro bem apropriado e trouxera Alyson, que estava agora com 3 anos. Ele e Florence haviam acabado de celebrar seu segundo aniversário de namoro. Em julho, iriam a Paris e ao sul da França. Ficariam hospedados no Hotel du Cap, e Florence havia alugado um iate por duas semanas para irem à Sardenha visitar alguns amigos. Fazia um ano que Gabriel não trabalhava em um filme novo, estava ocupado demais viajando com Florence. Liz comentou que ela parecia mais feliz a cada vez que a via. Não chegou a dizer, mas, na verdade, Florence lhe parecia muito mais feliz do que quando estava casada com o pai de Jane. Gabriel era um bom homem para ela, e parecia tranquilo, à vontade. A vida dos dois era como uma longa viagem de férias. E ele havia acabado de se mudar para a casa dela.

Os pais de Leslie tinham vindo da Inglaterra e estavam conversando com Jane e Liz. Os convidados começaram a chegar às seis e meia, e Coco estava esperando no andar de baixo, para que ninguém a visse, quando Leslie chegou com Chloe. Ela usava um vestido de organdi cor-de-rosa que ia até o chão e parecia uma princesinha. Liz disse isso a ela, e a menina sorriu. Ela queria brincar com o bebê, mas Jane tinha medo de que ele vomitasse e sujasse o vestido dela, então pediu à menina que esperasse até mais tarde.

A música começou às seis e meia, e um helicóptero zumbia nos céus. Havia policiais fazendo a segurança da casa e das ruas adjacentes. Eles olharam para o alto e viram que o helicóptero era da imprensa. Havia um fotógrafo na janela com uma câmera de longo alcance. Os policiais deram de ombros. A imprensa não conseguiria muita coisa. Estavam todos dentro de casa.

Assim que recebeu o sinal, Coco subiu. Entrou pela sala de jantar, imponente e espetacular num vestido branco de cetim feito sob medida e de cauda longa. Tudo o que ela conseguia ver ao caminhar pela multidão na sala de estar de Liz e de Jane era Leslie, que tinha a baía de São Francisco atrás de si e Chloe ao seu lado. Isso era tudo o que ela precisava ver agora, e tudo o que ela queria. Notou a presença do helicóptero mas não se importou. Sabia o que aquilo significava, e que provavelmente haveria muitos outros no futuro. Tudo que importava era Leslie, Chloe e a vida que teriam juntos.

Fizeram seus juramentos enquanto todos observavam, e Florence chorava. Segurou as mãos de Gabriel e pressionou-as levemente quando o noivo disse "Aceito". Em seguida, Leslie beijou Coco, e a vida dos dois começou.

Foi um casamento perfeito, exatamente como Coco desejara. Sua família estava lá, bem como as pessoas que eles amavam e que os amavam. Os amigos de Leslie tinham vindo de Los Angeles. Sua família viera da Inglaterra, e Jeff, de Bolinas, também estava lá. Ele e a esposa tinham ficado imensamente lisonjeados com o convite. O casamento fora realizado na casa de Jane para evitar a imprensa. Ali, na mansão da irmã, atrás de muros fechados, era mais seguro.

Eles seguiriam para a lua de mel num avião fretado rumo a um destino desconhecido. Levariam Chloe com eles. Coco queria que ela fosse, e Leslie esperava que ela pudesse ganhar um irmãozinho ou uma irmãzinha muito em breve.

Havia uma pista de dança na sala de jantar, e as pessoas passeavam pelo jardim na noite quente. Um piso de acrílico fora montado sobre a piscina, e o lugar se transformara numa pequena discoteca. Era a melhor festa da história de São Francisco.

À meia-noite, depois que cortaram o bolo de casamento, Coco subiu as escadas para jogar o buquê. Mirou cuidadosamente e acertou a escolhida no peito. Não queria correr nenhum risco de errar o alvo. Florence pegou o buquê e apertou-o contra o coração, e Gabriel sorria para ela. Sabia o que namorada tinha em mente e, por ele, estava tudo bem. Dançaram uma última música depois que o noivo e a noiva se retiraram, e Gabriel beijou Florence. A essa altura, Jane e Liz estavam se acabando de dançar na pequena discoteca com os amigos de Leslie que tinham vindo de Los Angeles.

Leslie, Coco e Chloe saíram de limusine. A polícia conseguiu manter a multidão afastada, e o helicóptero continuava zumbindo. Dois policiais de moto escoltavam o carro, e eles aceleraram até o aeroporto. Coco estava sorrindo, e Leslie parecia o homem mais feliz do mundo. Estavam os três de mãos dadas.

— Conseguimos — sussurrou Coco com um olhar vitorioso. Os paparazzi tinham falhado na tentativa de se aproximar deles. Ninguém se ferira. Ninguém os assustara. Estavam juntos e seguros.

— Então, agora vocês vão fazer? — perguntou Chloe ao pai enquanto o carro se afastava.

— O quê? — Ele estava olhando para Coco, com outros pensamentos em mente.

— Aquela coisa nojenta. — Chloe deu um risinho.

— Chloe! — Ele a repreendeu, achando graça em seguida. — Não sei do que você está falando.

— Você não se lembra? Quando a mamãe disse que...

Ele cortou-a rapidamente.

— Deixa pra lá.

— Tudo bem — disse ela, olhando para Coco. — Eu amo vocês — continuou, alegremente.

Ela amava o pai, e Coco era sua melhor amiga.

— Nós te amamos também — disseram em uníssono, e inclinaram-se para beijar o topo da cabeça da menina, e depois o seu rosto.

Enquanto se dirigiam ao aeroporto, Coco sorriu para Leslie. Ele estivera certo o tempo todo. As coisas estavam exatamente do jeito que deveriam estar, o segredo era viver um dia de cada vez.

Este livro foi composto na tipografia
Adobe Garamond Pro, em corpo 13/16, e impresso em
papel off-white no Sistema Digital Instant Duplex
da Divisão Gráfica da Distribuidora Record.